夸夸其谈

To boast about my friends and their works

我与那些人、那些书
高星 著

大家的师友范儿

狗　子

大约十年前,我写了篇文章称高星为"生活家",当时好像还没这个称呼,我还以为是我的发明呢,后来"生活家"的叫法渐渐多了起来,某家居产品干脆将它作为自己的品牌。我不敢说这一称呼是从我这儿不胫而走,更大的可能是我们这个时代的需要使然——真正的学问被打入冷宫,生活本身成为一门学问,而且几乎就是最大的"显学",身无长技没关系,没理想没追求更无妨,只要沉迷于生活如鱼得水随波逐流便可堪称大家——"生活家";与此对应的是,无论你这个人各方面如何不堪如何失败,只要能挣大钱,便是"成功人士"。

高星断然不是这样的"生活家",他的生活在一般人眼里不能说一团糟,但肯定不值得羡慕,最通俗土鳖的例证就是他没房没车(一室一厅不算"有房"),当然他的生活在我们这个朋友圈儿里算是最规范的了。当年,我只是不愿意用"杂家"来称呼高星,因为,称呼某人"杂家",其中暗含了某种轻视意味,虽说那意味是善意的、调侃的,而非刻薄的,谁会对一位杂家刻薄呢?

不过,无论怎么称呼,在爱好上,高星是够杂的,诗歌、美术、摄影、书法、收藏、散文、出版……现在又加上了评论;但,倘若就从生活上看,高星又是我们这帮朋友里最单一的,他是我们这帮人里这么多年唯一有公职而且从未跳过槽的人,他不抽烟,有酒量但没酒瘾,很少醉,家庭正常(没招过110没出过人命也没有恩爱到肉麻),身体健康(不抑郁不乖戾不暴躁,不健身不打坐不吃斋),朋友遍天下,但从不以此为张扬……这些年下来,相对于我们这帮人的各路折腾,高星几乎成了我们这圈儿里唯一幸存的一个

"正常人"，并在朋友圈儿中落得个绰号叫"高大师"，像所有大师一样，高星对这绰号谈不上欣然笑纳但也从不推三阻四。

在多数人看来，高星花样百出甚至令人眼花缭乱，在我看来，他很单一，甚至枯燥，这是一种既非呆板乏味也无关乎超然纯粹的单一、枯燥，他走的是一条中道，既远离疯狂又拒绝平庸的一条中道。

他是一个端端正正的文艺男中年。一般来说，文艺男中年，多数招人烦，少数招人迷，无论前者还是后者，都经常招惹是非，麻烦不断，搞不好还害人害己，而高星与他们决然不同，他既不招人烦，也不招人迷，这么多年，他就一直这么不温不火（有时表面上又是风风火火）文艺地生活着，就像他这么多年一直走南闯北地拍照，但从来不说是去"寻访"什么，更与"探险"、"极限"这些名头无关，他似乎就是平平常常地出差或"看朋友"，但在不经意间，他整理出版了三大本《中国民间手工艺》；评论也是如此——这些年来，高星动不动就会来篇评论发在自己的博客或微博上，尽管高星的行文离不开他的诗人语感，甚至还有引经据典的习惯，但也形成了出书的规模。这些评论有些是应身为作者或书商的朋友之约；有些是他纯粹出于喜欢，有感而发；有些是他头脑发热，干脆闲来技痒。他身边操弄各种文艺的朋友太多太杂——小说、诗歌、散文、随笔、美术、电影、电视剧、话剧、音乐……这其中又有老派的、古典的，更有现代的、先锋的……

我的感觉，中国的评论多数很烂，无论文学、美术还是其他领域，多是互相吹捧（但愿我这篇不是），或泄私愤骂大街，或拿了红包说些云山雾罩不着四六的昏话蒙人蒙事……也唯有高星高大师，敢或者愿意蹚这池子浑水了。

高星的评论，基本是朋友对朋友随便说说的心里话，基调就是善意，这一点我跟他聊过，他不是怕得罪人，他从心里看重这些朋友以及他们的作品，哪怕有些作品很幼稚或不成功，但高星都能从中发现珍贵的亮点。

高星在评论朋友的同时，也乐意朋友评论他，刚才说了，高星的朋友太杂，其中颇有几位尖刻者（或叫诤友），有诤友说高星你这毛笔字一点骨气没有啊，有诤友说高星你这诗应该撕了，有诤友说高星你这一屋子收藏都砸了也不可惜,高星听了略微腼腆地笑笑,或许脸会微红,但并不往心里去,他接着写诗,接着写毛笔字,接着收藏,接着请诤友们喝酒,接着对诤友们的作品品头论足,即便这些作品有的很失水准,高星的评论依然善意从容并且依然能发现其中的一两处精彩……

什么叫大师范儿?这就叫大师范儿,大家的师友范儿啊!

目录

故事的歌手邹静之

有关散文

- 3　重建的城和不再的风景
- 10　故事的歌手邹静之
- 14　感悟和感觉的分离
- 16　和老人聊天聊出了一个好大的天
- 19　豆包也是干粮　土豆不是豆　棉花却是花
- 23　比宽银幕还宽的延展审视
- 26　装下西藏的锦囊
- 29　在陈寅恪祖居里写出的陈寅恪家世
- 33　不管饿死　还是撑死　反正早晚都要吃死
- 36　温度适中的开水也是有刻度的开水

王朔飞了 飞得更高了
有关小说

- 41　王朔飞了　飞得更高了
- 45　两种手艺的神出鬼没
- 50　寻找写在纸上的字里行间颜色的质感
- 53　张弛的海拉尔
- 56　往事并不如酒
- 60　视觉的撞见与手指的触摸一般的阅读
- 64　酒徒狗子
- 69　让红色来得不那么激烈
- 73　穿过你的长发是我的眼
- 77　北京金山的南坡和北坡
- 80　我的青春小鸟一去不回来
- 83　适可而止的叙述
- 86　王朔的东北边或不在场的阅读
- 89　不着四六与不管三七二十一
- 91　名正言顺的小说
- 96　有病乱投医
- 98　跑得像没有云的空白
- 102　小妖精的神出鬼没
- 105　笼子里的猫和笼子外的人
- 108　与疯子在一起

在北岛的左边

有关诗歌

- 113 在北岛的左边
- 116 在我前面写诗的人
- 119 永远陌生的骆一禾
- 123 海子面向大诗的自觉
- 127 多多就是四个夕
- 132 诗歌,还有散文;或者胡思乱想
- 139 用身体接触城市在诗歌中的可行性
- 143 从反诗到返诗
- 147 死亡、屎尿和飞翔
- 154 真理的真实性与神话的现实性全部是诗性的技艺
- 159 正如你所看到的
- 163 嘴唇特有的及全部的象征
- 168 让死亡像女人的长发一样飘逸
- 171 你所说的这个人、那个人
- 174 你看见了植物 你看见了诗
- 177 胡桃到底有多大的秘密
- 181 我的天真 就是大地的天真
- 184 最普通的是诗歌
- 188 阎安与延安无关
- 191 双肩的道义或者在平衡中的挣扎
- 197 到底有多少自然面貌可以呈现诗的本质
- 201 可以那样冷静那样精细
- 203 诗人的持续写作与诗歌的延续文本

崔健，红旗下孵出的蛋
有关艺术

211　红旗下的蛋孵出的诗

223　他还是孤独地飞了——崔健2012年北京演唱会

227　将自己的诗翻译成画

232　万不得已的已与北方的北方

236　关于瓦片的瓦解

240　多派唐卡的绿度母与古格壁画的供养天女在图型上的暗合

246　在出世与入世之间　作为一种绘画境界的选择

248　只有怀旧和边缘的叙述成为切入现实的唯一途径

255　砚的文理

257　照片是方的

262　暗箱操作的不确定

266　给脸不要脸

270　野长城的味道

273　散啤浸泡过的散淡的影像

276　当影像成为一种进行时的行为

280　故乡的态度能够走多远

283　景深的距离与时光的阻隔

故事的歌手邹静之

To boast about my friends and their works

有关散文

重建的城和不再的风景

北京对于现在的北岛来说，是一个拒绝进入的地方。在时间上，北京对北岛来说是上20世纪已割断的记忆中的故乡；在空间上，北京对北岛来说，已关闭多年的城门让近在香港的他无法叩响。

北岛（左）与作者高星

一

北岛最近出了本散文集叫《城门开》，他在序中说："我要用文字重建一座城市，重建我的北京——用我的北京否认如今的北京。"做事一贯严谨认真的北岛一开始便把这活整高了，在别人看来，这只是随便写写的回忆小文，在他看来，

北岛《城门开》

却是一种工程建设,当然"这一重建工程旷日持久,比我想象的难得多"。

好在北岛年轻时在北京六建公司干过几年,瓦匠的手艺在码字中传承出来。记忆的选择与组织,如城区规划与房屋结构一样赋有精心的组织,纵横交错,清晰有序。点、线、面结合得恰到好处,让人能够在这座重建的虚拟之城中,可以触摸与驻足。

他用《光与影》、《味儿》、《声音》、《玩具与游戏》、《家具》、《唱片》等构成儿时北京的横切面和片段组合,像老北京的烟画与洋片,一把把齐刷刷地甩在读者面前。

而北岛又用《三不老胡同一号》、《钱阿姨》作为点,《小学》、《北京十三中》、《北京四中》、《父亲》等作为线,为我们勾勒出他前半生的生活轨迹及长大成人的地理坐标。

文笔行进的迅度有张有弛,语言推敲得精准、修炼得成熟,如垒砖一样严丝合缝。情节画面的展开与收放、情景再现的精炼与矜持,如房屋木结构榫卯一样,环环相扣,行云流水。

北岛的诗歌写作经验已自觉地进入到了他的散文写作,尽管他的散文比他的诗要流畅亲切得多。

二

尽管北岛长我一轮有余,但他对时代旧物的感觉也能将我感染,如同那种对物的触摸感。只不过是北岛先摸了一下,我随后又摸了一下似的。其实一个人会敬佩另一个人文笔好,但更会幸福一个人写出了与自己一样的感触，共同的那种经验。

他写旧时居室的灯泡，一般都不带灯罩，因此"那时的女孩不化妆不打扮，反而特别美，肯定与这灯光有关"。

他写少年时拥有了带锁的抽屉："那感觉真好，我有了自己的秘密。"

他写在游泳池中无意触碰到陌生女孩的胸部或大腿，"竟有过电的感觉"。虽然现在我们也经常说"放电"，但那种"过电"的感觉再也不会有了，因为现在的游泳池都是高消费了，少了人触人的机会。而在人多的海滨浴场，穿三点的姑娘都不新鲜了。北岛"过电"的姑娘，当时可穿的是大背心式的泳衣呀。

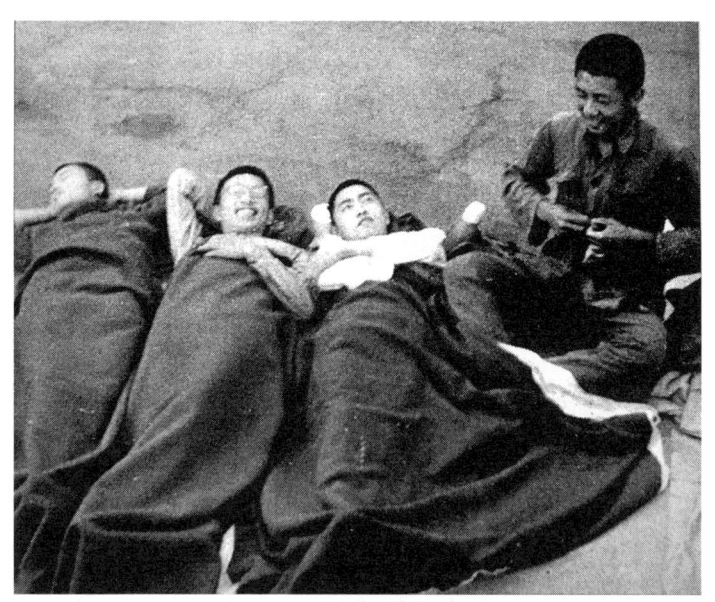

1968年，北岛与同学在天津火车站露宿

他写家中的书架位于外屋北墙正中，"可见文化在我家的重要地位"。因为那时，这里本该是供奉毛主席塑像的地方。

他写家中添置简易沙发与九寸黑白电视机，是"现代生活中的对应物，不可或缺"，"改变了全楼的生活方式"。"坐上简易沙发，不知怎的，竟会顿生贪生怕死的念头，如坐在龙椅上的君王"；电视"引发了一场静悄悄的娱乐革命"，"改变我们的生活方式，首先是观看姿势，在椅子上坐久了腰酸背疼，于是挪到床上,以棉被为依托"。

罗兰·巴特在《符号学历险》中指出:"物体被人用于作用于世界,改变世界并积极地生存于世界。物体是一种行动和人之间的中介者。然而我们可以在此指出,实际上没有任何物体没有目的。当然有的物体以无用的饰物形式存在,但是这些饰物永远具有一种美学的目的性。我想指出的矛盾是,这些原则上永远具有功能、用途、目的的物体,我们以为只是按经验将其作为纯粹的工具,而在现实中它们还连带着其他东西,它们也是某种其他的东西;它们起着意义载体的作用。换言之,物体有效地被用作某种目的,但它也用作交流的信息。"

因此可以说,物体永远存在着一种超出其自身用途的意义。如同现今的手机不仅改变了人们通信的方式,更改变的是人与人之间的关系,而拿手机的西藏喇嘛将改变的是他们与上苍交流的信仰,又有多少对夫妻因为手机短信而闹离婚呀!

三

北岛在书中勾勒出了以他少年时期的居住地——"三不老胡同"为中心的生活地图,同样牵动着我在京城行进的脚步。因为那时的北岛基本上是靠步行在这一区域生活和学习,因此,这张地图如今才如现实一般。

他写的三不老胡同,几年前我带大女儿到那拍名人故居,后来在出版的画册中,我还特意提到北岛曾在这里居住过。他写的德胜门内大街、刘海胡同、松树街、大石虎胡同、弘善胡同,大女儿小时候在那附近的公安局幼儿园,刘海胡同、延年胡同的旧牌子还在我家收藏着呢。他写的大新开胡同、柳荫街、大翔凤胡同也是我如今和朋友经常聚会的地方,包括他提到的柳荫街北头的深宅大院。世界杯时,我们几乎天天晚上就在那院门口的小吃店聚在一起看球。

北岛写他上初中时为写日记,特意埋伏在厂桥路口的大陡坡处,等有三轮车过去帮助推车,而他又用钱为三轮车师傅买了四个火烧,让人家"瞠目结舌"。

北京的胡同

如今德内大街早已改造,他说的那个大陡坡也变成了缓坡,路中央有了绿地和安全岛装置,路边那些复古的建筑十分尴尬地对路人露出刚刚饰满油彩的笑容。北岛的那张老地图连同他在那张地图上的生活足迹,如同墙皮一样,被铲走了好几层了。

四

书中最后一章《父亲》当然是最感人的一篇。通过这篇文章不仅可以了解到北岛的父亲,也可以了解到北岛及家人的生活脉络。从中我还第一次了解到:北岛的湖州祖先赵景贤曾是清朝年间抗击太平军的大将,李鸿章还曾引用过他的诗,以及从北岛的爷爷赵之骦开始家境败落、靠典卖字画古董度日的传奇家谱。

另有一个情节更触动了我。北岛的父亲在20世纪50年代时任中国民主促进会中央宣传部副部长,冰心任部长。但北岛的父亲那时在每次和冰心谈话之后,都要按组织要求把与冰心的谈话内容记录下来,私下再交给组织汇报。这个有如电影情节的镜头不得不让人触目惊心,这同样让我想起了前些时章诒和暴露的有关黄苗子告密、冯亦代卧底的相关话题。

北岛全家20世纪70年代合影

首先要感谢北岛在此大度地写出历史真相,更要感谢北岛的父亲在病重期间和北岛交代此事。这是一根针,拔掉了才可以看见在不堪回首的那个年代的疤痕,提醒我们这一切都不应忘却。

说起北岛的父亲,我也算是他在保险公司的小同事和小朋友。正如北岛所描写的:老人非常固执,但又特喜欢新东西,从50年代的电子管双波段收音机,到70年代的电视机,到80年代的双声道音响,90年代的电脑,赵济年老人都曾鼓捣过。甚至在病重期间,我还看过老人使用刚出来没多久的手机,难怪北岛说父亲是一个技术至上的人。

我们都知道,北岛年轻时,父亲常和他发脾气,甚至在思想上和北岛相悖。到了晚年,父亲似乎才更加看明白了世界,也更加理解了北岛。特别是病危期间,已经说不出话来的赵老,大哭着抱着北岛,喊出了"我爱你"的呼声,这种情节可以感动所有的人。

人有时就是怪,在北岛及他的母亲已原谅爱发脾气的赵老时,赵老却再也不能发脾气了。现在,我有时去看望北岛的母亲,阿姨在谈起赵老时,总是能够非常平和,对赵老充满理解。阿姨十分坚强,早年曾痛失爱女,而在赵老去世的多年里,又一人坚守淡定的生活。面对日渐消瘦的她,总让我感觉，她身上失缺的不是脂肪，而是一生的泪水。

赵老住院时，我曾带着7岁的女儿去看他，赵老问我女儿："我会死吗？"小女儿对他说："不会，您要坚强！"赵老很高兴，他说："我不听大人的话，大人的话全是骗人的话，只有小孩的话才是真的。"

受病痛折磨的赵老身体日渐衰弱，幽默感却日渐增长，而且这种幽默感经常伴着儿童式的撒娇和老人式的机智。如有一次服务生为他倒的洗脚水有点烫，他便说："你是不是想烫死我呀？"而护士为他打扫病床，他便说："你是不是想让我早点出院呀？"

有时朋友给他带点水果，吃不了的他都藏在床头小柜里，交给阿姨带回家吃。

有时我和病重中的赵老聊天，我非常惊讶他竟能清楚地想起许多公司里的老同志的名字。他还十分可爱地点名要让当时的一位公司一把手领导来看他，因为这位领导年轻时在浙江的县公司里接待过他。

因此，我可以说赵老临去世的前一天也是头脑清醒的。他的那种见人便大哭的情结，是对死亡的拒绝，因为生活永远有无尽的未来在等着他呢。非常要强的他，并不满足自己已拥有的年岁。

我谈了这么多北岛的父亲，也是读了北岛这本书后的有感而发。生命是真实的，便是可爱的。

故事的歌手邹静之

邹静之

邹静之现在是名人了。做名人必然会接受各路人马的采访，但那些采访的记者大多弱智似的，经常提一些相同的问题：什么"你现在还写诗吗"？"写剧本和写诗，你更倾心于哪个"？这是问题吗？他们关心的是邹静之的"名"，而不是邹静之的"人"。

车前子写过一篇有关邹静之的文章，开头说道："你的朋友胡适之，我的朋友邹静之。"我也套用此句来说："邹静之不是贺敬之，邹静之不是汪静之"。

写诗是邹静之的命，写剧本也是邹静之的命。在当下中国，许多诗人写剧本也没见有多成功，就像写剧本的人有几个会写诗的？其实平日在酒桌上，邹静之谈起身边的人和事，总是一副煞有介事的样子，一个平平常常的小事，他可以拿出谈古论今的力气来讲，语言张弛有度，语速行进有序，充满故事性与戏剧性，形象生动，引人注意。

例如他每次讲收购旧家具的过程，总是一副娓娓道来的语气，在波澜不惊之处，又有悬念或节外生枝，似乎总会有高潮迭起，让人感染得恨不能和

邹静之全家合影

他一样喜爱他收购来的宝贝。

或许正是由此,使邹静之写的第一个剧本便是和古玩有关的电视剧《琉璃厂传奇》,后又有了《五月槐花香》,写电视剧本最让邹静之出名的当然是《康熙微服私访记》和《铁齿铜牙纪晓岚》。

但邹静之更上心的是他的话剧、歌剧及电影剧本。我曾开玩笑地对他说,再弄个舞剧剧本,你就可以当"文联主席"了。

西川曾说过,邹静之身上较多地保留了中国民间艺人讲故事的才能,他惯于把一件司空见惯的生活小事有声有色、有说有笑地展演开来。

邹静之也谈到,李渔在《闲情偶记》中说"古人呼剧本为传奇者,因其事甚奇特,未经人见而传之,是以得名,可见非奇不传。'新'即'奇'之别名也"。邹静之说:"李渔那个时代传媒不发达,认为故事的奇特才是出新之所

邹静之《十八岁》

在,现在不一样了,传媒那么发达,再奇特的故事天天都有,再有从电影到戏剧,故事不都讲遍了吗?天下的故事又有多大的不同呢?所以讲什么不重要,怎么讲现在才变得更要紧。"

邹静之编故事的本领真是非凡。电影剧本《千里走单骑》就是张艺谋提出的一个条件,如何让高仓健合理地来到中国;而歌剧剧本《夜宴》就是缘起顾闳中的画作《韩熙载夜宴图》;话剧剧本《我爱桃花》的故事开头缘于《型世言》一个四百来字的小故事的帽儿。

这三个剧本是让邹静之满意的,当然也让张艺谋、郭文景、任鸣锦上添了花。我注意到了这三个剧本的一个共同之处,就是一个貌似平常小道具的成功运用,成为穿引故事展开的关键,可见细节之处见功夫。

在《千里走单骑》中,日本老人的一个哨子便是如此。这个哨子来源合理,因为老人早年当过海军,故有此物;作用合适,因为老人与中国小孩在山谷中迷失,没有语言沟通,哨声可以成为沟通的游戏,而且传声很广的哨声也是传递让人发现的工具;最后当中国小孩与日本老人再见的时候,小孩在日本老人离去的车后吹起了哨子,这时这枚哨子从物理作用已升华为情感作用了,那哨声代表了小孩固执的性格和呼喊,是理解日本老人的最淳朴的语言,也是无法言说的情感。

在《我爱桃花》中,一条古代男人的巾帻更是成为戏剧发展的由头。半夜回家的张婴醉卧凉椅,正好压着了偷情者冯燕的巾帻,躲在箱子中的冯燕示意张妻取出巾帻,好全身逃离,而张妻误以为冯燕让她拔出张婴腰间的刀,将之杀掉。"要巾帻会错了意,递过去一把刀"成为了此剧的大扣子。一个貌似千百年来旷男怨女悲剧的症结,正是由此展开了可拆可解的戏剧,越偶然越天成越不矫情,这条巾帻合情合理,由此引发的四种结局:妇女被杀;丈夫被杀;情人被杀;三人谁也没死,夫妻合好如旧。可以说这是囊括了所有结局的可能,彰显出邹静之的情爱悲观主义思想。

《夜宴》中也有一个道具,便是绸帛。一开始韩熙载和红珠一起撕扯白绢,后来韩熙载解下头上的布帛,交与红珠,红珠将白布系在记录阳光影子的柱子上。戏的中间有一情节,赤裸的韩熙载高叫天是他的屋宇、地是他的眠床,画家问他:我们在哪里?韩说在裤裆里。而戏的结尾,韩熙载与众人张开一块巨大的白绸帛,两队人由快而慢地将帛撕开,乐器模仿裂帛之声越来越强。裸体的韩熙载是拒绝亡国之君的醒士,因此撕帛便是国破山河碎的体现。

正如戏中所言,"这世界上没有比自然更深的道理了"。邹静之写戏如同写诗一样,追求着可能发生的事。

他说写戏时也有写诗的那种感觉,突然从泥土中拉出一粒珠子来,再拉又有一粒,还有一粒,悬念和期待都有了,写作就是一种发现。

感悟和感觉的分离

陈嘉映的目光充满哲学色彩

陈嘉映说:"哲学总体上来说,应该是西方的东西,我个人这样看,其实西方几乎所有的思想家也都这样看,从黑格尔到海德格尔再到伽达默尔,都认为哲学说希腊话。我们说哲学是西方的,他们说希腊的,也就是说,哲学是一种特殊的精神活动。"

陈嘉映又说:"并非一种语言不能说什么事,而是任何一种语言都会在说某些事的时候比较方便,说另外一些事情的时候就比较麻烦一点。在这个问题上,观点非常之不同。有些人就会说,希腊语或德语特别适合说哲学。"

陈嘉映这本新出版的学术随笔集——《无法还原的象》,按他自己的说法"不成体统",正因如此,在书中我们不仅又一次欣赏到了他一贯的摆事实讲道理的哲学风采,也首次读到了他《求真迷行录》中的"学述"回忆。当然,陈嘉映在书中绝对是用汉语著说的,而且很少引用西方哲人的大段大段的哲学言论。

陈嘉映在回忆中讲述:他早年插队时期受其弟嘉曜影响,开始关注哲学。在西单一个旧书店买到许多歌德、席勒、康德、黑格尔的原版书,他认识到"德国有那么多思想,要真切了解这些思想,早晚德文是必须学会的"。1972年,他开始自学德文,四册德文教材、一本德文辞典、一本德文语法成了他的老师。一天学一两课的内容，用了将近半年时间，学完了四册教材，便开始"勉勉强强"阅读德文原著了，不久竟翻译起了马克思的《巴黎手稿》。

1976年，陈嘉映报考北大德语文学专业，笔试考了第一，口试却没有过关，弄得主考老师怀疑笔试是由他人代考，但他最终还是上了北大。后来他又参加西方哲学研究生考试，德语笔试顺利通过，并几乎考了满分，面试又出了麻烦。

陈嘉映素描像

由于他学德语，被分到熊伟教授的门下，似乎是命运使然，最终使他走上了海德格尔的"林中道路"，他的德语真是没白学。

其实，问题并不是如此简单，现在学习条件好多了，信息也便捷了，但没听说有谁可以自学哪门外语的，更不要说是为了研读哲学而学习一门外语的，倒是听说为了做东亚贸易而报班学习韩语的。

如果说陈嘉映聪明，那是不假，但我们现在也会说谁谁谁聪明。但从各自经历一看才发现，我们现在的许多聪明全是小聪明，全是几分、几时的感觉不错而已。像陈嘉映那种骨子里自带的思辨力量与意志，白手起家就奔哲学去了，奔海德格尔、奔维特根斯坦去了，那种境界绝对不是"感觉不错"的问题，而是"感悟"。我们会说某个文学青年"挺有感觉"的，但不敢说他"挺有感悟"的。

陈嘉映在十几年前的一篇自办刊的序言中写道："我们教育了自己十年，希腊的思想德国的音乐不再陌生，但它们照样新鲜。历史像生活一样，总把最美好的赠给爱它解它的心魂。"

陈嘉映如果是天才，更是上天选中的哲学人才。我曾对他的朋友阿坚说："你别老找陈嘉映喝酒去，影响人家做学问，你带坏一两个我们这样的人就行了。"阿坚反驳道："那陈嘉映的哲学还能生动吗？"

和老人聊天聊出了一个好大的天

前些日子,在一个茶馆里见到李辉,我对他说:"你的气质越来越老成了。"旁边有人以为我说他老了呢。其实,我是说:李辉经常和老人接触,他受感染得越来越透彻和宽容了。

李　辉

后来在书店看见李辉的新书《和老人聊天》,便买了一本。我没有机会和书中的那些老人聊天,尽管他们也是我从小崇拜的文化名人,而且我也似乎没有能力进入他们的话语语境,更不要说能够进入他们有的早已尘封许久的内心世界。感谢李辉为我们提供这个机会,共享这难得的资源。读着这本书,就如我与每一位老人真正地面对面聊天一样,包括那种背景、那种语速、那种口气都和真的一样,因为书中大部分访谈都保持着原有的状态,没有加工和演绎,有着一种最原始的亲切的味道。正如李辉所说:"当时记录下来时,并没有想到要发表,随便补加几句场景描述,记得好像也只是为了多一些说明内容。"

李辉说:"我希望这样的一些聊天记录,在满足一己的兴趣的同时,也能给他人带来一点阅读的满足与快乐。"李辉也是这样做的,在书中看不到李辉与这些文化名人的合影照片,只有一张李辉与贾植芳夫妇的合影照片,估计也是一时找不到合适的照片不得已而为之的安排。

李辉《和老人聊天》

时下有许多访谈书,大多的书中存有作者本人与所访谈对象的合影照片,这种有点展览和显摆的东西,使书中的内容打了折扣,有点沾明星之光的感觉。李辉的书靠的是内容本身的真实,靠的是文化老人内在的感情流露,使我们很容易地走进了这些老人的内心世界之中。

虽然书中记录的只是聊天,但聊天也可以让历史细节渐渐丰富起来,而且在放松的状态中,才能有更真实更形象的东西展现和意外的收获。比如冰心老人在聊天时谈到萧乾时说:"当年我在燕京大学教书,弟弟和萧乾同学,后来他在北新书局当学徒工。每次给我送稿费,他怕钱弄丢了,便用手帕系在手腕上。来后,他要讲好些书局的内幕,如书局说我的书印了三千本,其实不止这些。当然,我也不会说出去,要不,书局问我是怎么知道的,那就砸了他的饭碗了。"

而当时已经八十多岁的冰心记忆力依然很好,而且天真。说起巴金的生日,他们是这样对话的:李:"是十二月吧。"冰:"不是,是十一月。"李:"十一月二十五日。"冰:"对。巴金出了书每本都送我。他的信我还另外专门

黄苗子老人

用一个蓝盒子装着。可惜'文革'前给我抄家时都抄走了,还我东西时,该还的没有还我,我不要的倒是还给我了。茅盾给我的一幅字,还是他和我打赌输给我的,也没有还给我。"

在与夏衍聊天时,已经九十多岁的他依然清晰、机敏,但在言谈中,我发现他在谈周扬时,前后用了两次"年轻"、三次"潇洒"这些词形容30年代的周扬,毕竟人老了,语言有点重复。夏公讲叙了一件不为人知的事情:1975年,将他和周扬从秦城放出来时,周扬竟要坚持在狱中再待上几天,要把一封给毛主席的检讨信写完才出来。让我们看见了周扬的另一面。

沈从文的语言表达总是那么简单,一句是一句,"我写文章不讲文法","巴金心细"。而对于巴金来说:"我朋友中三个人才气最高。沈从文一个,曹禺一个,萧乾一个。"

萧乾在谈到"文革"落难时说:"日子过得很好。不敢到北海,夏天是到农展馆后面大坑去,买点咸菜玩一天,感觉就像在瑞士,山水那么漂亮。"这是在他自己的传记中看不见的乐观。同样在言谈话语之间,我们仍可以随处发现历史中遗漏的细节,贾植芳说:"舒芜1946年在上海告诉我,当时毛主席还敬了郁风一杯酒。"

李辉带着我们一同和老人聊天,在读书之间同样感到面对面的亲切和机会的珍贵。郁风对李辉说:"我忽然想到,不久的将来,我们这批老人都将死去,你会觉得很寂寞的。"但正是由于有了这些书,李辉并没有让我们寂寞。通过与老人聊天,我们聊出了一个好大的天。

豆包也是干粮　土豆不是豆　棉花却是花

前几天,在北大一次诗歌活动上,诗人们在饭桌上说起狗子、张弛、大仙、石康一伙人时,有人说他们现已经成了北京文化的权力中心,闹腾得比较欢。我后来想一想,还真是那么回事了,如果再加上王朔大腕、艾未未大师、老芒克就更是如此了。

张弛(左二)在狗子的发书局

这是北京的一个大圈子,他们最大的特点是日夜活跃在北京东西城的饭局与酒桌上,非常地有人气,各等人种都和他们发生着进进出出的联系,当然包括美女名媛,甚至90后的小姑娘。他们颓废但又时尚,他们先锋但不后现代,他们个个都是身怀多种绝技,皆是聪明的坏蛋,他们的声音四处传

张弛《发乎情 止于非礼》

播,当然也包括博客的风起云涌。

王朔可以说是北京小说的旗手,张弛、艾丹、狗子、石康、丁天便成了铁杆接班人。先有徐星、石涛闲着,后有蓝石、白脸忙着。

芒克诗歌大佬的威风不减当年,阿坚横出奇峰,大仙穿针引线,春树、尹丽川、水晶珠链锦上添花,坚、宽相邻,小招、曾德旷、俞心樵是80年代流浪诗人的跨世纪翻版,高星成为与外界知识分子诗人的串通渠道。

艾未未属于艺术一脉,去年卡赛尔的童话更是让这个圈子人流涌动。许多新生代画家、建筑设计师都成了旗下一员,例如,高润生、阳光、小柳。当然还有刘小东、黄燎原、老门、李晏、魏海波等。

音乐人有何勇、左小祖咒、高岩松、老狼。

电影人有徐静蕾、尹丽川、张弛、张献民、高子鹏、小宁。

几乎大多热播的电视剧剧本都出自石康、赵赵、唐大年、宁财神、全勇先,还不包括早年混迹于边沿的邹静之。

玩旅行的阿坚、狗子、罗艺。

玩古玩的艾丹、楼朋苹、吴笠谷、张弛、高星。

要说传媒,新浪有王小枪,北青有大仙,三联有苌苌、苗炜,央视有赵淑静、陈滨,社科有李炳青,作协有方文,出版有杨葵、简宁,简直就成了北京传媒的主流控制。

美女加才女加名媛有赵波、祖京、蓓蓓、笑笑、浅潜、老黄、洪志、小孟、阿美、雯雯、冬子、悠杨、吴阳。

以上便是这个圈子大致形势,张弛的新书《发乎情 止于非礼》就是写在这种背景下的一些好玩的东西。

在有一段写老鸭的文字中,张弛说:"人生苦短,苦于腿短。"这本书大多

张弛导演的《盒饭》招贴

张弛导演,狗子等出演的《盒饭》剧组

《盒饭》剧照

来自酒桌上的段子和突发奇想,或是来自他的博客小段,都乐于其短,但不是男人的短处。

艾未未在张弛电影中饰演修车夫

我惊叹的是书中许多诗作出于张弛的笔下。原来老革命都会写两笔书法,道上混的文学老炮原来都是写诗的出身。

张弛在书中写了许多有关狗子的文章,狗子曾说身上有三座大山,张弛、阿坚是他身上的两座搬不动的大山,第三座大山是狗子的女友,只不过这座山老换来换去。张弛有时也会骂上两句狗子,但终归是身子骨越来越胖了,狗子是翻不动这座山了,张弛也移不动了。姜是老的辣,酒是陈的香,大山还是离你最近的沉。

比宽银幕还宽的延展审视

我们常把看电影有了感动称为"共鸣";把共同喜欢同一部电影称为"知音"。当我阅读崔卫平影评集《迷人的谎言》时,如同经历了两次"共鸣"与"知音"。尽管书中所列的许多电影我还没有看过,但没有影响我的阅读和沟通,因为我不必去操心电影本身的好坏,我更关心的是这些电影要说明的意义。因此,这些影评不是平日发在娱乐版的那类影评,崔卫平像一个剪辑师,将众多影片进行平行的、交叉的、立体的组合和排序,使电影艺术与社会形态之间的思考无限地延展,组成了"题外话"、"弦外之音"、"画外镜像"的"影外之一幕又一幕"。

崔卫平的另类思索

正如张铁志的推荐:"作者在每部电影中寻找乡愁,在故事发生的每个地方寻找故乡,因为人就是她的家园。"

崔卫平也说:"从人出发,就是从我的故乡出发的。为了让故乡成为故乡,让乡愁成为乡愁,我不得不连续赶路,披星戴月,从一个陌生的地方、陌生的语言走向另一个他乡异国。"

作为爱旅行的我,我也习惯在异地的一种"发现"中,获得所谓丰富的阅历,那种和我不一样的生活、人、语言,甚至器皿,不仅打开了我的视野,还相当于延长了我的生命。那种生活在别处、在陌生之处的触动,如同在观看

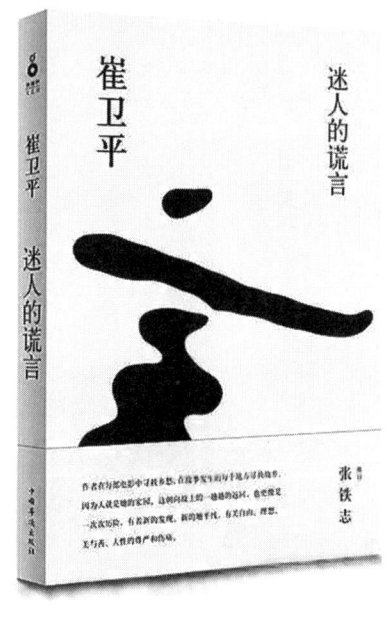

崔卫平《迷人的谎言》

电影时的感染,哪怕是看不懂的那部分,因为电影的复杂,才让我们有了迷恋和"被渺小"的魅力。

崔卫平在评论《窃听风暴》时指出:"多纳施马克的想象力来自生活,来自那些有想象力改动自己'剧本'的人的生活。"好的电影一定是要超出个人仅有的经验,甚至是观众可以想象的故事。崔卫平说:"《窃听风暴》让我们看到了一个不是根据生活本身而是根据生活的逻辑、伦理的逻辑编造出来的故事,而它相当具有说服力。在很大程度上,拒绝伦理上的想象力,便是拒绝艺术上最要命的想象力。生活中同样需要这种勇于改动的自己'剧本'的想象力,这个难度非常有意思。"现实中的"常理"就是现成的"剧本",但创造性的想象,也创造了生活内在的逻辑和伦理,电影就是让我们认同,噢,应该是那样。

法国哲学家贝尔纳·斯蒂格勒在其论著《技术与时间》的第三卷《电影的时间与存在之痛的问题》中指出:"在电影这个时间客体中,演员的真实生活与他们所扮演的虚构人物的生活相互重合。基于这个事实,好莱坞的明星若想真的成为一颗'星星',他们就必须经历生死轮回的幽灵游戏,在这个游戏里,现实与虚构、感知与想象混为一体,同时第一记忆、第二记忆和第三记忆也相互混合。"因此,我们对电影明星秘密生活的无限度入侵,就会丧失在电影非世俗的生活场景中获得陌生的认同感和想象力。

历史不是存在于历史档案库之中,而是存在于话语和修辞当中,也不会存在于一个平铺直叙的故事当中,相反,"曲解故事"便成了一种解读历史和构造历史的方法,电影就是"曲解故事"的高手,因此崔卫平将瑞芬斯塔尔的电影称为"迷人的谎言",一切现实的存在都不过是"跳板"。就如崔卫平所说:"玫瑰被赋予了爱情的含义之后,玫瑰本身就成了一个跳板,用来表达更高的含义。"而"对一个艺术家来说,她的道德立场乃至政治立场都应该受到美学的过滤"。

崔卫平虽然不写诗,但对诗保持着情有独钟,她用诗人的标准衡量着电影与导演,让我们感到了更大空间上的共鸣。崔卫平在评论《伊万的童年》时指出:"塔可夫斯基是以夷平我们头脑中有关电影的种种模糊观念。这样的导演还可以举出一些:黑泽明、布列松、伯格曼……他们的思考是与伟大的哲学家或者伟大的诗人相比肩,电影只是他们所运用的一种媒体,是他们思考、感受、捕捉这个世界和人类命运的承载物。"崔卫平指出伟大导演参与世界真理创造的形式,他们所摄入的最初的"词",其意义如同各民族最早的《圣经》与最初的表述。

由此我想说,张艺谋为何后来缺少了后劲,可能他身上画家的成分多了些,而诗人的成分少了些吧,而贾樟柯便一直保持着一种诗人的敏感和细腻,也就是塔可夫斯基遵循的"诗的连接"、"诗意的逻辑"和具有"某种预言的色彩"。崔卫平也被韩国导演李沧东的反问"中国人都不读诗了吗?"所震惊,"诗歌是我礼遇自己的方式,还能找到比这更好的途径吗?"充满诗意的电影一定是最有力量的电影,而不只是简单的抒情。

崔卫平以一贯的公共领域中对良心的拷问、人文社会的关怀、话语权到的解读的立场,贯穿在影评之中,呈现了银幕之外的视觉盛宴。她说:"电影这个东西,不管是为了故事的需要,还是视觉的需要,或者其他什么原因——比如原始激情——会不断重返丛林社会。中国电影及导演也不例外。如何处理强人与法律、本能与规则、欲望与伦理之间的关系,远远不仅是电影创作者的问题,而且同时折射出我们社会的人们对于这些问题的认识和处理。"

那些所谓的大片,抢夺人们的眼球,但电影需要关注的目光,只有从心中发射出来的,才能达到"共谋"。崔卫平也说到了另一种目光:"在一个人的背后,总有一双关注他的眼睛。这可能是有名有姓的其他人,也可能是他自己未曾意识到的良心,他本人子孙后代,乃至民族的未来。"在电影的追光中,要有多少"背后的目光"存在呀!

装下西藏的锦囊

藏族小姑娘

"在那东方高高的山尖,每当升起那明月皎颜,玛吉阿米醉人的笑脸,会冉冉浮现在我心田。"这是西藏六世达赖仓央嘉措写在三百年前的某个星空月色下的情诗。

西藏的伟大与神秘之处从仓央嘉措的诗中便可领悟,我的迷恋、敬仰西藏的感觉也可以从玛吉阿米身上获得,因为西藏的圣洁、纯净、神圣、诱惑、挑战等一切因素都可以化作对一位美丽姑娘的爱情经历。仓央嘉措当年追寻的遗梦，同样复印在今天每一个奔赴西藏的游者内心深处，有时是显现的，有时是隐秘的。

以"玛吉阿米"命名一个酒吧，对于泽朗玉清来说是一种幸运，而用玛吉阿米酒吧的留言簿做一本书（《玛吉阿米的留言簿》），那就是贺中的聪明了。

当下西藏导游的书实在太多了，快把西藏炒成卡拉 OK 的天堂了，看了这样的书，到了西藏怎能还有寻找玛吉阿米的感觉。其实，如今人们提起有关介

珠　峰

祈　祷

贺中《玛吉阿米》

擦擦的模子

绍西藏的书来，还都是首推那本《西藏旅游控险手册》，因为那是最早的一本对西藏旅游进行文化层面的解析与编纂的书，信息丰富，方便实用。

几年过去，贺中又拿出了这样一本另类的西藏旅游的书，同样充满文化品位和方便快捷的特点，只不过较之前一本有了更多的散淡，更多的随意，丰丰富富花花绿绿得像一位行走西藏的神秘客所肩挎的锦囊，让每一个人都有囊中取物的欲望。

不管是用"玛吉阿米"命名的酒吧，还是用酒吧留言簿组装的书，都有了一种神秘与随意的味道——东张西望的感觉，那种特有的亲切感、现场感，一下子拉近了青藏高原的海拔，让人身临其境，乐不思蜀。

这是可以装下整个西藏的锦囊，这是深藏他物的锦囊，应有尽有；这是一个行走在路上的锦囊，里面尽是信手拈来的东西。读这样的书如与朋友闲谈，如在酒吧里消磨雕刻时光。

这是一个粗犷的锦囊，手工纺织的粗布和手工制造的草纸的感觉，正像当下流行的波西米亚风格，包括那些涂鸦、速写、漫画，还有西藏画家的油画，如同挂在昏暗的烛光之上，让我倾身注目。

在陈寅恪祖居里写出的陈寅恪家世

江西作家叶绍荣最近再版了他出版于八年前的《陈寅恪家世》一书。说是再版,似乎是全新的再现。从封面设计到内文用纸、开本等方面比前一版要讲究了许多,而且书中添加了许多珍贵的插图,还有书中二百多处的修订和补充。

有关陈寅恪的传记书籍已出版了许多,但名不见经传的叶绍荣拿出的这本书,让我格外关注和信服。

叶绍荣是陈寅恪江西修水县的老乡,他家的老宅所在地芦塘村与陈寅恪祖宅所在地

陈寅恪

竹塅村仅隔二十多公里,同属义宁镇。一方水土养一方人,接受同一地气出生之人,自然会有心灵相知的地方,笔墨落下之处,无不带有固有的山水氤氲之气。

叶绍荣为写作此书,曾多次在陈寅恪的祖宅陈家大屋住过,访谈过老屋内如今的主人,也就是陈氏大家族的后裔,并亲自触摸过陈家的遗物和屋前的陈宝箴中举的旗杆石。他可能是唯一一位在陈氏祖宅住过的陈氏传记作家。

叶绍荣还见到了"义宁陈氏"后裔珍藏的民国三十二年(1943)光义堂重修《义门陈氏宗谱》残本,并亲自拓印了陈寅恪故里各个山头的数十座"义宁陈氏"先人坟茔的墓碑及墓志铭拓片,什么叫第一手资料,这就是第一手资料。因为,他是第一个去拓印这些碑刻的人,哪怕陈氏后代也不曾想到去拓

陈寅恪一家

印这些玩意啊。我真羡慕他,捷足先登地占有那么多带有古意的文物。他先后拓印了竹塅陈氏迁宁始祖腾远、陈寅恪高祖父克绳、曾祖父伟琳等人的墓志铭。寻宗寻到了祖宗上了,也就是我们说的刨到根上了。

许多"研陈"的作品全是故纸堆里反复论证和推算,就事论事,拿陈氏的遗著遗书说话,虽有理论建树,但缺少生动和亲切。绵远流长的家族文化的浸染和熏陶,正是了解和研究陈寅恪不可或缺的重要内容。正像叶绍荣自己所说:此书"为了留下一大批原汁原味的陈寅恪家族史,让人们对这贤杰满门的文化型大家族的起源、流变、迁徙及源流演化脉络有一个全面而清晰的了解,从而弥补陈寅恪研究的某些空白和不足,为专业学者及广大读者解读陈寅恪提供力所能及的帮助与参照"。

本书有几个特点:

写得远。几乎从陈氏远祖"虞"写起,如同让读者亲手翻阅一部陈年的陈氏大家谱,包括陈寅恪家族的演变、迁徙的全程。一直到陈氏五杰分别列出,并写到了几乎每一位如今健在的陈氏五杰后人。作为一个外姓人家,能如此如数家珍地研读续写陈氏宗谱,十分难得。

写得宽。虽然是陈氏家世,但也都横纵放开了写,远的有陈氏同乡诗人黄庭坚;近的有陈氏同样命运之旺族梁启超、梁思成;而张之洞、陈宝琛、李鸿章、齐白石、蒋介石等政治人物也在书中辅佐着陈氏家人。

　　写得讲究。不仅拥有第一手资料，而且还合理运用和考证，在文中都及时注明出处或采用的是什么文本。如对陈宝箴的死因既引用民间传说，又引用了陈氏不同后人的言谈书信，也加入了作者本人的分析推演，但并没有下结论，特别注重引用文本的语气和描述。

陈寅恪祖屋

高星与陈寅恪亲属合影

高星向陈寅恪墓地献花

叶绍荣在陈寅恪墓地留影

写得亲切。虽是家世传记，但文风朴实，语言干净流畅，文学性很强，细节之处有如情景再现。如引用当地民间歌谣"薯丝饭，茶壳火，除了神仙就是我"，证明陈氏家族人物性格；如写80岁的诗人陈三立在北京拜见87岁高龄清朝遗老陈宝琛时，"不顾别人劝阻，依然坚持行三跪九叩大礼，时人见之，莫不感叹唏嘘"。

遗憾之处就是由于种种原因，书中插图少了陈氏祖宅内部及现在村中人的照片，还有作者那些亲手拓印的墓碑石刻文字拓片及陈氏故居中遗存的实物、家谱等图片。

不管饿死　还是撑死　反正早晚都要吃死

所有和饮食相关的精神怡悦和追求,最终都将演化成一种物质的形态,就像只喝粥的和尚、打理饭局的厨师、报刊美食专栏的编辑,都有可能会变成一个胖子。

吃货小宽

小宽就是其中的一位,尽管他只做了10年美食专栏的编辑,但也沾得一身油脂麻花,换得一副脑满肠肥。

小宽出了本美食随笔集《青春饭,我们都爱重口味》,但其实小宽首先是个诗人,诗人的口味都会偏重,诗人变成美食家一定是美食狂人。如果让我为这本书写个书评,我会说:光看本书的篇首文章《血泡饭,断头饭》,就可以让我写篇专门的评论,何况这篇文章本身就有一万多字,冲这一篇文章,买此书就已值得。

现在有关美食饭局的书很多,甚至像我们平日的饭局一样多,说明当下,饭局已是一种绝对普遍的生活形态了。但如今的广大食客绝不是饥荒时代的一脸饕餮样,胡吃海塞"穷凶极饿"一样。"我昨刚吃了"、"我吃不多"、"我现在就想喝碗粥"……成了食客们在各种饭局前的口头禅。原来全是吃饱饭的人,肚子撑得很的人,他们饥渴的是精神的安慰,甚至只是时间的空虚。

小宽说得形象:"与死亡这个西瓜相比,吃一顿饭连芝麻都算不上。日本的摄影师荒木经惟曾经说过一句话:'饮食,是前往死亡之路上的一段激情。'这句溢美了饮食。"

"人为财死,鸟为食亡",其实人既为财死,也为食亡,过去人是饿死的,现在人是撑死的。

小宽不仅只是长着一张品尝美食的大嘴,而且自有他釜底的激情,也有刀下的功夫。那些诗一样的语言,就像跳跃的佐料一样在菜肴的上空飘洒;充满另类锐利的思辨,就像暗藏秘方的锅底,直抵锅里锅外坨肉的精髓。

比如:"读中国古代美食笔记,文字间带着油脂芬芳,情趣雅致;而读顾准文字,文字里藏着红薯窝头,字字带血,食物之中,总有着濒死的体验。"

小宽十分欣赏苏东坡,也让我想起屈原的一句名诗:"朝饮木兰之坠露兮,夕餐秋菊之落蕊。"当下可食的人间烟火,早已变得烟熏火燎,身在其中不能自拔。

小宽告诉我们,耶稣最后晚餐的食谱是:羔羊、苦菜、无酵饼,葡萄酒也应是无酵的,这是逾越节的规矩,也形成了日后圣餐礼的传统。

而乾隆爷驾崩前最后晚餐的食谱从当年《膳底档》中可以查找出:燕窝肥鸡丝热锅一品,燕窝烧鸭子热锅一品,肥鸡油煸白菜热锅一品,羊肚片一品,托汤鸡一品,炒鸡蛋一品,蒸肥鸡鹿尾一品,烧狍子肉一品,象眼小馒头一品,白糖油糕一品,白面丝糕糜子米面糕一品,年糕一品,小菜五品,咸肉一碟,攒盘肉两品,野鸡粥一品,燕窝八鲜热锅一品。

小宽没有给出两种最后的晚餐的对比意义,明眼人都可以看出,这两种饮食传统今日依然如此，没有信仰的人肯定是胃口好的人。正如小宽说："美食虚幻无比，死亡才真实有效。"

法国人鲁维洛凡在其《伪雅史》一书中谈道："古希腊的奥洛留斯是第一个吃孔雀的人，不是因为他喜欢吃，而是因为孔雀比鸡或珍珠鸡更壮观，来自更远的地方，更昂贵，也会让他更荣耀。"

爱吃肥肠和卤煮的小宽写下了这样恶狠狠的诗句：

男人都是下水做的，
女人才是水做的。
其中暗藏的杀机是：
有的女人是冰水做的，
有的女人则是开水做的。

温度适中的开水也是有刻度的开水

胡纠纠

很早就知道有个叫胡赳赳的诗人,因为他张罗了许多事。年前在一次狗子的饭局上,席间一位年纪已不小的昔日摇滚歌手,还像当年的愤青一样,大骂一些成功的摇滚歌手傻 B,我感觉他身上穿的海纹衫更像是酒纹衫了。

坐在一旁一直低头发微博的胡纠纠用平和的语音插话:"你的观点我认同,但记者有记者的职业写法。"我发现一向自称有"精神的纨绔气"的胡赳赳有时还挺善解人意的。

胡赳赳的随笔《北京的腔调》在每一章节的开篇都刊有一两首诗作,可见作为一个诗人的胡赳赳的苦良用心。在第一章的《长长的路》一诗中有这么一句:"温度适中的开水",给我留下深刻的印象。现在年轻人的"个性",甚至"偏执"、"暴力"太容易了,因为接近了表演,便成了表象。

同样,胡赳赳也正处于一个说小不小、说大不大的尴尬年龄段,他的敏感或睿智,使他在调皮的背后还有一种处事不惊的宽容。

最近我在看一个叫菲利普·索莱尔斯的法国人新写的《情色之花》,其中在"马拉美"一节中他写道:"花朵不再是花朵而变成了思想,而花朵这个词本身也接受了它们的缺失。理想的、世俗的花朵统治着其他的花朵。它没有名字，它消失在了一种静态的、不自然的矫饰之中。或许那里有虚无，但是虚无并没有使存在迸发，它吞噬了存在。矛盾的是，这就是虚无的缺失。"

同样，胡赳赳在生活中也在寻找着一种所谓正确的立场和姿态。他说，"白马非马，上流社会不是社会"、"上海人把体面看得比生命重要，一如北京人把牛逼看得比生命更重要"。从书中可以看出胡赳赳是一个浪迹现实生活的人，一个亲密感受时尚生活的人，这和他的记者身份有关，而他的腔调和半颓废半激进的才情也和他的记者身份有关。

但我更愿关注他的诗人身份，尽管他的诗作并不多，似乎这更使得他诗人的角色更加隐秘，诗句更加顾左右而言他，充满反讽和隐喻。

胡纠纠油画像

王朔飞了 飞得更高了
To boast about my friends and their works

有关小说

王朔飞了 飞得更高了

王 朔

王朔的《我的千岁寒》上市前，王朔风风火火热闹了一把，但书出来之后，却不见了动静。就像大戏开演了，观众却不见了；菜上来了，吃客却改喝闷酒了。

关心王朔，就应关心到真的地方。世态炎凉，鸦雀无声，该失语时就失语。不幸而言中，王朔的千岁寒，高处不胜寒。

有人对王朔研佛嗤之以鼻，故对王朔谈经敬而远之。王朔骂起人来不是人，但也不会装神弄鬼。他说他就是王成，"有我在，就有阵地在"。

此次王朔出山，重现江湖，虽然背景音乐如以往一样嘈杂，但王朔带来的货却大不同以往。如果说王朔的《我是你爸爸》之前的作品属于重拳，《看上去很美》属于黑拳的话,那这次《我的千岁寒》则属于轻功了。此书构成了另一个王朔,并与以前的作品构成了崛起的双峰。王朔不愧是朔爷,不仅没有倒下,反而"混"得出人头地,不带别人玩了。孤独地飞了,飞得更高了。我说王朔飞了,不是说吃错了药,将自己吃傻了,而是说他如才思敏捷行走江湖的大侠,语言忽闪不定。一会儿疾风,一会儿闪电,语言玩飞了。

王朔《我的千岁寒》

《我的千岁寒》语言散淡而又老成,跳跃中闪现空灵,而且深藏的诗意时不时扑面而来地打眼。当然调侃的京痞劲也都在暗处闪光,刺人耳目。瞧这语言来得多快多亮:"人在街上狂吃飞喝手拉手来回跑管那样儿叫奔放";"舌头打嘟噜,撸、卢、卤、路,打够了,就管这条河叫卢沟桥了";"这一带山水很旺,给点阳光就疯长,石头刮下一层都能吃,泥里也能抓出蛋白质,西南风都比其他地方油腥大"。

"我可以不知道我是谁,但我必须知道我不是谁——我不是老鹰。""你见过什么才是最美。你心里知道跟这地方永远亲不了。"我不能说王朔是一个已觉悟的人,但他在关心着觉悟,说明他内心还留有干净的空间。而又如惠能所言:"怀疑是觉悟的种子。"

王朔也说《我的千岁寒》:"屡经三版,认识每提高就重写一遍,到2006年10月物极必反了,无法终稿,索性把写作痕迹留在上面也好。"此书中收录的作品其中有三属原电影剧本,出于剧本形式的要求,让王朔的语言走到表达的穷尽处,简洁而有张力,突变而有节制。如果说电报体成就了海明威,那电影体便成就了王朔。

在本书中除了《我的千岁寒》,我还较欣赏《能断金刚般若波罗蜜多经》(北京话版)及《唯物论史纲》。有人对王朔谈经不以为然,其实不然,就举最后两段,便可知王朔的心领神会。

原经文为:"须菩提!所言法相者,如来说即非法相,是名法相。"

王朔译为:"必须觉悟!发无上平等觉悟心的人,对一切经文中的话,都应该像你这样去思考、去怀疑,这样才能避免生真理障。必须觉悟!这里所

1992年,作者高星(右)在王朔家中

说的真理障,如来说可以去掉真理二字,是瞎子做梦,梦见自己深夜骑黑马与乌鸦赛跑。"

原经文为:"佛说是经已,长老须菩提,及诸比丘、比丘尼、优婆塞、优婆夷,一切世间人、阿修罗,同佛所说,皆大欢喜,信受奉行。"

王朔译文为:"大彻大悟一佛一释迦牟尼老师说完这本经,必须觉悟,围拢过来听讲的和尚、尼姑、男居士、女居士,以及一切听到佛语的世间人、兽、石头、草木、鱼虫;天上云、鸟、风、气流;苍白、呛蓝、贼绿、屎黄、赤墨皆如花怒放,一时留下各奔东西渐行渐远的背影。"

《唯物论史纲》的另类文本让大千世界挤进王朔的笔下,似乎这种追问的回归,说明王朔已老,已如梦初醒?答案只有天知道。"轰炸欢庆丰收,打击举行婚礼,原子弹逼成上门女婿",这语言不是飞了,又是什么?想了解世界的人,必是一个绝望的人,物质是无限的,只有生动的语言安慰着我们,而这语言也是瞬间的自由。看见了,便是飞高了。

两种手艺的神出鬼没

马原用自己的新作《牛鬼蛇神》,不仅证明了他的身体依然充满活力,也预示了当下小说死而复活的可能。

书中写的是两个男人的几乎是大半生的经历。一个叫李德胜,一个叫大元;一个生在热带雨林的海南岛,一个生在北方极地辽宁;一个属牛敬鬼,一个属蛇敬神;一个是乡下普通的农民,一个是城里知名的作家。这么两个男人能够相互交汇,产生关系,本身就够鬼使神差的了。

这是南辕北辙的两个男人,但他们是在中国的中心——北京相识;是在

马 原

北京天安门广场的0公里处,向四面八方展开漫长的故事。"0"成为整篇叙事的起点,"0"也是马原小说每个卷章的收尾,一切归"0"。

初识时,他们共同朝拜的是可以吓死鬼、超越神的毛泽东。尽管在他们被接见时,城楼上哪个身影是毛,存有疑义;尽管李德胜这个名字也曾是毛用过的一个名字。这或许就是这部小说充满诡异、充满神秘的缘由,这种命题与"文革"中那"该死"、"有罪"的"牛鬼蛇神"原意,被无限放大。

其实,李德胜和大元有着相当共同的地方:两个人都是手艺人,都是靠手艺吃饭、养活自己的人。一个是劳作的手艺,一个是写作的手艺;一个是

现实的手艺,一个是虚拟的手艺。他们的命运在手艺之下悄然碰撞或暗中交合,处处神出鬼没。

李德胜是一个普通的山民,但他又是一个身怀绝技,并且技不压身的人。早在相识的北京,大元便发现别人抄大字报用圆珠笔和笔记本,而李德胜用随身携带的毛笔和草纸,与众不同。闲时也用毛笔在废纸上画北京的城楼,有模有样。

马原《牛鬼蛇神》

几乎所有的手艺都是从写写画画开始的,中国乡下的手艺多是因为手的灵性造型使然,齐白石的木匠出身和他日后成为绘画大师有着深层的关系。我父亲年轻时手工学做珠算,母亲年轻时手工缝鞋绣花,都是导致他们如今还会画上几笔的缘由,都说我会画画是受他(她)的影响。

书中写道:"李德胜是个地地道道的手艺人,有道是'家有万贯不如薄技在身',他的一生应该比有万贯家财的人来得顺遂和富足才是。"

李德胜从小能写会画的手艺最终并没能派上用场,随着"文革"结束,这全成了虚无,他还得另谋生路。

后来,他在村里建起了理发店,理发也是一种和造型有关的手艺。理发的手艺成为他安身立命的起步,他娶妻生子收徒弟招女婿,都有赖于他理发的手艺。

第三个手艺,他开了药材铺,中医的神秘性更是一种手艺,何况他画画的手艺也多少派上了一点用场，他用土法给人治病，当然少不了画纸符让患者喝符灰之水。辨别料理草药的手艺让他免去了砍柴种地之苦，却也同时给他带来倾家荡产之祸。李德胜被人诬陷病人吃药致死，法院判他终身不得行医卖药。

第四个手艺是在他走投无路的情况下，操练起了别人忌讳的纸工手艺。同样会画画的基础，使他入行容易，剪裁粘贴，按图样模仿，他很快便成了行家里手，那些纸活是为阴间死人服务的，但这门手艺却撑起了现实中一家人的生存。

这几年，我一直在采访乡土手工艺人，也拍过许多图片。乡间画像师、理发匠、中药铺伙计、纸工（也叫"纸扎"）我也都采访过。我还记得河北那个手扎匠说："胆大的人才干这行当，但当今凭手艺吃饭越来越难了，因此只有心怀手艺的人，才与大众格格不入。因为他扎的纸花再漂亮，大人也不让自己的小孩摸，因它们是冥纸。"

李德胜就是凭着这条手艺的更迭路线，构成了他人生命运的轨迹。他虽谈不上悲剧，但处处不顺；他天生敏锐简单，但他一直也没有过上清晰向上的生活，经常是被鬼斧神工砍得七零八落。

如果李德胜的手艺是小说叙事中的故事层面的手艺、具体的手艺的话，那马原的手艺便是一种文本上的手艺、抽象的手艺、形式上的手艺了。

马原一直自我命名为他是写小说的手艺人。这次复出，他也说道：这门手艺"当年去得突如其来，正如得它时的突如其来"，可谓神性再次附体，一种神奇的力量让他重操旧业，像"上帝抓住我的手在写一样"。尽管马原这本小说是他口述，徒弟记录而成，但呈现在超大屏幕上的字符，被他时刻掌握，何况他的手一直在空中比画着书写。可以说，这部新作依然是件手艺活的作品。

有了坚实的手艺本领，间隔多年也不会手生，心一打通，手艺便妙笔生花。因此自信的马原说："不是所有人都能在一生里两度成为小说家的。"

早年马原便以其著名的"叙述圈套"，开创中国小说界的"以形式为内容"的风气，他像一个手工作坊的主人，构置、谋划他的小说，攒活他的小说。

马原也说过："小说家如同木匠的手艺一样，不但需要对材料的驾驭能力，还要求拥有对材料的组合技巧，如同一位木匠对待一件家具的态度，对榫头的准确、角度切入与虚实的处理，要与之相称，而读者关心的是实用和审美。"

马原欣赏布莱希特的"间离"手法，并命名为"无缝对接"，而海明威的职业性写作，也成为他认可的一种技能行当，可以确立声名的手艺，写小说要活好。

其实，维特根斯坦同样一直对乡村、农夫、手艺活计、市井俚语有所偏爱。民间歌舞片讲故事的技巧、所产生的共鸣，被他运用在哲学著作中的篇章布局。而他的便条式论文，更像一个裁剪师一样，对大量哲思札论，进行粘贴组合。

马原既然是"王者归来"，便要有王者风范，那就是先锋文学大旗的不倒。马原这部小说坚持他的写作风格、叙述技巧，与二十年前的文本实现了无缝衔接，而且在玄妙的写作方法与篇章设置上，有过之而无不及，最大限度地体现了神秘主义鬼怪魔幻的色彩。

在篇章设计上，每卷以"3"开始，以"0"结束，而"0"章节，正是他对哲学科学的思考，正是体现一切虚空，摒弃意义与命题的内涵。议论内容宏大庞杂，包括经典哲学命题，也有进化论、外星人、《圣经》、《古兰经》的思辨。马原坚持从经验出发，语言空灵抽象又深入浅出，与小说故事情节近似真实，叙述近似口语的朴素，形成反差和呼应。

而将一些旧作的章节，大段大段地原文贯穿在正文的叙述之中，似乎丰富了故事交替的层面展开，让李德胜在西藏时的情景，有了身临其境的逼真。

还有日记、诗歌等大量文体的置入，更加丰富了小说的语言，让叙述充满立体的效果。

马原特别是在故事情节的使用上，也打破时间与空间的界线和秩序，时空交错，如同李德胜与大元本身生活的错乱与变幻一样。

有人说小说每章后的哲学议论显得冗长，割裂了小说叙述，我倒觉得它的存在，产生了间隔功效，有了节奏展开和形式统一的功效。歌德说过，诗人需要哲学，但他们必须使之保持在他们的作品之外。马原的哲学议论也正是可以单独成章的部分，与叙述分治，成为故事的背景文案。

而有人说旧小说的引用，有充数之疑，其实那是一种调整和呼应的作用。马原自己不引用，我们也会有一种新旧之作对比的欲望。

当然也有人说马原的新作毫无新意，不如所期待的水平。但是当下小说最好的标准是什么呢？现在有纯文学意义的、文本意义的，又体现人类生存经验的小说吗？我以为哪怕达到80年代先锋状态小说模样的也就算是好的小说。

马原复出，没有"向市场投降"，"没有给商业化一个响亮的理由"，马原甚至依旧采取蔑视读者日益已养成的退化的阅读习惯，以充满自信的"权威叙事"和唯我独尊的"霸气叙述"，让人领略了什么叫真正的小说，什么叫手艺活的小说。

虽然马原的叙述语言淡然、结实，但他对细节的掌控如鱼得水，时常引诱读者自然而然地感动，而且生动的细节大多为李德胜与大元相互交汇的时节，如，大元在海南岛看见李德胜为自己搭建的木屋里，格外鲜亮的手巾；李德胜在西藏时，大元及友人送给他的各种礼物。这也正是戏剧交锋的高潮所在，马原的故事性叙述，笔触敏锐，总会让人惊喜。

人得了重病，才开始关心全人类。就像人一衰老，才不可避免地靠近哲学。这两点，马原全都具备。叶芝说过："他的缪斯是年老的，而他变老的时候，他的缪斯却变年轻了。"人们对生命的渴望，构成对青春和智慧的羡慕。

李德胜与大元的生命状态，本来是一个晦暗，一个透明。但大元去了平原之后，李德胜去了高原之后，李德胜变得静寂，大元倒变得散乱了。马原在现实中，也像李德胜一样，从事过各种职业：记者、作家、制片人、大学教师等，他们最终都将回归生命本身，命运成就一切。李德胜在永不离开的大山中，终将老死一生；而马原从辽宁—北京—西藏—海南—上海，这一路走下来，似乎用四溢的诗情，在挥霍着人生。据说马原最近将落户养老在云南西双版纳的山下，自己盖房，并变成农民户口，还将再写新作，甚至画画。我有兴趣看待这一切。

寻找写在纸上的字里行间颜色的质感

邹静之《九栋》

狗子做了回责任编辑，出版了邹静之长篇小说《九栋》。我知道，静之的这部小说当初是写在纸上的。他那时不喜欢打字，喜欢给我们做羊肉汤。这部小说，他似乎并没有写完。可能是怕汤凉了，不忍心多做。

静之最早构想的是：以"文革"时期一个大院的第九栋宿舍楼展开一系列平淡而又惊奇的故事，像打开一家一家遮掩的窗户。但以静之的习性，他不可能去追求宏大叙述展开历史长卷。他追求的是手艺活，小而精。故太用力，而不能持久，因此不可能像他的《康熙微服私访记》一样"漫长"。

同是写大院，他没有像王朔那种贯口，也没有像张弛那种调皮，更没有像大仙一样炫色，还有阿坚的流水、狗子的啤酒。

静之老到的语言，追寻着节制、节奏、短小、质感。这肯定是传统和古典的，从鲁迅、沈从文、萧乾、汪曾祺、张中行中都可以领略一二，这便成了一种危险、一种情结。

静之的《九栋》朴素干净，充满质感，不是木刻，不是雕塑，像老黑白照片，是简洁的黑白色的颜色质感。

"我发现街上,身上有字的人越来越多,很多是红卫兵,也有胸口上挂着白布黑字的,每个人都是一行字。"(《八天》)

"干净的白墙,没有眼睛它不能看你。"(《图案》)

"他曾给我看过一块明朝的墨,说如果一个产妇吃了它会止血。"(《笊篱无线》)

"我觉得照相,就是一盗墓者闯进坟墓中留下的影子"。(《我爱奚小妹》)

……

我们一定会从心里承认,语言的功夫在力量之下才有魅力。

就像我惊讶于狗子有工作后编的第一本书为什么选择了静之,我还惊讶在这本《九栋》中,静之竟一个新字都没写,包括序和后记,全是旧刊。

年轻时的邹静之

邹静之(左二)和他的兄弟姐妹们

我明白了，静之之所以现在勤于书写颜体，就想用斗大的墨字，抗击那正在逝去的文学文本中的小字及那些在视屏中飞跃滑落的字符，他惜墨如金，知黑守白。

张弛的海拉尔

张弛出了本小说叫《我们都去海拉尔》，这本小说延续了他以往的风格，也似乎是除了这种风格他还会有什么风格呢？絮絮叨叨地白话他身边的一帮哥们儿（也叫"北京病人"）的乱七八糟的破事（也叫"文人市井"），当然，主要是酒桌饭局上的事。书中写了一大堆有名有姓的人，明眼人一眼便可认出来谁谁谁。因为张弛基本上都是用真名，尽管他把人家的名字随便加了许多字，就连他自己的名字也成了"文武之道一张一弛文不能定国武不能安邦"这么长的一句，而

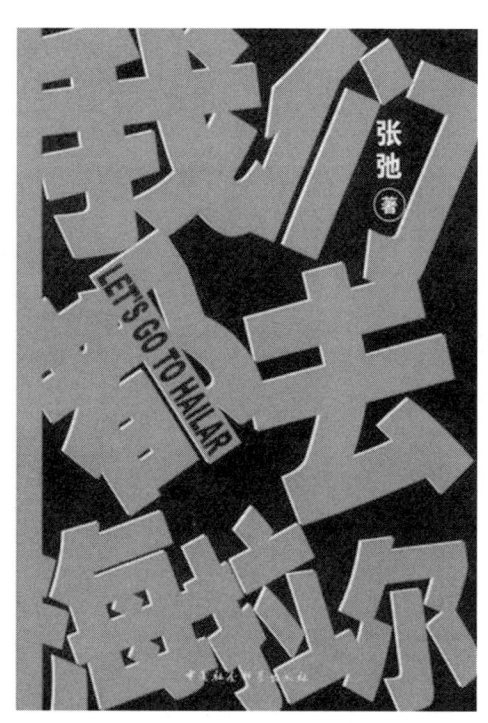

张弛《我们都去海拉尔》

爸爸、妈妈也成了"爸爸爸爸爸爸爸"、"妈妈妈妈妈妈"，我大概数了数，书中一共写了有名有姓的人物62个，这样一来，书中无形之中增加了许多字数，我想得占"五分之一"吧，老张弛真有招数。

书中我认识的人就有"黄色可以燎原"（黄燎原）、"贾新生力量栩栩如生"（贾新栩（狗子））、"唐大粘糖"（唐大年）、"方文绉绉"（方文）、"杨老颓独占杨葵"（杨葵）、"阿富汗奸细"（阿坚）、"撒泡尿赵赵"（赵赵）、"石老康有为"

（石康）、"伊贱人"（尹丽川）、"阿臭美"（阿美）、"舒不是书"（苏非舒）、"艾买提丹"（艾丹）、"披着狼皮的老狼"（老狼）、"仙老"（大仙）、"邹静而远之"（邹静之）、"简直上列宁"（简宁）、"暗送赵波"（赵波）、"王扑朔迷离"（王朔），等等。他们的名字虽说有点乱，但一个个栩栩如生、活灵活现。特别是有些当他们的面不好说的话、不敢说的话全变成了"小说语言"，透着一种真实，而且不留情面，爱谁谁。

张弛笔下的小说和酒杯里的张弛一样，属于半醉半醒状态，有点自嘲有点无赖有点大智若愚有点装傻充愣。有人说这是黑色幽默，我说这是阴坏，反正黑和阴都够黑的。张弛在书中没说哥们儿多少好话，就像他酒后的话一

张　弛

样，不知深浅不知真假不负责任。他说方文绉绉"喝点酒后，竟会变成市井之徒，一个不折不扣的泼皮无赖"，并用撒泡尿赵赵的话说"这些朋友格调不高，大多婚姻不幸，于是白天装得像人，一到夜晚以酒蒙脸，对女性的蔑视就毫不收敛"。他说贾新生力量栩栩如生"那顶啤酒主义者的荆冠，就是阿富汗奸细亲手加封的。我也喝酒，知道喝大了是怎么回事，但再大也不至于大到这种理论高度"。他也写了阿富汗奸细爬山的尴尬，看见坐缆车上山的贾新

生力量栩栩如生，当场就崩溃了，觉得爬山运动把他出卖了。

张弛挤对得最狠的人是黄色可以燎原，（他）"买了辆捷达，到哪儿都把车钥匙掏出来放在桌上，要画我就把他画成一把钥匙，一把万能的钥匙。前不久黄色可以燎原出了一本书，叫《打一巴掌揉三揉》。我翻开一看，里面讲的全是他认识哪些人，掺和过哪些事，精力够充沛的，说句奉承他的话，我认为这些事情分开来做，可以同时摊在一万个人的身上"。

张弛对男的还算不留情面的话，狡猾或于心不忍的他，对女的也采取的是打一巴掌揉三揉的方法，暴露出了他的虚伪。他说暗送赵波"是时尚作家，而且属于交际花那种类型。经常能在流行刊物上读到她谈论感情以及吃喝玩乐方面的文章，更能看到她在酒吧或画展开幕之类的场合出没。印象中她不分四季，总是穿着性感，以致很多人提起她，首先想到的总是她的背影"；"我在北京混了三十多年了，加起来还不如暗送赵波一年下来认识的人多"，但接着话音一转，张弛又大夸了一通暗送赵波的小说有思想，"给北京人树立了一个好榜样"，好肉麻。

张弛就着说撒泡尿赵赵又骂上了"小姿"作家，"她们自以为在时尚中浸淫很深，实际上不过是浪得虚名。因为她们被各种流行词汇包裹得过于严实，一旦说到自己时，她们要么不说，要么狂往脸上贴金"，同样接着又把撒泡尿赵赵比作八大山人，同样，张弛借唐大粘糖之口说伊贱人"骨子里是个小姿，愤怒不过是她的姿态，是假象。她比任何一个女作家都追求情调"，张弛都没敢说这是自己说的。

张弛在小说的结尾说："我从头到尾在说他们的坏话，这丝毫不能说明我不近人情。这是我的性格决定的，别看我有时滔滔不绝，像个人来疯，关键时刻却羞于表达。我渴望取悦于人，引人注目并教育他人，使自己成为一个预言者，一个目击人，一个醒世的丑角。"在张弛不愠不火不紧不慢的叙述中，折叠着种种不可掩饰的嘴脸；嬉笑打骂中，揭示了入木三分的形象。谁比谁傻呀，张弛这个老顽童都明白的事，我们还不知道自己怎么回事。

往事并不如酒

阿坚（左）与狗子

阿坚去年应简宁之约，写了一本有十万余字的小说《1976》。把《1976》称为"小说"，这是一种方便进入的姿态。因为阿坚几乎所有的小说都是散文化的实录，相信大多数人并不会承认这种叙事方式的文本是小说。

阿坚参加了1976年的"四五运动"，并且是当时上"小红楼"谈判的四个代表之一。但他并不因此出名，人们记住的是"小平头"、"血书者"；后来是王文澜、贺延光那些摄影家。

阿坚的这本小说会让许多人失望，他没有提供那段历史中鲜为人知的场景和内幕；没有对"四五运动"的来龙去脉进行理性的、历史的评判分析；

几乎没有"意义",成为一个纯粹个人化的生存记录。不认识阿坚的人,会很难有耐心读完这部小说,并不会有心思关顾他日常生活中乱七八糟的琐事。

阿坚(右)与乐亭民间艺人在一起

阿坚在1976年清明节进入天安门广场,并没有肩负什么历史责任与重担,也没有什么革命理想和志向,只是觉得"好玩"、"风光"。就像他当时在工厂本有意拒绝领唱批邓歌曲,但唱歌的女工为他画眉涂粉,热气呼呼吹了他一脸,他觉得"值了",

阿坚(中)与农村老人在一起

便随随便便没有原则地登台唱去了。

阿坚以同样的态度对待四五平反后的庆功会,别人热衷表达自己在事件中的英雄行为,他关注的是庆功宴上的鸡大腿,并将英雄胸前的红花转送给了朋友的小孩,逃离了庆功报告会。

1976年那段惊心动魄的历史似乎与阿坚无关,在小说中与"四五事件"平行的是,阿坚记叙了许多他这种"小人物"的平实甚至是低贱的生存状态,如在工厂里如何"秀""车间之花",如何和文学大哥学洋歌、看文学名著,父亲如何打他、如何与他划清界限。我更感兴趣的是他记叙了许多当时流行的烟酒饭菜名称及价格、流行话语、人际交往的形式动态,让我们这些同龄人感到亲切,让社会学家可以捕捉生动的信息。

章诒和的历史回忆文章（虽然不是小说）记叙的是大事件大人物，是对历史的追问与探寻，文笔生动流畅，有感染力。阿坚不是这个路子，不光没有历史责任，而且文笔粗糙，口语记述琐碎。难道，那么早阿坚就已看破了政治红尘，脱离了世俗生活，将革命与爱情、文学与时间等一切存在的意义，全部让啤酒给稀释了？

在传统理论中，艺术不仅是反映现实的镜子，更是一盏灯，它投射其自身的现实而不是模仿现实；艺术是育人灌输的工具，是表达思想情感的记录。似乎在艺术文本中每件事物都具有某种意义，都不是偶然的。

美国学者伯格在其《通俗文化、媒介和日常生活中的叙事》一书中指出：

阿坚（左二）与朋友们在一起

"叙事是虚构的，日常生活是真实的；叙事是集中的，日常生活是分散的，叙事对结局强烈好奇，而日常生活是目标模糊的。叙事谈论的是特别的人和特别的冲突、问题，威胁或使生活变得复杂的任何东西。另一方面，我们的日常生活相对平凡，而我们的体验一般也不如叙事中的人物的体验那么紧张和令人兴奋。日常生活波澜不兴，缺少变化的味道。"

阿坚不论写文还是做人，缺少严肃的精神和社会责任。难怪当年和他一道投身"四五运动"的人，后来成为了重要的理论家，而他仍是一介草民。

几乎没有"意义",成为一个纯粹个人化的生存记录。不认识阿坚的人,会很难有耐心读完这部小说,并不会有心思关顾他日常生活中乱七八糟的琐事。

阿坚在1976年清明节进入天安门广场,并没有肩负什么历史责任与重担,也没有什么革命理想和志向,只是觉得"好玩"、"风光"。就像他当时在工厂本有意拒绝领唱批邓歌曲,但唱歌的女工为他画眉涂粉,热气呼呼吹了他一脸,他觉得"值了",便随随便便没有原则地登台唱去了。

阿坚(右)与乐亭民间艺人在一起

阿坚(中)与农村老人在一起

阿坚以同样的态度对待四五平反后的庆功会,别人热衷表达自己在事件中的英雄行为,他关注的是庆功宴上的鸡大腿,并将英雄胸前的红花转送给了朋友的小孩,逃离了庆功报告会。

1976年那段惊心动魄的历史似乎与阿坚无关,在小说中与"四五事件"平行的是,阿坚记叙了许多他这种"小人物"的平实甚至是低贱的生存状态,如在工厂里如何"秀""车间之花",如何和文学大哥学洋歌、看文学名著,父亲如何打他、如何与他划清界限。我更感兴趣的是他记叙了许多当时流行的烟酒饭菜名称及价格、流行话语、人际交往的形式动态,让我们这些同龄人感到亲切,让社会学家可以捕捉生动的信息。

章诒和的历史回忆文章（虽然不是小说）记叙的是大事件大人物，是对历史的追问与探寻，文笔生动流畅，有感染力。阿坚不是这个路子，不光没有历史责任，而且文笔粗糙，口语记述琐碎。难道，那么早阿坚就已看破了政治红尘，脱离了世俗生活，将革命与爱情、文学与时间等一切存在的意义，全部让啤酒给稀释了？

在传统理论中，艺术不仅是反映现实的镜子，更是一盏灯，它投射其自身的现实而不是模仿现实；艺术是育人灌输的工具，是表达思想情感的记录。似乎在艺术文本中每件事物都具有某种意义，都不是偶然的。

美国学者伯格在其《通俗文化、媒介和日常生活中的叙事》一书中指出：

阿坚（左二）与朋友们在一起

"叙事是虚构的，日常生活是真实的；叙事是集中的，日常生活是分散的，叙事对结局强烈好奇，而日常生活是目标模糊的。叙事谈论的是特别的人和特别的冲突、问题，威胁或使生活变得复杂的任何东西。另一方面，我们的日常生活相对平凡，而我们的体验一般也不如叙事中的人物的体验那么紧张和令人兴奋。日常生活波澜不兴，缺少变化的味道。"

阿坚不论写文还是做人，缺少严肃的精神和社会责任。难怪当年和他一道投身"四五运动"的人，后来成为了重要的理论家，而他仍是一介草民。

阿坚（前排右二）在1976年"四五运动"中

现时的人们都热衷于关切名人的作为，也就是对成功的渴望。电视的流行极大地满足了人们这种窥淫癖的本能，一切都让人们在近距离中消解了私人化的空间。但阿坚并不会让众人关注，尽管他在文中将自己暴露无遗。其实历史从来都是由小人物构成的真实。

阿坚现在将写作推向极致，整日写喝酒瞎聊的流水账，比白水还白。我父亲说他的东西哪里是什么文学；理论家说这是创造力缺乏的表现。与他同道的狗子说一见有想象情节的文体，就本能地拒绝阅读。

我不知道阿坚这么做是不是正确的方向，是不是时代发展的必然，但我知道，这是没有价值和意义的事，文学早已成为他生活本身的一种行为。如果说理想的文学仍然以大师形象而存在的话，那阿坚就是一个悲剧性的人物，彻底地废了。

视觉的撞见与手指的触摸一般的阅读

杨 黎

杨黎作为第三代诗歌运动的领军人物,一直高举着他那"废话"的旗帜。在北京与成都之间,他慢条斯理地走来走去,话不多,但一谈起"废话"的使命来,倒显得句句是真理的样子。如最近他在访谈中谈到:"第三代诗歌运动已经三十年了,在这三十年里,它经历了一次又一次的反复。这些反复包括内部分化、自我怀疑和外部围剿。只是所有这些反复,并没有构成对第三代诗人的致命伤害,也没有对这个运动构成难以承受的打击:因为这个伟大的运动它一开始就已经结束,剩下的无非是不断地文献堆积和复制。有一次我和万夏喝酒,我们谈到第三代,这个消耗了我们三分之一生命的诗歌运动,究竟给这个世界留下了什么?我认为,主要是看世界新的角度。而万夏说,就是几个人和几首诗。我认为他的说法很现代,所以我同意。"

杨黎的小说大多还没有公开出版,前几年的《打炮》是一部短篇小说集,像他的同名诗作一样走红,今年他又要出版一部长篇小说《凌乱》,可以想象他一贯的生活常态的视觉与触觉的展示,那种深入肌肤般的阅读。

古典诗歌或小说的写作,肯定是和庄稼的生产有关,那种文本的抒情,肯定是以日月星辰风霜雪雨和山丘湖河花草树木为背景,人的几大生存本能是分散的，都是被自然物所遮蔽的。就像中国古典诗歌完全是在乡村田园中孕育生成的，它以和谐和韵味为中心，充满隐喻和象征，吟唱人性与人情的理想和动人的意义。

如今的社会早已呈现泛城市化，传统的诗意完全散失，非诗化、非文学化强烈显现。海德格尔曾说城市生来就是没有诗意的。本雅明在对现代主义文学开创者波特莱尔的解读中，把现代诗人比喻为都市里的"拾荒者"和"暗探"，他们在街道上漫游、窥探，并由此形成与都市的全部关系。

杨黎《灿烂》

而在当代的文学写作中，诗人和小说家为什么连对歌颂城市机械的力、汽车的速度、建筑的美都没有了兴趣？连一个在城市街道上漫游的"暗探"都不如了，纯粹成了室内场景的记录者，充斥着膨胀的肉欲。

如果把人的几大生存本能进行分解的话，那吃、穿、住、行几方面肯定是属于古典农业社会，如今在都市中这些已经获得了极大的满足，甚至全部都已异化，似乎只有人的肉欲，还和古代的肉欲没有本质的改变，也就是说不管怎样的性交姿势，还有肉体碰触的高潮感觉，都是和古人是重合的，尽管现在也有许多性取向的异化。

似乎只有性可能安抚在都市中日益加重的对生命异化、物化的焦灼感受。只有性体验才能成为纯粹的个体化的私人经验与生活话语。因此自1990年代的中国当代文学，在都市的后现代语境中显现的泛俗化的市民狂欢与戏谑，也就是"下半身"、"物欲主义"、"肉体写作"与"废话"、"口语"的文本大面积出现的原因。

从诗人的社会地位来看，20世纪的中国诗人一直处于都市的边缘，这种距离感甚至是被动的选择，他们与城市的对话更多的是用酒色、用人生颓

杨黎（右四）与韩东（右五）等诗人朋友

废与性暴力来对抗都市对生命侵袭的绝望，甚至用自虐与自慰，来表达对诗人价值否定和对诗人神圣与崇高的话语权利丧失的恐惧。他们自以为传承着白居易、李渔的满船歌女，普希金、波特莱尔的放荡，甚至有过之才能证明存在。

从杨黎小说《打炮》中便可看出男人的角色大多为失意的诗人或画家，而女人的角色大多为歌厅、饭馆、茶舍的小姐，场景也无怪乎歌厅、饭馆、茶舍的包房内，活动的内容除性交外，便是扯淡、玩扑克、麻将、喝酒。诗人全是游手好闲的人，女孩全是生活社会底层的人。

杨黎在小说的文本语言上，一贯他的"废话"风格，正如他自己所说："没有将诗与小说分开，只是长短的区别。"因此他的小说语句基本上全是短句与小段落，全是叙述性语言，没有故事，没有对话，甚至没有形容词。大量的肢体名词、器官状态、尺寸大小的彻底描述。而一些对扑克牌游戏、酒令的描述，让我想起他的那首成名作《撒哈拉沙漠上的三张纸牌》，完全是对虚无给予物化的呈现。

正如杨黎所说："除了打，你们还能干什么？""除了打，我们还是打。"（《打炮》)那些爱情的矫情和纠缠，哪怕是性交的紧张和仓皇，在这里全变得举重若轻，唯举重要。往日的社会意义演变成赤裸的个人空间与私密性的若无其事、慢条斯理的描述。

杨黎用纯粹的肉感代替了引起人们视觉上联想的阅读，我印象最深的就是充斥在书中的圆圆的乳房、白白的屁股形象，让我一边阅读一边有"忍乳负重"、"股色股香"的刺激。

这种充斥着白与圆鼓鼓的肉块描述，完全是充血的鼓动。而那与白对立的描述"像一辆装满石油的油罐车，正慢慢驶进山洞"（《双抠》）似乎成为了杨黎小说中仅有的象征性书写。

我对杨黎小说的阅读，甚至不是目力所及的视觉感受，而是顺着他的手，一同触摸，直接是顺藤摸瓜的触感。他的那只罪恶的手在小说中无处不在："我像做贼一样慢慢地把我的手爬过去，先是手指，后才是手背"；"爱，在拖拉机上一只手就表达出来了"；"只有我的一只手在我渴望已久的乳房上摸来摸去"（《我们时代的拖拉机》）；"而这只手与先伸过来的手不一样，它是直接伸进了衬衫里面，哦，舒服，舒服"（《双抠》）；"他很想伸出手去摸一下"（《梅花镇的阳光》）。

这种挑逗读者触觉的"罪恶之手"，正是作者从传统文学与当代文学之间的地位与距离，也就是从历史意义与秩序之中，找到个人敏感与独白的才华指向。

酒徒狗子

当我从狗子手中接过《迷途》这本书并随手翻阅的时候，狗子就坐在我的对面喝着啤酒。书里文本的狗子总是三心二意地喝着啤酒，书外眼前的狗子有一搭没一搭地举着酒杯，这两种画面的若即若离，立刻让我怀疑：到底哪个狗子更真实。就像此时窗外的细雨把路灯与车灯都罩上了暧昧的色调，有一只黄鼠狼从街中悄然穿过，而餐厅里在强曝的灯光下，凸显得我们二人多少有些尴尬，似乎这一切的情景呈现的又都不那么真实。

狗 子

狗子就像一直在写处女作的小说家，永远都在用第一人称写自传式的小说。拒绝用第二人称写作的狗子似乎放弃了客观的视角，坚守着以"自我"

为中心。他自己也说:"我只会写身边的人和事,而且好像只会用第一人称的我。"

但当我们面对狗子这个"他"与"从不言他"的狗子相会之时,要有多少真实的狗子可偷偷地置换?阅读总是发生瞬间的游离。写实、纪实、现实,都是一个实实在在的实吗?我们当然有权利怀疑这种文本是否具有"小说"的价值与概念,狗子也像做贼心虚似的,事先把这本小说称为"个人生活的报告文学",并自圆其说地谶言"自己坠入到自说自话的谵妄之中"。

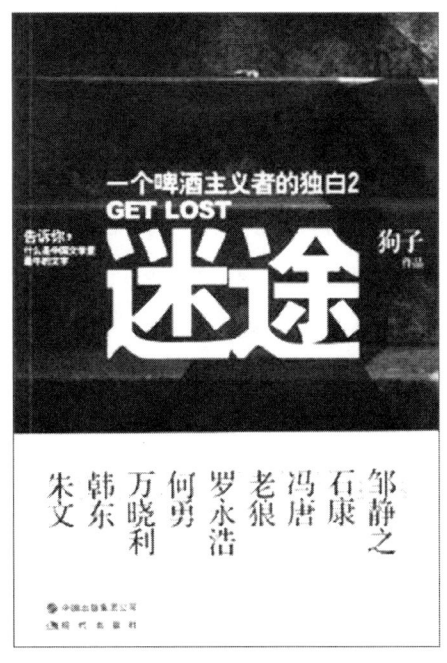

狗子《迷途》

一贯高举啤酒主义大旗的狗子,就像他早年流行于世的《一个啤酒主义者的独白》那本小说一样,成为了他的符号。尽管张弛对他的这个"主义"一直不以为然,而阿坚又时常提心吊胆地注视着狗子的一丝一毫的变节。

所有的狗迷都读过他的那本成名作,都对他的这本新小说抱有深深的期待,何况这本小说本身也号称为"一个啤酒主义者的独白2"。如果"独白1"是写喝酒的经历的话,那这本"独白2"便写的是躲酒的经历,难怪狗子最初曾想把这本书命名为"一个啤酒修正主义者的独白"。"独白1"是写狗子在喝酒中历练整个身心器官血脉的"路途","独白2"是写狗子在躲酒中游走9个外地的地理坐标的"迷途",似乎只是自然而然的一种延续和重复。因此,这本书不论在思想上还是文本上让那些期待狗子战斗力的人多少有些失望,有些迷茫。

狗子真像他自己说的那样老了吗?他说:"随着年龄的增长我越来越觉着这三者(酒精、写作、爱情)不足以给我以坚强的支撑,其实我一直也没有把它们作为足够坚强的支撑，我一直在怀疑，一直试图在他们身上寻找坚强，有时候似乎找到了，但最终，面对山脚下的死神，还是不行。"狗子就在那里，好坏都是他。面对一个在行为上放弃英雄主义，在文本上放弃浪漫主义的酒徒，躺着也会中枪。

酒是狗子用来对抗现实社会的武器，也是用来自残生命的凶器，习以为常的喝酒生涯是他早已养成的自虐与受迫害的行为。狗子也经常把阿坚、张弛称为"欺压"他的两座大山，并乐于这种早晚相毁于他们的手里的朋友关系。

列奥·施特劳斯在《迫害与写作艺术》中指出："迫害产生出一种独特的写作技巧，从而产生一种独特的著述类型：只要涉及至关重要的问题，真理就毫无例外地透过字里行间呈现出来。这种著述不是写给所有读者的，其针对范围仅限于值得信赖的聪明读者。它具有私下交流的全部优点，同时免于私下交流最大的弊端：在私下交流中，唯有作者的熟人才能读到它。它又具有公共交流的全部优点，同时免于交流最大的弊端：作者有可能被处以极刑。"

狗子的小说肯定是属于小众读者的，有人称为"圈子"小说。他那种生活的纯粹私密性，多少会让人有些望而却步与进入的困难，但正是这种陌生性的生活经验，才更加强化了作为他者，在一般性读者中不可替代的阅读对象与另类安慰的视觉形象。就像现在的微博，既放大了你的存在，也满足了旁观者的偷窥。

喝酒的人总是沉醉于满目微醺的状态，同样，这本似乎被酒浸泡过的小说，字里行间也是充满着散漫的醉意蒙眬。那些期待把酒当成显影液一样的读者，不但不会从中得到清晰的影像，而且只会得出虚无的印象。其实，虚无的印象正好是狗子本能的意愿与初衷吧。正如他所言："关键是喝起酒来，我变得和他们一样虚无，在酒后，我们的世界观是一致的。"

《迷途》的书名让我想起杰克·凯鲁亚克的《在路上》，颓废、逃避、自我标榜、东拉西扯的叙述，不过如此的场景构成他们共同的元素。你的道路是什么，在什么地方，给什么人，怎么走，是他们共用的诉求。"去异地，寻别样的生活"，在路上，没有尽头，甚至狗子已经面临穷途末路。

在一个极度时尚时代，我们的注意力早已支离破碎，敏感性也变得迟钝薄弱。狗子享受着"酒后之人天然拥有的道德豁免权":"我觉得对酒精的这种适应乃至麻木,与对平庸生活的适应和麻木好像本质上是一回事";"我以为一手拿笔,一手端酒杯,二者带来的激情是抗拒平庸的利器,加上天上掉馅饼般降临的爱情,我以为这就是我要过的战斗的燃烧的人生"。狗子拒绝寻找道德层面的价值,也拒绝阅读层面的刺激,就像他小心翼翼地躲避着文本的文学意义一样。

明眼人都可以发现在这本小说中狗子行文的一大新特色,就是经常在语言叙述中并置括号,并在里面再一遍言说,把前面的话注释或颠覆一番。例如:"此情此景令人泄气(这有点像跟人斗酒,对方是一个天生有酒精免疫力的家伙,怎么喝都不醉,自然这酒是没法斗的)";"严寒这个对手从他眼前溜掉了(至于酷暑——单指北京的酷暑——阿坚大概从来就没放在过眼里)";"说他们是疯子(鲁迅的说法叫狂人)";"她的嗓音略沙哑(是否真的沙哑我不敢保证,但这是我对鸡的声音的某种莫名其妙的成见)"。

这种叙述的纠结与不确定性,正是体现狗子依稀犹豫与怀疑的写作态度。他时常游离于文本之外,是对小说的所谓文学性的恐惧,对情节、故事、宏大叙述、崇高意义、抒情描绘的拒绝。他总是习惯于生活在前,写作紧随其后,甚至是同步的追述,让自己的生活立竿见影般地得以肯定。那极为有限的语言刻画,也力争做到不动声色的一种散文化的释然。

我们这些非常熟知狗子的朋友,对他在本书中选择描述对象与场景的甄别与遴选,有着十分浓厚的兴趣,但狗子对文本设计的警觉,构成了一种不经意的秘密。

狗子在书中对死婴、疯子、妓女、瘸子、弱智等一系列边沿人群有着明显兴趣的记述,就像美国女摄影家阿勃斯一样,是他对现实影像的一种暗合,是他对周围一切似乎都在"归堆儿"、"打包"的斗争。如同天川饭馆被拆了,"留给阿坚折腾的地盘越来越小了"一样,狗子也在啤酒瓶一样的生存空间中无法探出头来。

在王朔之后,那些坚守真实性写作的作家们,如今也已逐步拉开了距离:张弛的变形、阿坚的流水、丁天的精致、春树的剪裁、石康的矫情、曹寇的夸张、顾前的冷漠、阿乙的节制……

他们同狗子一样,不论从个人狭义的文学期望角度,还是从广义的生活经验角度来说,都是在强化虚构与真实、诗意语言与应用功能的对立。他们迷恋日常生活的原生态的散文性的文本,无一不面临文字艺术的有效确认的窘境,与其说是无法继承的模仿,是对美学的一种反叛,倒不如说是对这种文学性矛盾的视而不见。拒绝"文采"与趋向真实的纠缠,构成他们与文字搏斗的必要性。昔日作家那种离开自身,驰骋于创作之中的写作,似乎是一件美妙无穷的事情,如今被他们的手笔相连成一体的自然写作所代替,狗子更加极致成啤酒一样的冒泡。

正如狗子所说:"写作,唯有写作,你就是能一个人在角落里自己跟自己较劲。郁闷啊。"春树也曾对狗子说过类似的话:"我们有写不尽的真实经历,何必恐惧素材的匮乏。"他们对写作的持续性,有着天然的自信。

酒色不分家,狗子在书中说:"总之酒能灭色,但色灭不了酒,比如在热恋中,我往往喝得更凶而不是相反,于是就有女友问我(质问):我和酒,你选择谁?这种情况下,我会毫不犹豫地告诉她:选择你!然后一仰头把杯酒干掉。"

如今,狗子自身的婚恋状况也正面临着是是非非,故事性非凡,充满原生态的戏剧,几乎够狗子此生写的了。对于狗子勇于实践勇于献身的精神,真让人佩服,也让人羡慕。对于坚持自我真实性写作的狗子,我当然也还存有一点点的期待:如果那也是小说……

让红色来得不那么激烈

春树的内心

第一次见到春树,还是在1997年,地点是位于展览路的方舟书店,按春树在《北京娃娃》中的描述:"这家音乐书店其实很小,也就十几平方米吧,但有许多前卫的书和杂志,书店外面是各个乐队贴的演出或招乐手的海报,半面墙的CD分别卖十五元和一百五十元不等,还有许多北京和外地乐队的小样,柜台兼卖欧美乐队T恤、贴纸、杂志。"

那年春树刚刚从中学退学,和一些"小摇滚"整日无所事事地在社会上混。我去方舟书店买书时,正巧她也在店内闲玩,见我买的书多,便主动告诉我她的会员卡号,一下使我少花了二十多元。后来我一直都用"春树"这

春树上了美国《时代周刊》封面

个名字在方舟书店买书,直到书店关门。

对人最初的印象似乎是永远也改不掉的,我一直把春树当成是一个单纯善良的女孩。但我有一个亲戚的小女孩,一直崇拜春树,但真正见到春树后,并不能在一块交流,她对我说:"春树怎么说话老带脏字?"

春树的新作《红孩子》可以说是春树的一本怀旧之作。因为她的《北京娃娃》等书都是创作于当下时间内的,而《红孩子》是记述她从小学到初中生活的,那段生活已经和春树有了一段距离。对于像春树这个年纪的人,这么早依赖回忆写作是一件危险的事。就连王朔的怀旧之作《看上去很美》也不能说是一部成

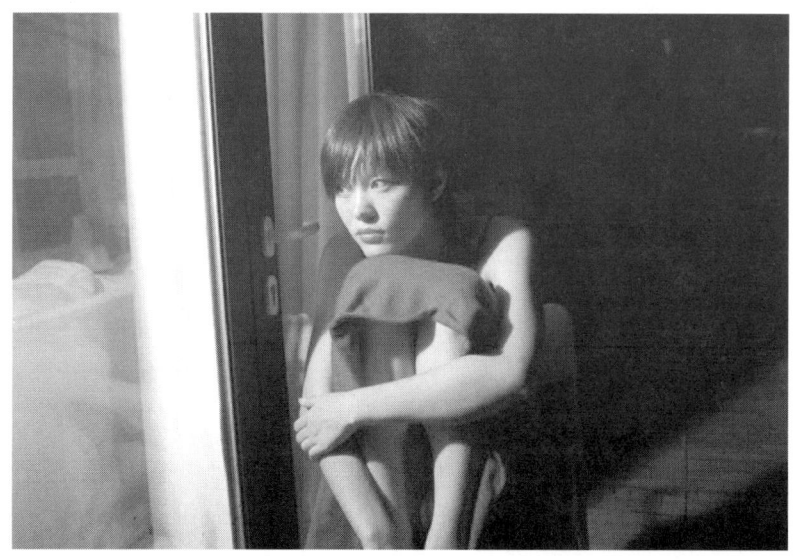

独坐的春树

春树的青春

功的作品。

不论从年龄还是从经历来说,我与春树有着明显的距离。就连整日生活在我身边的女儿,现在也正在读初中,她和当年的春树也不是一个类型。尽管狗子见到她,曾扬言:"过了多少年,又是一个春树",但她也并没有展现出什么能吸引我的生活故事。时间不光把每一代人给封闭起来了,而且也会把每一个人都封闭起来,让陌生感成为进入或是回避的门槛。

作为一个花样年华的女孩子,有两点是必须要表现的:一是第一次的月经,二是第一次的亲吻。书中的林嘉芙见到女同学中已有许多人来了月经,总是"盯着自己的内裤看,希望那里出现一片红色,结果总是令我失望,但有一天它终于如愿而至"。平平的几句话,将月经之经历写得如此干净,那"红色"似乎成了校园上空的一片晚霞,少女脸上的一块红润。

同样,林嘉芙的初吻,也是平淡无奇,他们相互的对话,不是"我爱你",而是"你知道该怎样吗"。

春树在书中一会儿说"红孩子内心渴望激情的事业、理想";一会儿又说:"我只是千百万孩子中毫不起眼的一员,我只是无数只红苹果中的一只。"让红色的青春来得自然、顺畅,一点也不激烈、夸张、锋芒。

我们进入春树的"玫瑰学校",并不是从学校的上方俯视与空降,也不是立足于高高的讲台,横扫全班众学生,而是像她的另一个同学,站于左右,因为春树的视角非常平,也不强烈,也不抽象。她没有传统的叙述习惯,将人物性格、语言、形象都强烈地加以描述,给人留下突出的印象。春树也没有过分地强调"青春是一种苦",她基本上没有强调学生的反叛、学习的辛劳等庸俗的话题。她记述的全是脱离学校表面、脱离课堂环境、脱离家庭背景,而又是当代中学生的真实生活。因此,我顺畅地进入这部小说,我似乎同是林嘉芙的那位或者是另一位同学一样,和她交谈相处,挥霍着青春。

在书中几乎有一个班的同学得到介绍,而且不分主次,非常平衡,如同是事隔多年之后翻看一张中学毕业时的合影照片,看看每个人背后相应写的是什么名字。也像一台通俗的话剧,演员围成一圈,按顺序各自一边表演,一边自我介绍。

《红孩子》在写法上并没有像《北京娃娃》那样,形式混乱,语言充满跳跃的张力,基本上像一盆清水,折射出少年脸谱的自然状态,在看似平淡的语言中总会有亲切的幽默和内心独特的感触跳跃其上。在文本形式上,只是让她姐姐的信穿插其中,营造一些活跃的节奏。春树成熟了,在书写文本上有了自觉和控制。

崔健唱过《红旗下的蛋》,春树的《红孩子》让我们又一次面临了生命的破碎和错乱。难道时间可以在人的身上提前摆布;难道青春的浮躁总是被灰色的幕布遮掩;难道文学的意义可以在简单的叙述之中呈现,就像春树在不露声色中,让内心的拳头如栀子花一样簇拥密集。

穿过你的长发是我的眼

姜昕在倒影中是否寻找到自我

我非常迷恋女孩子的长发。

我早年在一首情诗中曾写道:"黑发在我梦中生长,被夜晚熏染/蓝色的光靠近水果夕阳包裹的光芒";"一根根秀发清晰可见让我抚摸/从发根吹起沿着一生的旅程/种植思想和智慧不留痕迹/语言绵延狂热中射出一束束轻快的箭。"

姜昕始终留着一头长发,她把她的第一本书命名为《长发飞扬的日子》。

姜昕说她在高中时,因为没有办法留一头披肩长发,因此成了她"幻想的障碍"。当她在高考结束后,"如愿以偿"地将长发披散开来时,长发展开的是"自由"和生命的奔放。其实,音乐的旋律也正是从那时的一头长发中开始隐藏、生长、蔓延的,而且是从发根到发梢,无限地飞扬。

怀抱吉他的姜昕

长发可以遮天蔽日,也可以牵动每一天每一秒。

许多人以为姜昕的这本书是一部90年代北京摇滚圈的生活实录,或是一些摇滚歌手的情景再现。就像在这本书中我们并没有看见我们或期盼或已熟悉的摇滚历史插图老相片一样,我们在这本书中并没有看见所谓的摇滚史志。

姜昕本来就是一位创作欲望极强的歌手,演唱的歌词许多都出自她手,因此,她不会满足于写一种传记或剪报式的史料书。虽然,书中不可回避有大量她个人的经历,那也只是她"个人"的。而且,关键她本身的那些"故事"已经非常带有原创的色彩了,非常叙述化。

姜昕的这本书当然不是"摇滚志",正如封底所印"上架建议:长篇小说"。姜昕这本书开始动笔于1999年,对于一部写了12年的长篇小说,可见姜昕对本书的认真和器重,这种态度或许在许多专业小说作家身上都已难见。正如目前,许多诸如此类的书,大都是快餐一样炮制出来的。

这本书如审阅一头的披肩长发一样,可以让我们的阅读无法放过一丝一发的精彩,或是随意挥洒的牵动。

我还是被姜昕在书中如此的书写惊着了:"那天晚上的夜空是北京深秋里我最爱的那种:苍穹高原辽阔,群星清晰可见。"文学化的语言,但又来得如此干净。

而姜昕拥有的词汇量也是十分惊人:"在我逍遥法外的这半年里,尽管我曾无数次设想过事情败露之后面对父母的场景,它就像一枚隐藏的定时炸弹,毕竟无法忽略它的存在,也曾无数次下定决心干脆豁出去一吐为快,可是到临头，我还是慌了手脚，把所有我曾经自以为组织得天衣无缝、堂而皇之的言语和大义凛然如刘胡兰的勇气抛到了九霄云外。"短短的几句话内，竟引用了7个成语，可见姜昕对文本文学性的追求。

姜昕像诗人一样编织着充满视觉效果的形象与色彩的语意，让感动尽量达到细腻而质感。

"我就是这么一个人，这么一朵属于另外一种天地里的花，只会为了一种梦幻的声音开放。在我心里，音乐带给我的感动和兴奋总是会在瞬间就将我的理智彻底吞没。"

其实，姜昕的文字功底从她早年的歌词中便可领略一番："于是我知道自己不是随便的花朵，只为梦幻的声音而绽放／虽然一切就像流水奔腾不复返／那些声音／不会枯萎"（《我不是随便的花朵》）；"蒲公英漂泊在／蓝色的湖泊中／是追寻是冲锋／摇晃的倒影中／老树下的蚂蚁／很久前搬了家／……无云的天空中／散落着那些花／他们要去哪呀／是不是想回家"（《摇摇晃晃》）；"彩虹忽然升起／即使视线渐渐模糊／它也在我的心里／就像爱的歌唱／所以才要歌唱"（《彩虹2006》）。

姜昕是一个对爱执著的人，就像她对音乐和做人一样，她的爱情故事，我

姜昕在演出中

们似乎熟知得不能再熟，那她再写这么一本书，是否就有点"多余"的冒险？

但姜昕不是采取曝光的手法，也不是拉开遮蔽的帷幕。她用一种建设的手法，搭建起一个精巧的爱情故事，让我们有一种"眼见为实"、"信以为真"的感受。

只有文学的力量才能持久地感人，只有创造的技能才能真正动人。

谁都拥有历史，谁还没有点花花草草的情史。就像姜昕所说："时间似乎喜欢捉弄人，在感觉里幸福总是稍纵即逝，而痛苦却遥遥无期。这是人类永远的错觉，因为我们实在太渺小了，也太爱自己了！"

在《长发飞扬的日子》里，留住了我们关注的目光。姜昕爱过许多人，也曾被摇滚圈的许多男孩子追求过，我相信他们的目光，因为他们本身都很优秀。我几次偶遇姜昕，她那淡淡的笑，朴素而又自信，长发飞扬，让我注目。

北京金山的南坡和北坡

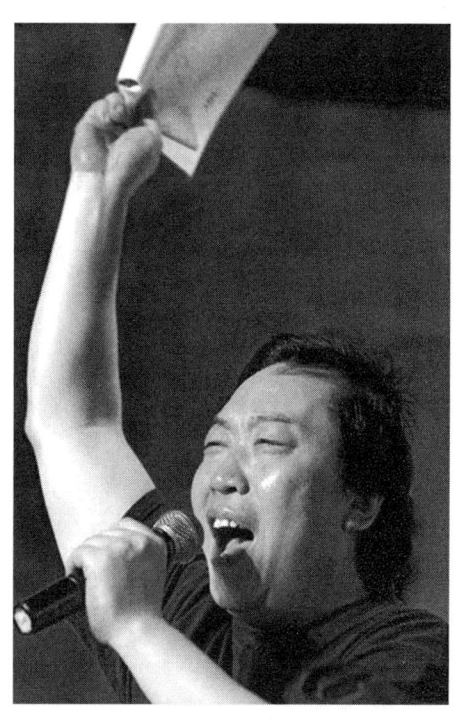

大仙

大仙的小说《北京的金山上》被贴上了两个标签："夜店"、"性感"，这或许就是当下北京文化圈的主流印象。十几年前，贾平凹写了一部西安的《废都》，现大仙写了一部《北京的金山上》，似乎看谁比谁更黄得艳丽辉煌，谁比谁更下流得颓废堕落。但贾平凹的那本"现代版的金瓶梅"，依然以古法操守、人物讲究塑造和贯穿主题，而大仙的这本"今天版的日照金山"，完全是数码相片一样即拍即放，随意、直意；贾平凹的《废都》沉湎于悲哀，大仙的《北京的金山上》洋溢着奔放。

但要说大仙文本上不讲究，也不是。这本书大仙平行地展开两幅长卷，一幅是跃然纸上的纸醉金迷的文艺圈生活，一幅是扎扎实实的大仙个人成长记录。两个文本相互穿插，相互对应，构成了北京金山的立体对称画面，如同金山的南坡和北坡，读者可以自行选择攀爬的路线，开放地阅读。

这两个文本当然是以浮在表面的那层更为主题，更扎眼。从字数上，也可以看出它们分量的轻重。但没有背面那层文本，对面的那套文本也会黯然失色。

从颜色上说：当下的文本是彩色数码相片跳跃的灯红酒绿；而个人传记的文本是黑白里的老照片，往事如烟，厚重得很。

从文字上说：当下部分语言夸张、散淡、随意、东拉西扯、调侃、颠覆、出彩；而传记部分有板有眼、实实在在、准确、有效。

从记叙上说：当下部分是小说文本记叙，有人物创作，词汇堆积的是时尚品牌："洞房鸿"、"草帽吧"、"丰衣足食俱乐部"、"信仰贝司民谣酒吧"、"Beijing"、"Chinadoll"、"Tree"、"火麒麟茶餐厅"、"鲜花村网"、"中国娃娃"、"三里屯"、"3.3个性服装市场"、"瑜珈"、"卤水鹅头"、"詹姆森（Jameson）威士忌"、"吊带裙"、"Zippo打火机"、"阿玛尼Jeans扣子"……而传记部分是实景实录，时间、地点、人物全是真实记述。词汇堆积的另一种风格，是时代差距的产物："三面红旗"、"三年自然灾害"、《人民日报》、《红旗》杂志、"党的九大"、"五一"、"十一"、"高尔基的《海燕》"、"跨栏背心"、"补习班"、"蒋家王朝"、"毛主席"、"林彪"、"四五运动"、"唐山大地震"……

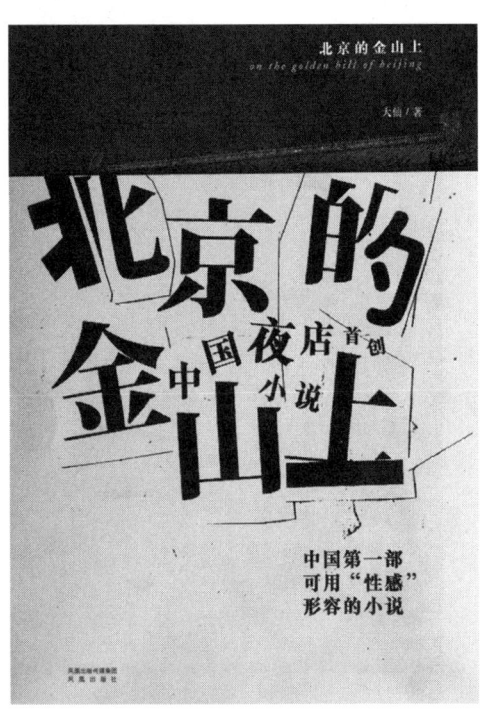

大仙《北京的金山上》

如果把这两种文本比喻成金山的南坡和北坡的话，在我的阅读经验感受中，似乎当下那部分是下坡，而传记那部分有一股上升的持久力似的。这或许说明越是当下的，越是下落的、消失的、过眼烟云、堕落的？而过去时却是永恒的、魅力的、无限生机、可把握的？

在阅读此类"圈子化"的"真实"小说时,我们都会有一种偷窥心理,寻找"我"的存在、大仙的存在。可以看得出大仙在本书中尽情挥洒地写着当下,真真实实地写着传记,但他在当下部分总是保持着一种若即若离、矜持、犹豫。大仙一方面在享受,一方面在挣扎,他既是看客,也是吃客。

但大仙依然做得很隐秘,就像现实中的他,我们绝少发现他背后的"隐私",更多见他在组局,面对美女如云,不动声色,侃侃而谈,创造时髦的词汇。

我的青春小鸟一去不回来

丁天《我的绝版青春》

丁天这小子又麻溜溜地出版了本小说《我的绝版青青》。他从一开始就没打算给我们讲一个完整的有关青春或爱情的故事,尽管这些故事本来就是不完美的。

在纪实小说和博客泛滥的当下,我们或许更会把哥们儿的小说当成一种真实的纪录,我们已习惯不是从书中寻找哪些是真实的部分,而更习惯地从书中发现:这一段是丫编的。

丁天在小说中书写着若隐若现的身份、若即若离的姿态,让他的在场有意无意地在行文中时常插入与撤出。就像他在开篇时有意安排一个叫佳佳的人反复问书中的主人公:这些故事"都是真事吧?""以后会不会把我也写进去了。"使我们面临这些铅字的人,自觉不自觉地又进行了二次提问,把一个故事变成了非故事的局面,你面对的永远是不正确的,但"一切确实冲我的眼睛来的"。

丁天的青青记忆似乎是靠北京的护城河来提供场景的,其实这是他自己的臆造。他可能太渴望有一条像马克·吐温的密西西比河、沈从文的沅江、泰戈尔的恒河了。但在北京,只有一条叫"护城河"的臭水沟,自我安慰,就像当今河边的房地产商的广告一样:"临水而居"、"微澜入室"。

不管怎样，河水是一种有关记忆和时间的形象载体，沉浮、隐藏、消逝、流淌，那岸边都市的点点灯火和它上下相望，垂直对面的那些乱七八糟的云彩在河里簇拥、聚散，打捞上来的只有枯叶和残花。记忆只有这些，因为现实全在岸上呢。

丁天用近乎随笔的语速，有一搭无一搭地记述，散淡的情绪化的文笔，在书中来回闪现或再现，提不起精神，真正地让我们进入一种对早已诀别的青春来一次看不见尽头的回忆。对早已不再而又不可把握定型的记忆，又有谁是清晰和流畅的呢？青春永远是失去的，不完全的，就像那翻来覆去的感

丁天（左二）与张弛（左一）及高星（右一）等在饭局上

叹，值得让人挥霍。

丁天写道："对我来说，她的生命仿佛仅存在于一朝一夕间，天亮以后，她宛如被黑暗带走，消失得仿佛人间蒸发。或许，当她再次出现在我的生活中时，我早已不认识她了，也遗忘了她的名字。由此，我对她的出现毫无防备。她将会再次像一道强光般地灼伤我的眼球，刺痛我的内心。"

"有时，又疑心她并非生人，或许仅是我内心的影子。她的出现只有一个目的，就是唤醒我如死般沉睡的记忆。那些尘封的记忆像是一口黑色的箱子，而女孩的身体是那把开启神秘黑箱的钥匙。那些被我强迫性遗忘的往

事，因为她的出现突然逼近到眼前，宛如黑暗中的一道刺眼的光亮。"

　　此书虽是丁天沉寂数年后的新作，但他以往充满情色和惊悚、而又近乎唯美的情绪依然闪现，形成光怪陆离、惊艳弥乱的光彩。就像雷诺阿的油画，那光影永远是不确定的、透明的；又像张晓刚的油画，那如符号一般的光斑如凸显的伤疤一样触目惊心，难以遮掩。而书中一些诗句的及时跃出，更是如阳光照过少女的身体，裸露得恰到好处，更是锦上添花。丁天的诗性描述，完全可以让他在现实生活中成为套磁高手、采花大盗，而为小说积累素材。

　　丁天《绝版青春》既没有杨沫的《青春之歌》壮烈，又没有王朔的《玩的就是心跳》惨烈；既没有阿坚的《美人册》实在，又没有王蒙的《青春万岁》昂扬，但他确实写出了我们这些不三不四的人的青春期一种情绪化的感觉和形态。生活不可能像书里的故事一样，那不像书的故事，是否正在将生活串联和显影。

　　最后我还要说的是，丁天对女孩的审美取向，似乎有一种"纤瘦"与"狐狸"的情结，不妨将书中的有关语句摘抄如下："狐狸般的尖下颏，还没有完全发育成熟的纤瘦身体"；"长着一张苍白的小小的狐狸脸，瘦瘦的个子"；"另一个像狐狸般的女孩，像极了狐狸一般的小瘦脸"；"身材很瘦，下颏很尖，一副小狐狸外形"；"我到哪里去找那个瘦瘦小小的像只狐狸一样的女孩"。

　　"太阳下山，明早依旧爬上来，花儿谢了，明年一样开"，这是对正在拥有青春的人说的。而我们有的只是"我的青春小鸟一去不回来，美丽小鸟一去无影踪"了。如果小鸟象征着蓬勃的青春，那我也曾写下这样的诗句："水在身外流，酒在身内转，美人莫名其妙，我已无动于衷（中）。"

适可而止的叙述

春节时,在香港遇见北岛,他告诉我有个叫阿乙的,写了本小说《下面,我该干些什么》,不错。我第一次听到这个名字,但我相信北岛的判断,因为他是一个思想结实的诗人。

我身边的许多朋友都写着纪实性小说,比如狗子、阿坚、春树,甚至狗子将自己的文本称之为"报告文学",阅读他们的小说,会感到自然而然的轻松,一是语言的直白,二是再熟悉不过的内容。

我利用不到一个上午的时间,一口气读完了阿乙的这本小说,这是我近年来第一次认真读一本非我朋友的

阿 乙

作者的小说。小说讲的是一个凶杀案件的前后经历,这似乎貌似一个《法制文摘》一类杂志上刊登的案例分析报告,有意思的是这本小说写作的灵感来自一则简短的报道,我记得略萨一篇小说的灵感,也是来自报纸上的一条消息。

但我不能说这本小说也是一部纪实性的小说。不光是小说的内容和作者的自身并无关联,还有就是作者在行文中的讲究,语言在看似随意中的悄然暴力,随时呈现的视觉剥离,可以说它是一部精准的文学意义上的小说。

阿乙在写作这本小说之初,也曾想过对加缪、陀思妥耶夫斯基、托尔斯

泰的著作进行研读，用来做这本小说写作的"狂热的准备"，但他感到"被一种耻辱感紧紧包围，就像一个穷人生不起孩子"。

据说阿乙也是在失去女朋友之后，在无所事事的窘迫中，开始写作这本小说的。他也像一个走投无路的逃犯一样，每个周末在写作中寻找一点纸上的安静。他在寻找着主人公的杀人动机，并让之充实。他说："我遵循加缪的原则，像冰块一样忠实、诚恳地去反映上天的光芒，无论光芒来自上帝还是魔鬼。"

现在是一个短信、微博的时代，语言必须节制，叙述必须适可而止。阿乙的语言有着这样一种微妙的矜持，似乎长短近似的语句，让叙述的节奏永远保持在一种匀速之中。我们对主人公的认识，对情节的兴趣，全部是在这种语言的铺张与递进之中，文学性就是把感觉引到位。

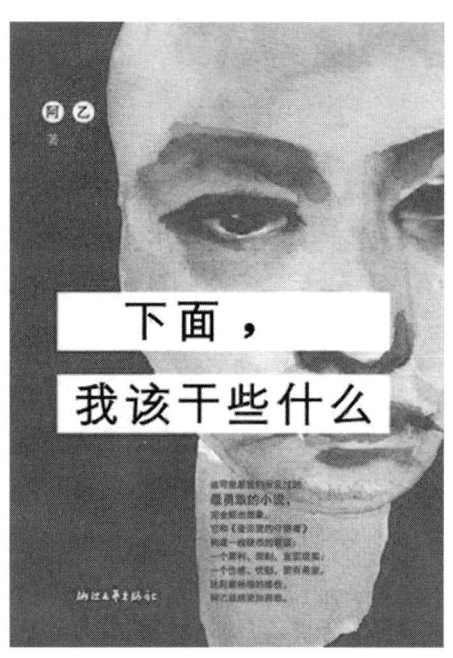

阿乙《下面，我该干些什么》

例如他写杀人犯杀孔洁那节，所有的紧张、残酷，竟是在一种"审美"的情形下完成的："我大口喘气。孔洁正往下掉，我松开手，她便整个滑落在地。她嘴巴张开，眼睛突出，眉骨、眼眶、鼻梁、脸颊骨这些原本隐藏的部位全都显现出来，而洁白的T恤已染出一团极端的红，就像红上浇了一层红，鲜红怒放如牡丹。我从没见过如此大的牡丹，觉得恐怖。"这种冷静的精彩描述，让人无法拒绝，并为之不寒而栗。

他不光把鲜血写成怒放的牡丹，他写牢头把尿桶倒在"我"的脸上："我感觉那铺天盖地而来的不是液体，而是浓烈的固体肥。"阿乙对所谓的感觉并不在意，他是要寻找这种感觉的"物态"形象，要有一种触摸的感觉。

阿乙要表达的思想，一点也不张扬，见好就收，像他平日的待人接物。尽管我只见过他一次，也能感到他内心深处的"敬而远之"。因此他写"我"接受电视记者采访时："我一度觉得你像我表姐。她似乎很感兴趣，将头倾到前边来。我感到没有比这还虚伪的事了。我本来觉得她像表姐一样值得信赖，但现在却看出，她的一切真诚，都是技术层次上的。"

　　一个作家，就应该像一个罪犯一样敏感，而且是一个被判死刑的杀人犯。面对眼前一切不动声色的看透和嘲讽，形成对生命的终极考问，对现实边缘的彻底瓦解。

　　正如沃什所说："不管是个人还是人类社会，都在不断地发现，只有直接经验才能获得新向度。"

王朔的东北边或不在场的阅读

蓝石(左三)、狗子(左二)、阿坚(右二)一起坐火车去旅行

刚从微博上得知,在北大的一场昆曲演出后,作为嘉宾的于丹被学生们给轰下去了。有人感叹:为何能够接受李宇春的北大,却不能接受于丹?其实谁并不重要,重要的是他(她)"代表"身份的真实性。

写作也是如此,偏爱总是媚俗的反面。蓝石最近写了一部小说《爱谁谁》,从书名上可以看出他承继了王朔当年"反崇高"、"痞子文学"的衣钵,尽管这种承继已不像狗子、丁天、石康之流当年那种高举大旗的姿态了。

其实,在当下无目的的也不是故作姿态,依然坚持着对边缘、底层,甚至是流氓生活的关切写作,本身也显示出了它的悲壮,而且这种悲壮还缺少了王朔当年英雄般的光彩。如果说王朔当年对抗的是政治立场的残酷、审美趋向的匮乏，那今天对抗的是商业市场的无情。如今王朔都以超脱尘世、回归温情的文本面市的时候，对蓝石这种不识时务的写作，我犹感敬佩。

身为东北人的蓝石，虽多年漂在京城，但他的写作坐标依然离不开东北那圪垯，依然是20世纪的80年代初期，而不是像他身边的写作者热衷于对当下及身边人的即时纪实。虽然书中人物与王朔当年的写作同属同一阶层，甚至同一时代，但地域的边缘性、狭隘性、陌生性十分凸显，因此我称之为"王朔的东北边"或"不在场"。

蓝石《爱谁谁》

书中的"我"，也就是郝勇，在历经逃学、受欺负、不要命的打斗、称雄、入局子、出来、浪荡、做生意、搞对象、抢生意、打斗、再次入局子的一连串历程，我们只能像看连环画一样，不断地翻片，随处可见刀光枪影、血流伤痛的残酷青春。在这里，"青春"一词的使用和以往的美好的"青春"印象截然不同，甚至和王朔笔下痞子们的青春也不一样。王朔笔下的痞子多是京城游手好闲的大院子弟，以"侃大山"混世道为主，而东北的"流氓"是认真的、打架不要命的，不仅仅是口头上的"我是流氓我怕谁"。

这种极具地域和层域的叙述，构成了多数读者的不在场阅读。尽管这种叙述有着强烈的画面感和故事性，但作者蓝石，也就是有意与这个时代、与大多数人群拉开距离的文本"创造者"，似乎最厌恶的是那些主体思想、人物设计、时代背景的纠缠。他更习惯让场景的铺陈大于时代背景的自上而下的降临；让人物的装置大于主体思想由里到外的摆布，这种平行叙述和多点空间的写作，使小说的人物更加纯粹，兑现一种生物性抽离于社会性之外，形成更加小众认知的视觉效果。蓝石的"现实"与喜爱书写漂亮的场景和动听的声音的作家描述形成截然的对立，他不力求让人看到或感觉到他表述的内涵，而是构造能够解释感性材料的心智关系系统。

例如书中对郝勇与汤司令的不打不成交，与大小张伟的两次拔刀对决，与段小兰、章珊珊的情感纠结，李小阳、老韩的死亡，都有着意想不到的结局，这种不可复述的经验，如同我们的爱情经验一样的性质。

作为暧昧的现实，也就是狗子所说的"暧昧不明的新时代"，放荡不羁的文人似乎永远拥有一种矛盾的心绪。他们接近"民众"，拥有"品位制造者"的权威，而又无法获得"大众"的青睐和对"权力"的接近。就像当年波特莱尔的落魄与福楼拜的功成名就之间角色的转变，圣徒传记式的写作永远是沉于文学幻想的假象。

真实的现场感一定是有距离感的。在这部小说中除了引用了一些日记加强文本转换外，作者还引用了大量陌生的黑话、俚语，如果让蓝石用浓重的东北口音朗读，可能效果更佳。

不着四六与不管三七二十一

人已近五十了，才开始看见身边的哥几个分别出了新作，而且题材大多写的是"和青春有关的日子"。

认识白脸许多年了，对他的写作态度和喝酒风格已相当熟悉，但对他过去所谓的黑道生涯，十分陌生，全凭他的一张嘴广而告之。现在，他用手把嘴里贫出的话给写出来了，我依然感到陌生，因为它已变成了小说文本——那就是他的小说《不着四六的青春》。

那个时代，我远离黑道，造一点反，也要装饰上一股摇滚精神。但白脸早已开始身体力行、游戏人生了。据说他是北京四中出来的，按说怎么也应是个西城"文痞"呀！但最后他成了宣武的"混混"，个子不高，当了老大。但他脸白、穿干净衣服、崇尚写作、精心恋爱、正点上班、到点结婚，一点也不像混黑吃饭的。

不管三七二十一，白脸的生活并不像此书的封面，那样湛蓝的天空，但他身边的时尚美女，却总能为他的生活拉上一段遮掩的帷幕，构成戏剧的空间，此时如演义般的真假"游龙戏凤"，成为了如同书中各种版本风味的真假段子。

白脸平常叙事的言语有两大特点，一是语速快，快得生风，生的是龙凤胎，让人眼花缭乱，半信半疑，京味如此；二是引用数字，这已超越了我们引经据典的毛病，那些有整有零的数字，构成了承载信息的拖车，一路跑过之后，那深深的车辙印不得不让你信以为真，并对那些数字记忆犹新并加倍崇拜。

白脸不玩纯文学，反对炫技，但崇拜文学大师，积极开专栏；白脸讲究笑料，追求好玩，但不喜欢听相声、编黄色短信。

就像一切诗歌都具有标志性，小说也是如此，它不仅体现在观念上，更多地体现在语言的"象形文字"上，正如狄德罗所说："象形文字"和"标志"并非是指掩饰理智的象征符号，而是强调我们所说的语音的象征主义和韵律的生理效果。"诗人势必要发见一种天才的表达方式，一种独特、原创而又自然的表现事物外貌的手法，即那种表现个别属性的生动鲜明的形象。"

如果说今后的路还长着呢，白脸这本小说的出版，就像目前满大街奔跑的落叶，十分尴尬，因为青春永远写在了书里，就像他期待着有并不青春的新书的一个野心。

名正言顺的小说

张 松

1.人们如何能够谈论一个命题的"理解"和"不理解"？难道情况不是这样的吗？只有在人们理解它时，它才是一个命题？

2.如下做法有意义吗？指着一组树问："你理解这组树所说的事情吗？"一般说来这没有意义；但是，难道人们不能用树木的排列来表达一个意义吗？这难道不能是一种暗语吗？

3.于是，人们会把他们所理解的树的组合称作"命题"，不过也会把他们所不理解的其他的树的组合称为"命题"——如果他们假定，那个种植者理解了它们。

上面这三段话是维特根斯坦在《哲学语法》一书开篇的话。这里有三个重要的词汇："理解"、"意义"、"命题"。

早年认识张松时，在他不大的家里，看见有许多硕大的纸制抽象雕塑，我习惯地问："这些打算做个展吗？"张松说："不。"又见他自制的精装书，里面一个字都没有；他的哲学笔记，里面全是各种计算公式，或许全没有正确的得数，我又问："什么意思？"张松说："没。"见到他写于80年代的这本小说，我接着问："找地发表吗？"张松也说："不。"

张松是一个非常富有的人，他拒绝认可的成功，就像他的作品拒绝理解和意义。他也是一个非常严肃认真的人，因为他在寻找着自己的命题。他所有无功能的作品，件件都煞有介事，都是闲得没事干的事。

张松写了本小说叫《景盂遥详细自传》，我相信大多数人（包括我在内，也包括张松身边的朋友）都不会完全读得懂这本荒诞不经的小说。但你只要读，便有意义，就像张松自己写，便有意义一样。理解写作小说的态度，比理解小说自身的文本更有意义。

如果我们非要问张松，这本小说到底说的是什么意思呀，我相信张松也不会有标准答案，甚至他会说："这和那本无字书有一样的意思。"

在这本小说中，有许多处描写主人公询问的叙事环节，同样都被不知所云的回答所遮蔽。

开篇便是："我为什么就无缘无故地姓景了呢？这件事，无论是我父亲还是我母亲，我都问过他们不知多少次。就是他们分别也好，他们在一起的时候也好，我都不止一次地问过他们。他们每次都是支支吾吾地讲一些和我要的事儿一点关系都没有的话，把我要问的问题给岔开了。更奇怪的是他们每次都做得挺自然、挺成功地就把我给支吾了，也不知道究竟是怎么一回事情。"

在《我和我自己的悲欢离合》一章中有"我遂自北风打听其他风向出巢运动的季候和路径，北风支支吾吾地说了一大通所答非所问西沿儿不搭东界的狗屁混账话来奚落我"。

在《火谷里怎么什么都没有》中有"到家以后我不住地追问家里人，他们

名正言顺的小说

张 松

1. 人们如何能够谈论一个命题的"理解"和"不理解"？难道情况不是这样的吗？只有在人们理解它时，它才是一个命题？

2. 如下做法有意义吗？指着一组树问："你理解这组树所说的事情吗？"一般说来这没有意义；但是，难道人们不能用树木的排列来表达一个意义吗？这难道不能是一种暗语吗？

3. 于是，人们会把他们所理解的树的组合称作"命题"，不过也会把他们所不理解的其他的树的组合称为"命题"——如果他们假定，那个种植者理解了它们。

上面这三段话是维特根斯坦在《哲学语法》一书开篇的话。这里有三个重要的词汇:"理解"、"意义"、"命题"。

早年认识张松时,在他不大的家里,看见有许多硕大的纸制抽象雕塑,我习惯地问:"这些打算做个展吗?"张松说:"不。"又见他自制的精装书,里面一个字都没有;他的哲学笔记,里面全是各种计算公式,或许全没有正确的得数,我又问:"什么意思?"张松说:"没。"见到他写于80年代的这本小说,我接着问:"找地发表吗?"张松也说:"不。"

张松是一个非常富有的人,他拒绝认可的成功,就像他的作品拒绝理解和意义。他也是一个非常严肃认真的人,因为他在寻找着自己的命题。他所有无功能的作品,件件都煞有介事,都是闲得没事干的事。

张松写了本小说叫《景孟遥详细自传》,我相信大多数人(包括我在内,也包括张松身边的朋友)都不会完全读得懂这本荒诞不经的小说。但你只要读,便有意义,就像张松自己写,便有意义一样。理解写作小说的态度,比理解小说自身的文本更有意义。

如果我们非要问张松,这本小说到底说的是什么意思呀,我相信张松也不会有标准答案,甚至他会说:"这和那本无字书有一样的意思。"

在这本小说中,有许多处描写主人公询问的叙事环节,同样都被不知所云的回答所遮蔽。

开篇便是:"我为什么就无缘无故地姓景了呢?这件事,无论是我父亲还是我母亲,我都问过他们不知多少次。就是他们分别也好,他们在一起的时候也好,我都不止一次地问过他们。他们每次都是支支吾吾地讲一些和我要的事儿一点关系都没有的话,把我要问的问题给岔开了。更奇怪的是他们每次都做得挺自然、挺成功地就把我给支吾了,也不知道究竟是怎么一回事情。"

在《我和我自己的悲欢离合》一章中有"我遂自北风打听其他风向出巢运动的季候和路径,北风支支吾吾地说了一大通所答非所问西沿儿不搭东界的狗屁混账话来奚落我"。

在《火谷里怎么什么都没有》中有"到家以后我不住地追问家里人,他们

张松（右）和艾丹

张松（左）和狗子

究竟是从哪儿把我接回来的？他们只是彼此用嘴角儿神秘兮兮地笑笑，也不回答我"。

在《一路所见》中有"我要求跟家里人们一起吃，却总是得不到对我正面的回答"。"我不得不见人就问她是不是我妹妹。嗨？我问的每一个人都好像回答说是我妹妹，弄得我更糊涂了"。

在《天文学研究的结局》中有"我曾几次在饭桌上用种种试探的方式向我姑母询问。我每次都看得出她实际上完全听懂了我问询的意思，可她都故意装作高深莫测讳莫如深的一副样子，不是西拉东扯就是教训批评我一番"。

在最后一章《出家当和尚和我后来被救治的事》中有"我吃力地轻声问她，我究竟是以怎样个情景被救治过来的？她微笑得更厉害了一些了，也不说话。她的那种微笑好像是在看喜剧时对扮演善良角色演员的那种嬉笑"。

张松为何对所问非所答的尴尬局面有着如此兴趣记叙呢？作为一个从事哲学研究的人，肯定是一个怀疑的人、善于问问题的人。其实在现实中，我们也有问问题的习惯，但答案永远也满足不了我们的期待，对任何答案都不满意，都在我们的预先设想之内，因此，无所谓正确答案，问只是一个习惯，只是一个过程，重要的是在于问。我也经常有时问完别人问题，根本就没认真去听回答，或者转眼间又忘了，又重问。因此，问永远是一种心不在焉式的，根本不在乎有问必答，对所有的答都充满怀疑，都不是我想要的。

张松对故事的不负责任，当然要拥有创造神话的权利。诗人是对事物的命名者，这种野心才是人的最伟大的创造力。

小说开篇便是从主人公姓名的命名开始的。父亲姓奎，母亲姓孟，"我"却姓景，从前叫景可者，后来姨夫给改名叫景盂遥了。

姨夫的藏书书目，肯定是张松杜撰的，尽管书名听着很有诱惑力，什么《五贯归一》、《指向你就是指向我》、《大连环接序小连环》、《谁是人民》、《复现时间的窖》、《隔世遇》、《不老草》、《宣腾学是一门科学吗》、《普陀旺塔觉种马寺圣训孤本集真纂要工作备忘录》等。

在《修理脑子及"肯皮有得"》一章中，张松对工具又进行了命名："透明拔离棒"、"迷你金属钎"、"自动七头儿镊子"、"微循环超透明取样板"、"万能肯皮有得"等。

在《我和我自己的悲欢离合》一章中，张松对现代化的东西也命名了："互联网络鼻儿"，而城市叫"点"，最早叫"一"，后又叫"糊起来"、"四刀切"、"边儿"、"太遥远"、"过站"、"别去"、"疾病"等等。

而其他什么"水滑馒头"、"手按台面"、"QQS 城"、"浑劫星"、"魉潴星"等等怪异的命名在书中随处可见。

帕尔默在评论伽达默尔的诠释学中指出："如果语言的功能不是指示事

物，如果语言的指向不是从主体性经由符号工具抵达被指称的事物，那么人们就需要这样一种关于语言及其功能的观念：它朝着另一个方向运动，即从看事物或情境经由语言到达主体性。"张松的大肆暴力的命名，让语言构建一个敞开的状态，物质世界才能也是开放的境遇。每一次命名都是成为另一个人的解读和陈述，或是自我分裂的错误纠缠，也如张松所说的："自己"和"我"的两种东西分离的状态。有意义的名称承受者，被无限放大，甚至只是一种孤立的存在，一切在演算的过程中。

张松小说的支离破碎与整合创新的语言文字，在阅读中，像一种肢解的图案化的符号式的破碎雕像的散件，相互簇拥着，你永远不可名状。正如罗兰·巴特所说"不是我去寻找视点，而是视点从照片中箭一样射出并射中我"一样，在这种阅读中，烦扰和伤害着我们所有试图组合的视点描述，有着永远的不确定性和完整的美学意义，你所有的设想全不是作者的意图。

张松新近在他们的圈子杂志《手稿》5中，同样以《十一个非自然段》（香港2月45号事件逻辑版）及《狗蛋儿强暴妇女案判决书》（判决书的逻辑）两个文本出现，这种现实新闻的实体与荒诞的叙述，再加上貌似逻辑的推理，实在是一种对平民百姓阅读的百般折磨。

一切均在语言中得到澄清。

有病乱投医

王小枪在出文学道之前,在山西的一个医院当了几年医生,后来他觉得医生这职业不如码字更适合他,于是他放下手术刀,拿起鼠标开始了他正式的写字生涯。他如一个带喜剧感的侦探把头绪布置得有条不紊,缜密而轻松,滋滋有味而不费牙口。

在他的小说《疯狂医院》里,他就像一个情景喜剧导演一样,将一百多个可乐的故事选择了医院的背景,这和他当过医生不无关系,但这和他能熟练地运用现实社会景观更有关系。所有特别的地方和环境、发生的故事都是一样的,这种"篡位"或是"错位",都可能"到达"标准化的体悟。莫非,如今我们都成了病人?都处于一种病态之中?

医院一直留给我们的印象是一个特别的地方,有的人去医院就如去菜市场一样,有所偏爱,就像吃药如同吃冰棍一样,成为一种生活常态。就我来说,医院和我保持着一定距离,如同科学一样,非常理性的距离。

医院和生死有关,和伤残有关,因此更多地给我是一种封闭的景观。但现在,我所知的医院的概念,和价格有关,和有关系有关,甚至和美容有关,越来越世俗了。

我们小时候管医生叫"白衣天使",那是理想的对象,现在对象没了,但女护士还在,当然性也在。

前些时,我去四川灾区当志愿者,在成都华西医院看护震中伤员,那是一个大爱降临的地方,各种媒体记者比医生还多,还包括一些志愿的心理呵护医生。

我看护的那个病人,伤势很重,但我看他对伤情的关注并不强烈,倒是对"抗震英雄"与"可乐男孩"更加关注，全身疼痛的他，总是叫喊着让美丽的护士给他翻身，那些美丽的护士也真的下得去手，使劲地翻动他疼痛的腰身，并对不老实的他说："再叫，还给你翻身。"

这就是一种非常态的景观喜剧了。就像王小枪所说的，一个医生被另一个医生的位置所顶替，但这个医生也病倒了，被顶替者以为机会又来了，找到主任要接管原来的位置，主任回答："要是主管大夫同意，病床也够住的话，我没意见。"

当然还有，同名病者住同一病房，其中一人由于身居要职，总有人打听病床号前来探望，使得同名的另一个病人深感失落，要求换床。

还有，在汽车上，病人认出了自己往日的医生，但当兴奋的医生疑惑时，病人说："您就是上次将听诊器放在我肺上的那位，那白脸不变成了一个西红柿了吗？"

其实你再怎么调侃医生，医生也幽默不起来，就像你再不信服医院，你最终还得死在病床上一样。

这个社会几乎全都是进入了一种非"常理性"的社会，几乎所有的事件都在同医学发生关系，从"非典"，到疯牛病、手足口、口蹄疫、禽流感、苏丹红，包括这次地震在灾区，我们一直都在接受如何洗手的教育。

王小枪在另一个故事中讲，医生的儿子不当医生，倒当了一个翻译人员，所以一见电视上放国家领导人接见外国首脑，这个医生便说："那是我儿子。"人们问："是那位吗？"医生回答："是他旁边的那位。"

你的存在其实就是景观存在，封杀你的景观，无异于直接封杀了你，不管你是领导还是翻译，更不管你是医生还是儿子，在某种意义上说都是儿子，甚至孙子。

就像王小枪在书中的每个故事人物都被冠以动植物的名字，什么老鼠、乌鸦、田鸡，或是芒果、瓜子、萝卜，其实小枪还可以命名为手机、冰箱、彩电，甚至命名为涨停板、MSN、新浪网等非人性化的名称。

跑得像没有云的空白

乌 青

天空没有云，人没心没肺，逃跑没有计划，没有方向，也没有钱，但也不是一无所有，因为一无所有还是个精神向度的词。在乌青的小说《逃跑家》里，连精神都没有，就像它的语言，体现着废话的体系。

一 语言

乌青的叙述拒绝了抒情的文学性描述，甚至哪怕是情绪化的评议，基本是靠对话的排列，让我想起现在的短信、微信，语言字数要简洁，信息量、情绪化、故事性，全要包含其中。让我想起了海明威的电报体，但现在电报已差不多消失了，应该叫短信体、微信体。

维特根斯坦始终把语言和游戏作比来揭示语言用法之多样性和实践性,他在《哲学研究》中指出:"将把由语言和动作交织成的语言组成的整体称之为'语言游戏'";"设置语言游戏是因为把它们当作比较对象,不但通过相似性而且通过差异性来显示我们语言的事实真相"。一直以来,我们更重视语言的内在潜藏的意义和哲学中的逻辑关系。当我们纯粹管制语言本身时,才发现语法的重要性,从某种程度上讲,它也是一种逻辑,即使是日常语言的逻辑:"我们并不是通过逻辑寻求什么新的东西,我们只是想弄懂在平常观察中的一些东西。"

二 格调

语言的空白废话,叙述的散漫残废,必然带出表达情绪的格调也是低落颓废的。

下边是书中的一段描述:

乌青《逃跑家》

在迪卡侬他看到了许多拖鞋,各种价位都有,性价比貌似不错,试了试其中一双59元的,感觉挺好,但他没买。因为他其实带了一双拖鞋,在厦门时随便买的那双廉价货,夏天到了他想他需要一双稍微好点的拖鞋,可是他真的需要吗?他不能确定。

如果买了一双新拖鞋,那双旧拖鞋就要扔掉,其实他还想买件T恤,因为他觉得缺一件,他还觉得缺一条轻便的户外裤子,可是没有这些也没什么,日子还是一天天过去。一双新拖鞋或者一件新 T 恤并不能拯救他——有了他还是得死。

不就是买一双拖鞋吗？买还是不买，还是扔掉旧的，用得着废这么多话吗？他到底"真的需要吗？""没有，日子还是一天天过去"；有了，也并不能拯救他——有了，"他还是得死"。

书中丁西拌、路易、秋厚布三个无头苍蝇式的人物，早已丧失了"认识自己"的权威，他们"关心"的当然只是物化的、否定的、怀疑的自我，甚至是不可思议的东西。

福柯说过："关心自己就浸透了他人的存在；作为生活导师的他人，作为通信者和比较者的他人，作为乐于助人的朋友和慈祥父母的他人……"这些失落的人毕竟是孤独的隐退的人，他们所要求的社会实践，绝对不是社会关系的强化者，他们也没有治理社会活动的能力，他们的无目的生存状态就是对权威的反叛，对他人的敌视。

三 性爱

丁西拌他们跑了三十多个城市，遇到了六十多个形形色色的人物，当然有姑娘，但大多是无名无姓的陌生人，是没有开始或结束的不完整的故事，所以也就是没有爱情。"形形色色"就是各种形式的色。

……

罗兰·巴特在《小说的准备》一书中指出文学作品中爱情的区别："1. 或者是对自己以外的他人的一种爱情，渴望与其结合（一种神论的神秘学：抒情诗,情话）。2. 或者是一种根本的、暧昧的、不可抗拒的交情，'本体论的爱情'（印度神秘学，小说）：小说，是向心灵枯萎——冷漠——进行斗争的实践。"

乌青用偶遇、搭讪的情景，极大消解了爱情永恒的价值意义，让完美成为破烂不堪的碎片。我曾发过微博："快乐就是快速的乐，交情就是交在前情在后。人们用漫长的苦恼换取短暂的快乐，就像做爱前唯利是图剑拔弩张前功尽弃，做爱后精疲力竭弹尽粮绝若有所失，高潮的快感也就那十几秒。"

其实理想的境界是两个人偶遇相爱了，就是绝对必然，拥吻进入，肌肤摩擦，就是进入彼此的生命，就是茫茫宇宙星空的永恒，不爱就是茫茫人海如同路人，心不再属于，再怎样友好也是客气，也是再无关系，至少骨灰都不会在一起。现在是：爱大多变成了唉。

小妖精的神出鬼没

丁小二最近出了本小说《小妖精时代》。他自己结合《辞海》与《现代汉语词典》的解释，为"小妖精"在本书的定位罗列如下：1.一切反常怪异的事物；2.精神体的一种，被以为是一种具有超自然怪异本领的精灵；3.比喻以姿色迷惑人的女子。其实丁小二在本书中的小妖精更多的是第三种解释而已，也就是最俗的一种解释，可见这是一本多么世俗的小说。

如果从徐星、王朔开始的当下北京灰色生活实录文本出现以来，经过阿坚、张弛，再经过丁天、狗子、石康、冯唐的一系列前仆后继，终于迎来了2011年"业余北京"的灿烂文本时代。

因为最近出版了好几本这样的小说。说是"业余"，因为作者全非专职小说作家：球评专家大仙的《北京的金山上》，文艺策划人黄燎原的《烂生活》，摇滚活动人王晴的《别了，我的文艺女青年》，包括眼前这本书商丁小二的《小妖精时代》。其实，还可以把这些"业余"小说称为"夜余"小说，因为这些对当下北京相互穿插的文化圈的生活场景的记录，几乎全部是在"夜晚之余"展开的，更多的是饭局的记录，甚至都缺少以往后半夜的床上戏。

可见，当下的北京白天消失了，也就是正经没了，精神没了；后半夜没了，也就是爱情没了，寂静没了；悲剧没有了，只有喜剧；世界没有了，只有圈子和饭局。一切都是扯淡，剩下的只是闹腾、炫色，按小方磊的话说就是"瞎逼叼"。而当我在饭局上听曾森唱起赞美诗时，我就明白了这种歌声为什么叫绝响。

丁小二总会以书商的职业眼光看待眼前的一切，他似乎关切的是各种饭局上景观，如何变成一本书直接炒烩的素材，而不是另开炉灶的写作，因此更像是原汁原味的饭局经济地理的田野调查。现在这个时代多闲呀，饭局都有考据的学问了。

丁小二不管是在生活现实中还是在这本小说中，总给人一种与饭局的若即若离、人在江湖、身不由己的尴尬。因为平时很少听见他有什么桃色的绯闻，书中的形象也是可以随时抽身的那种。如果这成就了他的"客观"的话，我倒更愿意承认这成就了他"批判"的立场。

丁小二看准的是《儒林外史》或《二十年目睹之怪现状》的文本，而且操刀的丁小二也来了一个纵线、横线结构，每章分别列着大写的壹贰叁肆和小写的1234。各个小妖精虽没姓名，还真实地列了编号，共41位。每篇结尾列有妖言一二。成功的书商就是讲究形式。

丁小二煞有介事地写道："每天夕阳西下，十里长街，华灯初放，北京千千万万的饭局，像海洋般宽广，汹涌澎湃开张，何等壮观景象。中国人最大的娱乐，不是电影——电影不小众；不是电视剧——电视剧太大众；不是卡拉OK——卡拉太年轻化；不是麻将——麻将太老年化；不是网络游戏——游戏永远低龄化。唯有全体人民都喜闻乐见的、都津津乐道的、都持之以恒的、传统与现代完美结合的、最体现城乡一体化的、不论官府民间大家一致接受的，就是饭局。从天上望下去，北京的修筑、太阳将要西下、东西南北中、中央的天安门，国旗一降，百万饭局开张，千万妖精出洞。四面八方里，灯火一片中，最璀璨之处，必定是饭局。"这或许就是当下太平盛世中国的典型景观写照。

如果说饭局的主宾永远是男人，当然不光是指主要埋单者。但没有女人的饭局就不叫局了，就如同没有了女人，饭菜就不香了一样。饭要有滋有味，就不可缺少女宾，当然主要是小妖精一类。如同小妖精不见了，天下就没有小妖精了，饭局就不闹腾、热闹了，能闹的小妖精最终会成为饭局的主角和中心，甚至会成为一种职业的角色。男人图的是什么？酒之后便是色，和颜悦色。能闹的男人终究会倒在更能闹的女人手里；最能喝的男人也终究会栽在不能喝的女人手里；就像饭局中的男人最终只会为女人埋单一样，付出比菜价更高的资本。厉害的小妖精不仅白吃，还要搅局，最终一统天下，莫非如今就已回归了母系社会?

看着丁小二的小妖精众生相,让我想起了世博会中国馆中那幅会动的《清明上河图》长卷,一个个小妖精神情怪异,搔首弄姿,动感十足,性感十足,跃然纸上。

在这个时刻向下出溜的社会,女人因为男人的堕落而沉落,过去的圣女全成了剩女,过去的神仙全成了妖精,过去的贞洁烈女全成了饭局熟女了。

我刚刚看了一本俄里根的《属灵的寓意》,里面讲为耶稣提鞋是一件伟大的事,而弯腰朝向他肉身的方向,朝他在地上的样式,思想他正在地上的形象,解开与道成肉身的奥秘相关的难题,如同解开他的鞋带一般,这同样也是一件伟大的事。

神圣早已是与当下格格不入的情境,神真成了神话,箴言成了寓言。我们在为谁提鞋?为女人?为小妖精?这也不靠谱,就像饭局。

笼子里的猫和笼子外的人

潘无依

最近第五十届威尼斯双年展中国馆在北京展出,其中展望的作品《都市山水》是由不锈钢炊具排列成山水风光的样子,在灯光与雾气的虚掩下,成为一种人间荒诞的造境景观。正如作者所言:"神性与饮食这两个极端融合在一起,展望当今的生活画面,这个山水(城市)显然已不是有着文人传统的山水,它所展示的是有着另一种意味的如梦如幻的生存空间。"

同样,我最近随一些朋友到云南香格里拉游玩,同行的人中有一位漂亮的美国姑娘,由于她的存在,使这次香格里拉之行似乎还存在着另一并行的景观。一路上,总有一些她认识或不认识的人纷纷给她拍照,或合影或留电话。这位美国姑娘后来说:"我就像是笼子里的动物,让别人参观,合影留念。"我对她说:"我们才是动物,你没看见我们一个个都充满了贪婪的目光。"

不论是自然的物化（物质化），还是人的物化（动物化）的问题已是目前普遍存在的景观，并且越来越已自然而然化了，甚至熟视无睹。

当潘无依用女性的视觉与文笔，从这一角度构筑她的小说《去年出走的猫》时，那肯定是"卡夫卡之流"的之外的风景。尽管她也在书中借猫之口写道："我不明白，什么叫家？笼子就是我的家。他们也一样被装在笼子里。他们被表面的材料迷惑，他们无非住进了一个更大的笼子。他们离不开笼子，还在比攀着笼子的大小。"人在看笼子里的猫，猫在看笼外的人，其实并没有区别，中间相隔的都同样是一道笼子的网壁，在猫看来，这个笼子就是一个凹形的，人在一个更大的笼子里。

潘无依打乱了人语、猫语；人的视野、猫的视野；人的内心世界、猫的内心世界的界线，让破碎的现实和景观无法复原，以特有的女性敏感，将日常生活拆解，暴露无遗。出走的猫与丧失家园的人同样值得可怜，无依无靠。

整个小说以无法连缀的片断和情节、支离破碎的语言、来回置换的视角，使我们的阅读充满了一种莫名其妙的快感。

小说中的人不仅活得像猫，就连"名字也像一只猫"，而且还充斥着许多另外的动物，"犯狂犬病，到处咬人"；"隔壁的一个女人，瘦得像一只狼"；"她们用赤裸的身体只是想代替动物说出它们想说的话，所有的动物与你拥有同样的权利"。

在"猫年猫月的猫一天"，"一切就像回忆似的，她现在已经认为梦也是一种生活，人根本就没有梦这种虚幻的事物，人在那个时空里发生的一切也是真实生活"。我们可能不能清晰地把握小说中女主人公三番的故事情节，但我们可以被三番的生存状态所深深感染。

潘无依无疑是一位聪明的小说家，书中隐藏着充满诗性机智和隐喻暗示的语言，使小说构成了阅读的力量。我对神性的"七"非常敏感，小说中也有："超市丢失的那七把尖刀"；"胡同很深，一路走过要经过七个公厕"；"这撒下去的七根玉米就像那七把尖刀"；"他的七个房间分别是星期一、星期

潘无依（右三）和她的女友们

二……";"三番的第七辆自行车被偷掉";"我想我会每天刷六次牙的，不，是七次"，等等。

而像"掉下来的不是核桃肉是自己的半颗牙齿，此后她就开始在门口削苹果了";"女人的历史就像一个鸡蛋一样可笑";"星星爬在了女人的帽子上";"树穿裤子，真是条汉子"等语句，让我们看到了潘无依成熟的写作能力。

潘无依2001年便有《群居的甲虫》小说出版，此次又有《去年出走的猫》，不知下次的小说还是否和动物有关，为这个日益物化的人类世界进行精神上的论证与复印。

与疯子在一起

小 安

在精神病院当护士的女诗人,我知道有两位:北边的小月亮,南边的小安。而有精神病的女诗人,我知道有更多,因为诗人都有神经病,那女诗人病更容易重。

诗人特别是女诗人在精神病院当护士,肯定是一件非常危险的事,因为是病都会传染,精神也会被传染,正常人叫感染。但同时也会是一件庆幸的事,因为在精神病院里,你先入为主的身份认同,使你保持一种客观的距离,见怪不怪。而且每天发生的丰富多彩的故事,自然而然地成为了你写作的素材，于是就有了小安的小说《疯子们的故事》。

小安在医院外曾经写诗、离婚、喝大酒、抽烟、赌博、打牌，几乎具备了成为精神病的所有资质。但她的文笔比一般正常诗人的文笔还清淡、安静，极少见到夸张激烈狰狞暴力的语言，因为写作不是她的心病，一个都成天和疯子打交道的人，还看不透疯子（诗人）这点事吗？用她自己的话说："我没有把这些悲苦与寂寞放进我的诗歌里，我把它们平静地处理掉了。我

小安在读诗

想我的诗歌是快乐和美丽的。"韩东也欣赏她的这点："小安的诗歌里有一种特别优雅平静的调子，但不知道为什么，每次读她的诗我都有一种流泪的冲动。也许，这就是天才能力吧？将悲苦转化为美丽，让美丽还原为寂寞，在一个虔诚如我的读者那里。"

小安甚至喜欢有趣的疯子，甚至崇拜他们，这不是职业的道德，而是对外部世界身份的嘲讽和自嘲。北京诗人阿坚经常给身边的人划分精神病的度数，可见这种身份的认同与避嫌是随时随地存在着。

就像小安写精神病人去电影院看电影，他们非常安静，因为看见屏幕上跳来跳去的一些人，"在上面哭、笑，疯子一样跳来跳去。但是因为太亮，那

些人变得淡淡的，像个影子，挂在上面"。

小安身为女人，写女精神病人都写得很美，但写男人都写得很凄惨，一个是她内心的善良，还有一个是她对人的观察，当然也是她下笔的冷静客观。

那个叫花花的美丽的女病人，非常性感，那个叫刘家文的医生很帅。是所谓正常的男人把花花弄成了精神病，正常的女护士也同样都暗恋刘医生。

在刘医生最终摆脱不掉花花的浪声浪语的喊叫和纠缠，最终强奸了花花，被公安局抓走了，老护士流着泪说："是花花把他给害了。"但后来被医治的花花眼神变得像良家妇女的样子，又胖又肿，失去了光彩，"为她而坐牢的刘医生，如果看见她这样，不知道如何心疼难过呢"。

这个比电影还电影，比小说还小说的故事，在小安的笔下如此清晰，那种伤悲都是在字里行间显露出来的。

人总是要有一点精神的，但没有或有的太多，便成了精神病。人就是人，精太多了，便成了妖精、狐狸精、白骨精、害人精；神太多了，便也会成了装神闹鬼的大条神。做人要接地气，做文章同样要说人话。把一般的人写得不一般，把不一般的人，写得一般，才显示作者的精神境界之高超。

小安借一个精神病人之口，说一个爱打架理论的护士："我不和女人一般见识，看来她真的医好啦。"可见身份随时是可以转换的，不管你承认不承认，我们自己时常会忘了自己是个什么东西。

小安曾讲过，她医院曾有两个女病人打架，小安劝架，也被打，另一个女病人过来帮她忙。十几年过去了，这个女病人每次见到她都会说："安护士，你记得不，我半夜帮你打架，把她们打赢了。"

打架这件事本身没有记忆的意义，十几年的执著发问变成了强迫记忆，精神病就是执著。小安说，目前，她觉得对爱情是一种奢望，相比年轻时，看得淡一些了，这可能就是做俗人正常人的庆幸与不幸。

在北岛的左边

To boast about my friends and their works

有关诗歌

在北岛的左边

北岛无疑可以说是中国先锋诗歌的一面旗帜,尽管早年在国内他只公开出版过一本薄薄的个人诗集,但那时他是以手抄本和油印件的形式影响了一代诗人。因此,说了好多年的诺贝尔文学奖似乎对我们这些深受他影响的人来说,意义或许比他自己更大更广。

由于诗歌写作在国内已进入到了一个寂静的时期,所以出于同病相怜的心理,人们总是会发问:北岛近来在国外还写诗吗?写得又如何呢?

北　岛

北岛一直是以一个孤独的写作者的姿态出现在诗坛上的,正如他的笔名一样,是一片孤岛。身在异乡的他,更强化了这种状态。

从他近来在国外写的诗作,我们可以看出一些微妙的变化,相对早年在国内作品中那种愤怒和急迫的口吻,更多趋向于一种平稳、内敛的意象,被欧阳江河称为"中年风格"。其实,不论从时间变化,还是从空间变化来说,造成北岛写作的这种变化也似乎是自然而然的。

1993年,北岛出版了一本诗集《在天涯》,在那本诗集中,我们看到的是多重的意象、分裂的语言、干涩的语音、压抑的情调,虽然和他以前的作品有着某种连续的纵深的发展,但仍可以看出北岛的诗歌写作的极致。

北岛（右）、崔健（左）与作者高星（中）

最近，北岛在国外出版了一本诗集《开锁》，在这本诗集中，我又发现了北岛的变化，尽管这种变化并不明显，但当你通读整部诗集时，就会感到这种变化。这是一种"回归"式的变化，北岛写作的心态平和了许多，意象单纯了许多，语言也流畅了许多，甚至有一种自然的亲切。当然我们不能把这种变化夸张地称为"返璞归真"或"更高境界"。

在北岛的新诗中，一直都在努力淡化着"具体的我"的进入，也就是在描述中保持一个"最低限度的自我"。但让我感到的是北岛在诗中更多地关注着空间和方位，显示出作者身临其境时的一种游离旁观的尴尬。

"请注意告别方式／那些词的叹息／请注意那些诠释／无边的塑料花／在死亡左岸。"北岛在国外早期诗作中也有这样的诗句："死亡总是从反面／观察一幅画。"北岛习惯为我们提供一个视角、一个空间，我们在阅读时，潜意识总是有一个逆反心理，"画的反面"引导我们去想象"画的正面"；"死亡的左岸"让我们条件反射到"死亡的右岸"。当然，一条"死亡的左岸"要比一张"画的反面"提供了一个更广泛的空间和方位，也为读者提供了一种更大的选择界线。

2012年大年三十夜，北岛（后）与作者高星在其母亲的病房内

在《日子与道路》诗中，北岛写道："阴影如船歌／穿过古老绿色／风筝在太阳左边／是等待批准的／暴风雪。"北岛又一次写出了一种靠左的方位。其实在生活中，我们很少注意太阳的左右，从以人为本的角度出发，太阳东出西落，提示是一种大的方向，太阳的左右似乎更是太阳"自己"的感觉，就像说"我"的左右手。

在诗句中任何一种强化都会引来一种荒诞和陌生，造成一种诗的意象，强调了"风筝在太阳左边"，便给了人一种新鲜的语境，这种"具体"的描述，反倒把事物虚无化了、抽象化了，这就是诗的秘密所在。

其实所有的评论，都是主观的臆造，当一个写作者都无法把握自己的写作内涵时，我们怎能有资格说已进入了另一个写作者的脉络系统呢。其实，作为北岛来说，现在是最没压力的状况，不管他诗歌如何变化或发展，是北岛写的就已足矣。就像我们说我发现了"北岛的左边"，但谁又能保证你发现的不是"北岛的右边"呢？因为我们对他的关心，并不是对他有什么祈盼，而是纯粹出于一种对他个人的喜爱，而且这种喜爱，他早在二十年前就已经交给我们了。

在我前面写诗的人

我花了200块钱,从旧货市场上买了一个砖头式的大手机,放在家中的书柜里,朋友见了,会心一笑:时间过得真快,这也成古董了。其实就在三年前,我身边的许多朋友拿着手机呼风唤雨的时候,我还靠裤兜里的BP机让人呼我呢。再往前说,单位分了100斤大米,我骑着自行车,顶着太阳,驮着大米,奔丰台的家去,看着路边有人潇洒地打车,很是羡慕。

生活中,我的落后不止这些。除了物质方面,还有更多精神方面的。最近我读了新出版的《新诗界》,里面有"诗海钩沉"栏目,有邵燕祥、周国平

食指在798当代艺术中心

介绍"文革"前北京的大学生张鹤慈及他的诗。1962年,张鹤慈与孙经武及郭沫若的儿子郭世英在校创办《X》手抄刊物,后他们因"反革命罪"而被判劳教,郭世英最后自杀了。1962年我刚出生,那时几乎所有的人都在歌唱着"革命亲情"的口号,没有独立的诗歌。张鹤慈在1965年就已写下了"宇宙／伸展着视线的／点的凝聚／无尽的无尽,点点上／镜中的我"(《我在慢慢地成长》)的深沉诗句,真让人惊叹。

如今的我生活在一个可以自由书写的时代,但诗并不比张鹤慈深刻多少,我只能羡慕他的诗情,但不能羡慕他那个时代,当然,让我羡慕的诗人还有很多,但张鹤慈一直并不太有名气。

贵州也有这样一个名声一直不大的诗人,黄翔,也是在1962年写下了"我是谁／我是瀑布的孤魂／一首永久离群索居的／诗／我的漂泊的歌声是梦的／游踪／我的唯一的听众／是沉寂"(《独唱》)这样的诗句。后来黄翔也多次被判入狱,著作不能发表,甚至他当年的女朋友也受到了"追查"。

当时陪伴黄翔的另一位贵州诗人哑默也在默默地进行着诗歌写作,《诗

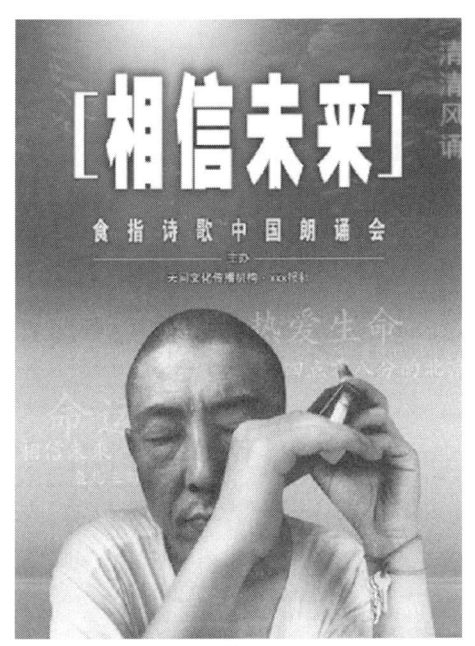

"相信未来"诗会招贴

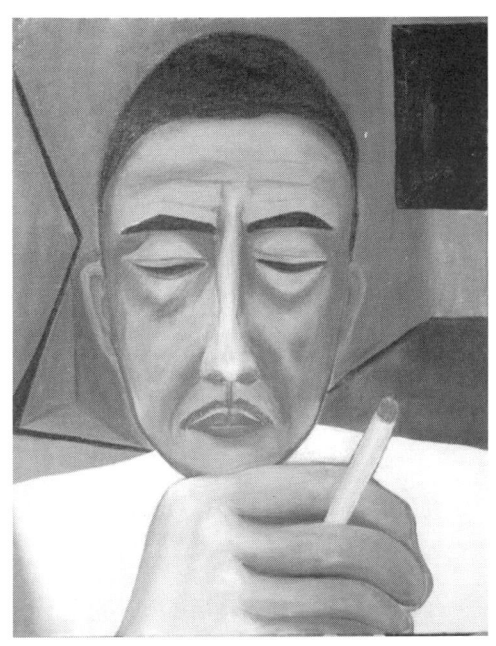

马莉所画食指肖像

刊》杂志于1987年发表了他的一首只有十一行的诗。从他第一次投标，到第一次发表，一共用去了30年。"是被封住的嘴唇／是渊沉海底的声音／是心房微弱的搏动／是静静地凝视着你的瞳孔"（《图案》），哑默至今仍生活在一个不为外人所识的贵阳的乡村——野鸭乡居。

北岛的《今天》一直在影响着"今天"。20世纪70年代末期，我像拜访一个教父一样，前往西四的一条胡同的小院里，去买油印的《今天》，我读到："告诉你吧，世界／我不相信／纵使你脚下有一千名挑战者／那就把我算作第一千零一名"（《回答》）这样的诗句时，我深知这种诗在当时来说有多"反动"，我震惊于他早于我那么多年的觉悟。今天再没有一个诗人可以让我为之跟着呐喊了。

而当时在20世纪六七十年代写下朦胧诗的北京诗人还有多多、方含、顾城、根子、江河、林莽、芒克、田晓青、严力等等，而最著名的当数食指了，有人还说他是"北岛的师傅"呢。

食指1968年写了《相信未来》："当蜘蛛网无情地查封了我的炉台／当灰烬的余烟叹息着贫困的悲哀／我依然固执地铺平失望的灰烬／用美丽的雪花写下：相信未来……"食指的诗当时以手抄的形式在全国流行，就像当时广泛传抄的《少女的日记》一样，属于收缴的东西。后来食指一直住在精神病福利医院，但他的诗作一直没有糊涂。

最近我陪食指参加了一个"越界语言"的诗歌与行为艺术的展示活动。已经55岁而且刚刚出院不久的他，谈起诗来仍然气宇轩昂，并能将自己的诗全背下来朗诵。我问他最近写得多吗？他告诉我："写得很慢。"他不强调"少"，而是强调"慢"，可见纯写作态度的认真。

当有人叫他和几位领导合个影时，他坚决地躲在了一边，他的理由是"我不是领导"。许多追星的人在和他合影。

参加完活动几天后，我给食指打电话，约他出来喝酒，他说："我要沉静几天，要不太浮躁了，我就写不出东西了。"大师的风采一下子让我哑口无言，我终于明白了，为什么有那么多的诗人，早于我，早于那个时代那么多年，就写下了让人读后唏嘘不已的诗句。

永远陌生的骆一禾

西渡最近编了一本《骆一禾的诗》。这是一本带有惊人程度的文本考据的诗选集。每一首诗的首发处、不同文本的差异，甚至小到空行与标点、改写的文本对照，都标注得十分精细。我对自己的东西都没有这样的认真，不知西渡对自己的东西如何。反正这本书西渡做到了。

年轻时的骆一禾

说起骆一禾，我们无法绕过海子，他们确实像一对孪生兄弟。他们同在北大上学，先后一同写诗，又成为最好的朋友。诗作中共同存在取法《圣经》的知识与意象背景；麦地与圣徒的焦虑；长诗写作的情结。更让人匪夷所思的是两人在1989年的几个月之内竟先后离世，好像受了被他们写活了的神灵召唤一般。但后来骆一禾却一直没有享受海子一样的光耀普照。

被遮蔽的骆一禾，当然有着他的客观原因。俗的说，他生前的轶事并不能被人广为乐道；雅的说，他生前为海子的出道做了大量的推介工作，使自己成为隐退后面的人。但如果有人纠缠或讨论骆一禾比海子写诗写得早，比海子写得好，甚至是他教导海子的写作，并以此来证明骆一禾应该享受更高的荣耀，我觉得特别没有必要，而且那也是对他们两个人共同的伤害，而且

马莉所画骆一禾肖像

将是第二次致命的伤害。

就像张玞介绍骆一禾曾在日记中谈到海子的死时,悲情地喊道:"上帝你拿走了我的儿子!"这是一种伟大诗情的义举,不可能是一种谁大谁小的证明。

骆一禾当然与海子有许多不同的地方,这也是我们今天探讨骆一禾的意义所在。他诗歌文本的陌生性,决定了他的诗作不可模仿或不易传播,也是造成今天这个现象的一个很大的原因。还有就是海子一直生活在安徽乡村,农业成为他在诗歌中具体显现的背景;骆一禾生于北京干部家庭,这一切在他的诗歌中被抽离。在他的长诗中,我发现他两次引用了毛主席的诗句,这可能是他生活在政治中心的遗迹之一吧。还有骆一禾史诗中《世界的血》与《大海》这种不可把握的液态,与海子史诗中相对固态的深入,都会成为各个文本的不同。

骆一禾诗歌文本的陌生性,更具体地体现在了他对语言施展的暴力,让语言的机制失去了日常的连读性。意象的破碎,甚至"创制"(西渡语)的冒险,无法保证简单的阅读。

骆一禾纯粹的抒情语句和叠置的隐喻形象,与今天普遍追求的叙事性形成了极大的反差。也正是由此有人指出他的诗作缺少了另一些抒情诗人所贯穿的生存生活在文本中的体现和支撑吧,骆一禾的抽象性也来源于此。

我曾经对西川说过:海子的诗是可以模仿的;骆一禾的诗是陌生的;西川的诗是变化不定的。因为在同是最好的朋友三个人中,只有西川还在,一种提前大半生就已背负的孤独,让西川只能用变化的风险,来证明自己的更长久的存在。他追求的是智者,有别于海子的赤子与骆一禾的圣徒追求。

骆一禾用献身的精神和事实,提早践行了自己圣者的道义和追求。或许真像张玞所说:"骆一禾建筑神殿和屋宇的天路遁形,让他早已看见了如今世界中精神与文化的失落。"今天,这种充满古典抒情意象,向人类终极追索的史诗,必然是"无用"的写作了。那个时代,诗人在关心着什么?从他的诗作题目中就可以看出:危蹶、辽阔胸怀、遥忆、为美而思、修远、壮烈风景、飞行、生存之地、大地的力量、天路、太阳日记、世界的血、大海循行、新生……

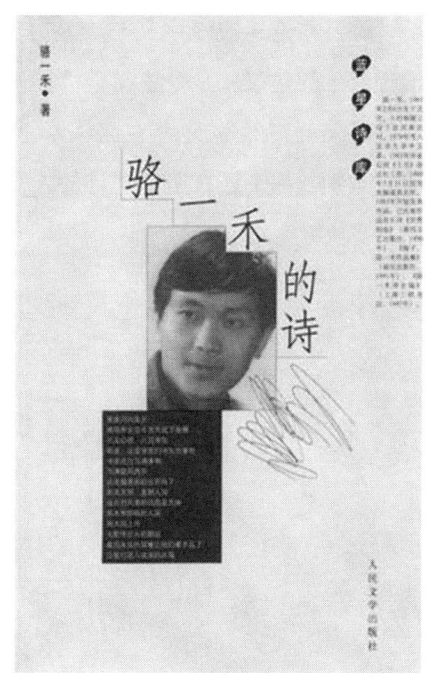

《骆一禾的诗》

但丁是我最崇拜的诗人。骆一禾在写给但丁的诗中写道:"这是不可篡夺的但丁/但丁不为真实所限,他永远青翠/不是真实,但丁的密林是真实的极限";"天堂的但丁/而不是文学的但丁/这永远是但丁和但丁的诗篇",这也正是骆一禾的追求,他明白"为了但丁/未来垂直腾起,绵延而去的只是时间/在时间里我们写下渊薮/为了但丁/死亡也不能阻止,死亡是在到达的下面/和死亡我们只能谈论骨头"。

骆一禾在写给自己的《闪电》中,表述了自己铁一般的意志:"在我的心里/躺着一排修长的银钥匙/感觉到此刻穿透我的那种超绝和完美。"在《修远》中,他大声唱道:"说一声修远/三种时间就澎湃而来/天空在升高中醒了/万物愈是渺小也就愈是苍莽/在那一夜滂沱的雨水中/新月独自干旱";"我的诗丢在道路上/一队天灵盖上挖出来的火苗。"这里的"新月"与"干旱"、"挖"与"火苗"、"天空"与"醒",都是骆一禾个人意志在自然万物中的强性拼接。

雨果在论述浪漫主义与崇高时曾指出："趣味是天才人物永远不停息地给予自己的建议，是令正在全神贯注行使神圣职能的天才眼花缭乱的内在火花，是美的突然发现。"在骆一禾距我们越来越远的今天，培养什么样的趣味，是判断一个还在坚持写诗的人，有多大的想象力和创作力的艺术能力的体现。

海子面向大诗的自觉

拿到作家出版社新版的西川新编《海子诗全集》的一瞬间,我发现新书精装的硬皮壳已不是上海三联版的沉重的黑色了,而改为诗意的湖蓝色了。这是否也是一种象征:如今我们面对海子早已该从怀念的情绪中逐步转化到正常的诗学角度上来了。正如西川在出版说明中所说:"我们现在说起海子,好像已经没有了当年面对海子的骤逝这一事件的悲伤难过,好像他已经成为一个历史人物,但每回重读海子,海子诗歌的光辉和力道便骤然显现。"这也是西川一直倡导的要用"诗学"与"理学"的角度来对待海子。

海 子

海子墓

其实,大众对海子诗歌阅读的偏差永远是正常的,而一些诗人不能情愿地承认海子的诗歌价值,那多少有些出于诗歌之外的"政治"考虑。而那些只承认海子短诗优秀的诗人同样也让人不可理解,如此下去,诗界对海子遗产的好恶和地产商、中学生整天高诵:"西朝大海,春暖花开",又有何区别呢?

　　西川曾说过一句公道话,海子的长诗是用生命铸就的,首先肯定的是这种敢于探索的精神。如果说这个时代早已不是史诗的时代,那这个时代又何尝是出短诗的时代。对临近纯个人化诗歌写作的当下,长诗、短诗又有何区别,甚至长诗可能更加照耀一个诗人的内在能量。

　　海子天生就是一个为写长诗而生的诗人。他曾经说过:"我写长诗总是迫不得已。出于某种巨大的元素对我的召唤,也是因为我有太多的话要说,这些元素和伟大的材料的东西总会胀破我的诗歌外壳。"他说:"我的诗歌理想是在中国成就一种伟大的集团的诗。我不想成为一名抒情诗人、或一位戏剧诗人,甚至不想成为一名史诗诗人。我只想融合中国的行动,成就一种民族和人类结合,诗和真理合一的大诗。"

海子出生的老木床

　　海子的话说得是有点大,特别是他自称为"太阳"、"神"、"诗歌之父"、"王"等,多少有点叫人难以接受。但如果不是这样一个极端的人,如何才能写下上万行神来之笔及充满语言暴力的长诗呢。

　　我们无法接受海子的"神"誉,也将承认海子的"天才"。短短六年的写诗经历不仅终结了他燃尽的生命,也终结了我们或许写作一生的松弛。

　　今年3月,我曾到海子家乡探望,看着他家后院的水塘和油菜花,看着他家中留存的雕花大床,他就降生在这架床上;看着他家角落里存放的老式农具、老式的八仙桌和屋顶上吊着的风干腊肉,我如何也不能把这些和他的

张弛（右）、大仙（右二）、作者高星（右一）等在海子故居

西川看望海子母亲

诗作统一起来、和他书柜里的《摩诃婆罗多》《罗摩衍娜》《海洋知识》《摩奴法典》等书映照起来。

海子的乡村早已跳出了他的家乡安徽怀宁，更多的是北京昌平，就像他的笔名是"海子"而不是他的村名"查湾"。当麦子、高粱、桃花、羊皮筏、劈柴等北方特有的意象在他诗中降临时，他多像一个自由发挥的"王"，跨越了南方北方的乡村区别。就像他的长诗"土地与太阳"的意象既是楚文化的发掘，也是古希腊、印度文化的种植。

其实这也反映了诗人自觉追求陌生感、距离感的原因，诗的个性就是它的独特性和创造性。

不论海子的长诗或短诗，我们可以从中发现他的知识谱系更多地是来自西方文明，而诗歌意象更多的是来自中国的乡村——农耕文化。这就构成了一种奇特的现象，精神性的西方文化与物质性的东方文化的穿插，从他的一些给个人的献诗中，可以看见他写给梵·高（三次）、韩波（二次，其中一次只列题目）、海伦、雪莱、萨福、安徒生、梭罗、托尔斯泰、卡夫卡、莫扎特、耶稣、但丁、荷尔德林、尼采、波特莱尔、维特根施坦、马雅可夫斯基、叶赛宁，中国的他写过屈原，而雷锋、毛泽东、草原英雄小姐妹也能被他加以神化。而他的许多爱情的献诗，是那些没有名存的少女。其实他的爱情也一直被他的诗意所神化，不能在现实层面得到释然的展开。正如他所说："我有三次受难：流浪、爱情、生存，我有三种幸福：诗歌、王位、太阳。"

神性的海子在诗中大量地提到了"七"这个数字，"七"是一个轮回，也是天堂的台阶，"七"在海子的诗句或诗题中也成了十分自觉的意象。"七叶树下 / 九根香"（《莲界慈航》）；"七月的妇人，贩卖棉花的妇女"（《从六月到十月》）；"在七月我总能突然回到荒凉"（《七月的大海》）；《北斗七星·七座村庄》；"七只绵羊·七颗星辰"（《黄金草原》）；"像七种蓝星下"（《怅望祁连》）；《七月不远》；"北方的七座山上"（《传说》）……

多多就是四个夕

人民文学版《多多的诗》让我一惊。虽然"蓝星诗库"是存档式诗集丛书,但这本诗集竟以多多的新作为主,而且有多首散文诗首次入选,多多旧作中那些名诗,如《阿姆斯特丹的河流》《马》《致太阳》《手艺》等并没有选入,透着多多的自信,好诗不嫌多。

诗评家夏可君在评价多多的《能够》一诗"能够这样活着 / 可有多好,要多好就有多好"曾指出:这里重叠的"多",是否是在公共话语强制的空间里,诗人在为自己命名?而我更看重多多在许多诗句中叠句的运用的本身形式感,因此我说:多多就是四个"夕"。

诗人多多

叠句的隐秘出处

多多在早期诗作《致太阳》中写道:"给我们家庭,给我们格言 / 你让所有的孩子骑上父亲肩膀 / 给我们光明,给我们羞愧 / 你让狗跟在诗人后面流浪／给我们时间，让我们劳动／你在黑夜中长睡，枕着我们的希望／给我们洗礼，让我们信仰／我们在你的祝福下，出生然后死亡。"这是一组多多典型的叠句并置的诗，诗中"给我们"与"你让"的交替使用，让我们心存阅读古典诗句的快感。其实"今天"派其他诗人中也有此特点，如北岛名句："卑鄙是卑鄙者的通行证／高尚是高尚者的墓志铭"，还有北岛的《一切》、《回答》，顾城的《黑眼睛》等。有人说，这是诗人共同受成长年代的影响。那个时代语言特色为失音喑哑、口号标语、暴力恐怖，因此对词语造句上，更追求一种力度的判别和呼唤的肯定，流行朗诵诗的鼓动作用，是引致语言发力的极致。

这或许是一种原因，但"今天"派其他诗人后期作品的语言并无明显此特色，而多多却为什么依然延续和强化了此特点呢？例如他后期在国外写就的《感谢》一诗："在归还它的时候借它／感谢空地，实在就是大地了／向着下工时分的煤区扩散它的地理／感谢它的过去，已显得尤其宽广了／在祖先的骨骸拒绝变为石像的那条线上／感谢树木的伫立，就是亲人的伫立。"诗中"感谢……了"与"在"和"向着"成组叠制，贯穿全诗。

其实《创世纪》开篇也有这样的语句："神说要有光，就有了光。神看光是白的，就把光暗分开了。"可见经文要能传诵，必定上口，神谕全是复述句，原来越是简单的句式越是传统的古典句式，这就是说，多多的坚持，是多种文化的促和，是他的自觉行为。

叠句的音乐味

多多早年学过美声唱歌，并自命为是"一个永恒地唱不上高音的男高音"，但他现在日常说话的声音依然有些拿腔拿调，那笑声总是产生一种共鸣的感染力。就像他在诗中让词语相互咬合、反复碰撞，呈现出来干净的陌生的音色，而他的诗句在高端位置，结晶一般的虚构与变形，调整着我们听者日常的听力。

多多在《感情的时间》长诗中的第13节写道："那是一段短暂的时间／那

多多就是四个夕

人民文学版《多多的诗》让我一惊。虽然"蓝星诗库"是存档式诗集丛书,但这本诗集竟以多多的新作为主,而且有多首散文诗首次入选,多多旧作中那些名诗,如《阿姆斯特丹的河流》《马》《致太阳》《手艺》等并没有选入,透着多多的自信,好诗不嫌多。

诗评家夏可君在评价多多的《能够》一诗"能够这样活着/可有多好,要多好就有多好"曾指出:这里重叠的"多",是否是在公共话语强制的空间里,诗人在为自己命名?而我更看重多多在许多诗句中叠句的运用的本身形式感,因此我说:多多就是四个"夕"。

诗人多多

叠句的隐秘出处

多多在早期诗作《致太阳》中写道:"给我们家庭,给我们格言 / 你让所有的孩子骑上父亲肩膀 / 给我们光明,给我们羞愧 / 你让狗跟在诗人后面流浪／给我们时间，让我们劳动／你在黑夜中长睡，枕着我们的希望／给我们洗礼，让我们信仰／我们在你的祝福下，出生然后死亡。"这是一组多多典型的叠句并置的诗，诗中"给我们"与"你让"的交替使用，让我们心存阅读古典诗句的快感。其实"今天"派其他诗人中也有此特点，如北岛名句："卑鄙是卑鄙者的通行证／高尚是高尚者的墓志铭"，还有北岛的《一切》、《回答》，顾城的《黑眼睛》等。有人说，这是诗人共同受成长年代的影响。那个时代语言特色为失音喑哑、口号标语、暴力恐怖，因此对词语造句上，更追求一种力度的判别和呼唤的肯定，流行朗诵诗的鼓动作用，是引致语言发力的极致。

这或许是一种原因，但"今天"派其他诗人后期作品的语言并无明显此特色，而多多却为什么依然延续和强化了此特点呢？例如他后期在国外写就的《感谢》一诗："在归还它的时候借它／感谢空地，实在就是大地了／向着下工时分的煤区扩散它的地理／感谢它的过去，已显得尤其宽广了／在祖先的骨骸拒绝变为石像的那条线上／感谢树木的伫立，就是亲人的伫立。"诗中"感谢……了"与"在"和"向着"成组叠制，贯穿全诗。

其实《创世纪》开篇也有这样的语句："神说要有光，就有了光。神看光是白的，就把光暗分开了。"可见经文要能传诵，必定上口，神谕全是复述句，原来越是简单的句式越是传统的古典句式，这就是说，多多的坚持，是多种文化的促和，是他的自觉行为。

叠句的音乐味

多多早年学过美声唱歌，并自命为是"一个永恒地唱不上高音的男高音"，但他现在日常说话的声音依然有些拿腔拿调，那笑声总是产生一种共鸣的感染力。就像他在诗中让词语相互咬合、反复碰撞，呈现出来干净的陌生的音色，而他的诗句在高端位置，结晶一般的虚构与变形，调整着我们听者日常的听力。

多多在《感情的时间》长诗中的第13节写道："那是一段短暂的时间／那

是我们相爱的时间 / 在我们相爱的时间里 / 我们找到了离别的地点 / 那是我们离别的时间 / 那是一段漫长的时间 / 在我们离别的时间里 / 我们找到了相爱的时间。"在"那是一段……的时间"、"那是我……时间"、"在我们……时间里"、"我们找到了……"几种句式近似工整与流畅的排列，让我们不由自主地要放声唱起来。

而在《前头》一诗中："没有地狱，没有原野，也没有僧侣"与后面的"没有合唱"；"过去的，就是所有的了 / 正在过去的，已经不是了 / 部分的是，所以不是了 / 是无边的，也不会再是宽广的了"，与后面的"我们的医生再也不是农民了"诗句的穿插呼应、跳跃再现的格式，就像交响乐的呈示部、展开部、再现部的正、副主题与主、副属调一般，也像歌曲中的不同声部与复调的叠置，充满旋律线性的起伏与和声般的多重美妙的节奏与音效。

叠句的语法运用

多多在诗中的叠句运用变化无穷。

有的为名词的叠置："巴黎哦虚荣的巴黎哦，街头的巴黎哦，巴黎是一名坐惯华贵马车的妓女 / 厌倦的巴黎哦，皮肤松弛的巴黎哦 / 巴黎在别人的怀中冷漠地回忆。"(《万象》)

有的为介词的叠置："在这意会与言传间的另一地带"，"在这血与书间的野蛮地带"，"在这呓语怡然集结之地"，"在我们神迹模糊的地点"(《大蛇的消逝》)……

有的为动词叠置："等醉人的双拳劈开木桌合拢"，"如画的风景中有一只手已经停止抚摩"(《等》)；"我梦到了我应当梦到的 / 我梦到了梦的命令"(《我梦着》)；"说历史所不说的"，"说的是词，词 / 之残骸，说的是一切"(《在无词地带喝血》)。

叠句的结构分割

不画画的多多很懂得画面的分割与构图的经营，他用叠句将诗句组合、开合、间隔，组成多维度的视觉效果，张弛有度，收放自如。

例如在《就这样》一诗中，用"……词语"句式三次切割了诗章，"查看报亭顶上增厚的鸽粪中 / 偶尔闪烁的火花 / 推动词语 / 接受生锈的盾牌上 / 整齐摆放打开的蠔壳 / 通过词语 / 保持落井少年持久的听力 / 比可以听到的，再远一点 / 比听不到的，再弱一点 / 相信词语"。

叠句的意象变幻

叠句是重复美的运用，但这绝对是一种冒险。简单的单一，便是真正的重复，频繁的整齐，便是没有味道。

而多多在行文中的悄然变化，让意象延宕、串联："过去了，故去了，许多个年代过去了 / 许多欢乐，许多苦闷 / 以往，像一辆风尘仆仆的马车 / 我们，也快要望不到故乡了……"但紧接着下一段转变："那是最初的日子，那是守约的日子 / 那是神气地走在街上的日子。"

多多是情诗的老手，情诗倾诉的姿态必然是反复地歌唱："我爱，我爱我的影子 / 是一只鹦鹉，我爱吃 / 它爱吃的，我爱你，你我没有的 / 我爱问：你还爱我吗 / 我爱你在目廊，它爱听：我爱冒险 / 我爱动情的房屋邀我们躺下做它的顶 / 我爱侧卧，为一条直线留下投影。"（《诺言》）正如标题所示，诺言的每一句都是起始句，都是落地有声的条条语句。

多多用这种延宕辗转的叠置，把意象和言说频繁地交替，组成了他特有的词语经验，成为转来转去的串联和并联的线路，把诗意的跨越与攀升悄然展开："顶点总会完美塌陷 / 墓石望得最远 / 所有的低处，都曾是顶点 / 从能够听懂的深渊 / 传日后，只是他者的沉默 / 高处似在低处 / 爱，在最低处。"这是多多写于2011年的新诗，在诗中"顶点"和"低处"的反复出现，构成螺旋式的上下运动，在"深渊"中得以"对话的继续"。

　　多多永远像一个站在高处的歌手，让声音得到最好的传播效果，赋予词语生长的状态、开阔的维度。叠句的强调和追问，让积极向上的气流形成传向云层的声音，而频繁蜂拥的意象变幻，又像河流向纵深处展开，让远方的远方无限延展。声音的美妙清晰，意象的转换并置，这是一个成功的诗人最好的平衡和焊接，也是成功诗作的完美诉求。

诗歌，还有散文；或者胡思乱想

西　川

"我把车子开上高速公路，就是开始了一场对蝴蝶的屠杀，或者蝴蝶看到我高速驶来，就决定发动一场自杀飞行。它们撞死在挡风玻璃上。它们偏偏撞死在我的挡风玻璃上。一只一只死去，变成水滴，变成雨刷刮不去的黄色斑迹。我只好停车，一半为了哀悼，一半为了拖延欠债还钱的时刻。但立刻来了警察，查验我的证件，向我开出罚单，命令我立刻上路，不得在高速公路上停车。立刻便有更多的蝴蝶撞死在我的挡风玻璃上。"

这是我在《深浅》一书中读到的可算是西川最新的诗作《出行日记》中的一节。西川在书中开篇说道："这是一本我期待已久的书。这既不是一本诗集，也不是一本散文集，也不是一本论文集。这是一个人在诸多方面的胡思乱想。"其实这也是我心存已久的一个夙愿：将西川近年所有的长诗（也可以说是大作）放在一起，得以整体地阅读。

西川把这些不伦不类的文本拿出来时，充满了自信，他"知道自己在做什么"。1985年，徐敬亚搞"诗歌大展"时，单枪匹马的西川曾以"西川体"为旗号进入各种旗号的队列之中，如果说那时的西川的"西川体"还仅仅是一个旗号的话，那么如今西川的诗作才真正让"西川体"得以建立，并且名副其实。

一　尴尬，还有荒谬；或者寓言故事

在这些"新"诗中，我无法再去用所谓诗的外形去套用及检测，得以在诗歌理论上进行无效的而又深刻的阐发。我更多的是追寻着一种诗的本质来感受各种语句的穿肠而过。再没有什么可以让我的阅读如此地贴近了诗的最初的原生状态，诗本身的原汁原味。

就像我们放弃固有的阅读习惯和写作习惯，才能面对西川的诗作所带来的尴尬一样，我强烈地感到了西川诗中大量存在的尴尬，还有荒谬。

西川自己也说"我感受最深的就是尴尬"。诗人简宁，也是本书的出版人，早年在与西川的访谈中就注意到了这个问题，从《致敬》之后，尴尬，还有荒诞在西川的作品中成分越来越重。

西川自己也会觉得自己写出的东西在社会中并不是硬通货，而不具备任何意义，因此写作本身就是一件尴尬的事。他说："一个真实的东西就是一个有阴影的东西，天下任何真实的东西都是有阴影的，所以这个东西才是真实的。以前我写东西，我只写这个东西，后来我发现仅这个东西还不够的，我还必须写这个影子。后来这个东西我甚至都不写，我只写这个影子。"

不论是在《近景和远景》中，西川用称之为"伪理性"的方法去解释本来很通俗的事物，成为"胡说八道"的道理。还是在《鹰的话语》中，西川有意制造"逻辑裂缝"，让话语充满前后矛盾。西川的写作总是充满了自以为是的"冒险"。

西川说，人的"我"分成"逻辑我"、"经验我"、"梦我"三部分，当逻辑出

西川（右）与作者高星

现裂缝的时候，那就是经验和梦在作怪。我们的写作应勇于面对露怯与所谓思维不过关的马脚，要勇于说废话、疯话。西川喜欢在写作中尝试这种语言的荒谬性，与他理解的生活的荒谬有关。

早在17世纪的思想家帕斯卡尔，就以犀利的目光洞察了人性的症结，成为现代范式的"第一流革新者"，在一切可能的处境、习惯和偶然性之中，淋漓无情地描写人性的分裂，人对孤独的恐惧、失落感、眩晕及荒诞。他说："对于无限而言就是虚无，对于虚无而言就是宇宙，人是虚无和宇宙之间的一个中项。他距离理解这两个极端都是无穷之远，事物的归宿及它们的起源对他来说，都是无可逾越地隐藏在一个无以渗透的神秘里面。"

帕斯卡尔用悖论式的语言让怪兽在爱的狂喜中生出了羽毛，让神圣的灵魂从被回忆攫住的梦幻中显现出来。正像后人在评论帕斯卡尔时指出的那样："帕斯卡尔通过选择一种将读者逐句推入混乱和不确定的修辞手段，来表现对立和模棱两可。如果此处是数学的，那么彼处就是直接的、诗意的、充满激情的……所有这一切都旨在激发和引诱读者，参与游戏、悖论和不同声音的持续交替，从而使思想和认识处于不安和跃动之中。"帕斯卡尔纵意于书写悖论，西川在写作中同样找到了一个恰切的表达：尴尬。

在《出行日记》中，西川专门写了"尴尬"一节："一块呛进我气管的西瓜逼我领受我必得的羞辱，因为我咳嗽得过于真实。他们看着我，同情我的尴尬，然后继续他们关于世界的不真实的谈话。他们甚至比我大声咳嗽开始之前更文雅。"这样尴尬的情景同样在《厄运》、《镜花水月》、《曼哈顿乱想》、《邻居》、《现实感》、《南疆笔记》等诗中反复出现。这种看似平常的日常生活经历，在西川的笔下已经变成了一种特别面对的经验。

在《致敬》中西川写下了："请用姜汁擦洗伤口"；"请给黄鼠狼留一条生路"；"葵花居然也是花"。在《鹰的话语》中西川写下了："我在镜中看到我自己，但看不到我的思想，一旦我看到我的思想，我的思想就停滞"；"在孤独的迷宫里人满为患"；"一个禁欲者在死里逃生之后变成了一个花花公子"。在《自言自语》中西川写下了："必须有不怕死的决心，才敢于走到天尽头。"在《说和不说》中西川写下了："在最尴尬的时刻掩住面孔而不是屁股这就是人性。"在《某人》中西川写下了："为了不杀生 / 你可以把自己武装到牙齿 / 并且在想象中把嗜血的疯狂耗尽 / 神不会惩罚想象力 / 但你必须小心别在疯狂想象时踩死地上的蚂蚁。"在《思想练习》中西川写下了："穷尽一个人，这是尼采的工作。穷尽一个人，让他变成超人，就是让他拔掉所有的避雷针，并且把自己像避雷针一样挑在大地之上。"在《反常》中西川写下了："最具视觉功夫的人竟然是个瞎子，如果荷马不是瞎子，那创造了荷马的人必是瞎子。"这种近乎格言警句的诗句构成了西川诗中的重要语素，这或许是得益于西川诗歌启蒙读本《圣经》的缘故。

西川说："一个自相矛盾的人反倒是一个正常的人。那么这个时候是谁在坚持这种自相矛盾的权利，是艺术家，是诗人。"不管是尴尬情景的叙述，还是悖论语句的阐发，在西川新作诗剧《我的天》中都得到了淋漓尽致的发挥，构成了西川写作的另一道宽阔的河岸。尴尬本身就构成了戏剧性的秘密的冲突。

二　黑暗，还有梦幻，或者画面感

西川自己说："海子、骆一禾他们死了以后，我对黑暗的力量特别有感受，这些东西最终使我的写作方向产生了一些变化。"我理解海子、骆一禾的死对西川的意义，那是对生命的恐怖、对友谊的绝望，是命运把西川逼到了孤独的墙角，从此他便沉于黑暗、沉于梦幻，这就是我在他的诗中感受到的第二大构成元素，并和尴尬成为一体。

西川说："梦有梦的语法，涉及无序、荒谬和审美。梦以欲望为核心，因而无法回避欣悦和恐惧；梦以忧郁为本质因而梦中没有太阳和太阳所象征的普世繁荣，即使有时我们梦见了辉煌，辉煌的背后也一定能够牵引出笛卡尔谦卑的松果体。"

西川在《致敬》中写道："空气拥抱我们，但我们向来觉察的死者远离我们，在田野中，在月光下，但我们确知他们的所在——他们高兴起来，不会比一个孩子跑得更远。"

同样在《致敬》中，西川写下了十四个梦："我梦见我躺着，一只麻雀站在我的胸脯上对我说：我就是你的灵魂。"

在《芳名》中，西川写道："我们采遍大地上所有的鲜花，而鲜花一经采撷便是死亡，我们把死亡之花献给我们钟爱的人，我们觉得生活很有意义。"同样也写到了梦幻："早晨你的头发留在枕头上，你的房间里弥漫着一股梦的气味，但你不记得你睡在这房间里。"

在《鹰的话语》中，西川写了黑暗的房间："在黑暗的房间里，我不该醒自一个好梦，当我父亲醒自一个噩梦。""为了遇见自己，我必须首先将自己梦见，而梦见自己的确使人难为情。"

西川曾向我说，并不是他总善做梦，而是将荒谬借梦言说，只是一种策略。他在《疯子·骗子·傻子》一文中说："如果你想见识些稀奇古怪的人和事，如果你不怕被这些稀奇古怪的人和事所纠缠和折磨，如果你还有点把握能坚持所说的过去的思维能力，以便看得出这些稀奇古怪的人和事的稀奇古怪之处，那么你就写诗吧。"

西川还曾对简宁说过:"直接写个人经验的东西,完全没有创造力,把个人经验直接搬到文字里,问题非常大。艺术从素材到写作肯定要经过转化,而且不是一次转化,而是两次转化,一次转化的东西都比较糟。"西川一直是戴着面具来写作的,将文学变成工作,但他的诗触及了生活的底层,让我们抓住了时代的谶语。虽然西川极力否认《芳名》的个人生活因素,但依然让我们感到了亲切。诗人邹静之就不止一次地对我说过,《芳名》是西川最好的诗,当然他也说过西川是当代最好的诗人。

我第一次读到《景色》时,印象很深。它发表在《当代》上,诗句按中心对称方式排列,在收入本书时,又改为段落式排列。虽然不如以前视觉冲击力大,但我理解西川,诗的外形对于他已经太不重要了。

也许是由于西川早年操练过绘画,因此西川的诗中不乏画面感,诗中的尴尬、悖论形成了埃舍尔的版画,而荒诞、荒谬让人想起了马格里特。有人说他的诗古典、精致,有戈雅的味道,我以为西川诗中梦境色彩更接近于复加尔,神秘而不抽象。

三 卡夫卡,还有博尔赫斯;或者传承有序

维科在《新科学》中提出了历史循环的三个阶段,即神权、贵族、民主(或者是神、英雄、人)。文学的发展无不依附于时代进程的演变。在神阶段,《圣经》为神创世的诗经,而《荷马史诗》是神话的史诗;但丁的《神曲》是处于神与英雄之间的回归过度;莎士比亚是经典的理想化英雄阶段;歌德关注的是现实的英雄,而普鲁斯特观照的是普通的人,从乔伊斯、卡夫卡开始,人皆是病人,荒诞之人。

同样维科的三个阶段也对应了诗歌、小说、散文的三个阶段进程,也对应了作者不清晰、大师辈出、作者死了的三个阶段进程。

西川的诗宽容、开放,有散文化倾向,诗中的尴尬、荒谬,且多是无名无姓的小人物或是妖怪、妖仙、小老儿、幽灵,也是印证了这个阶段进程的谱系和传承。西川的诗在内容上让平常生活成为陌生与不确定,而又细微地

将时代裁剪。他的寓言故事形式及箴言经文的语句又形成了向纯粹古典的回归与审美自主的精神和写作原创的理念。

西川的写作当然汲取了东方古典文化内在精髓，我在这里强调的是如果说西川师承了卡夫卡、博尔赫斯等大师的现代文学传统的话，那西川比他们更加纯粹、更加现实化，而且这种纯粹是发生在一种朴素的心态之上的。

卡夫卡作品中看似超验的一切，实际上都是嘲弄，但十分诡异，这种嘲弄源自一种精神上的无比甘甜。正是这种带有妖魔和诡异色彩的作品才可能获得经典的地位。

同样博尔赫斯是有关镜子、指南针和迷宫的形象大师，扭曲的镜像及幻觉的世界、迷惑的玄想构成了他写作的内涵。他说："低级秩序是高级秩序的镜子，人世与天堂一一对应；皮肤上的斑点就是永恒星座的图案；犹大也会映照出耶稣的身影。"

西川在不经意之间，把生活的片断组成了寓言，让噩梦和游戏构成交会，沮丧与讽刺构成默认和融合；让诗句构成似是而非的表述，背后是黑暗的隐义。如果但丁追求的是不朽的话，那莎士比亚追求的是此生此世，而卡夫卡追求的是虚无，西川为我们写下的只是瞬间，并且是不真实的瞬间，尴尬，还有荒谬。

用身体接触城市在诗歌中的可行性

苏历铭

苏历铭又自印了一本没有书号的诗集《行走》,据我所知,这已是他第三本没有书号的自印诗集了。这本诗集收录的只是苏历铭这十年来的作品。

他执意拒绝书号出版诗集,如同他坚持不温不火的诗歌写作一样,在人流滚滚的都市中,逆流而上,而不入流。

对于诗人苏历铭有两个身份似乎需要澄清,一个是早年的"大学生诗派",苏历铭当属这个诗派的领军人物。因为20世纪80年代时期,他在吉林大学上学时,曾和徐敬亚、王小妮、吕贵品、潘洗尘、朱凌波等东北校园诗人一同摇旗呐喊,与南方一些大学的校园诗人遥相呼应,形成了一个默认的

苏历铭

流派,并以《飞天》杂志与诗歌大展为阵地。因此,这个诗派是一个时代特定的产物,而且是一个约定俗成的流派。并不是现在有人误解的,凡是那个时期上过大学的诗人都可划到这一流派。

二是有人将苏历铭又划归入如今所谓下海"还乡团"、"归来者"诗群,也就是指潘洗尘、阿吾、李亚伟、默默、赵野等所谓下海经商的诗人重归诗歌创作的一些人群。

其实苏历铭东渡日本或回国投身资本市场,一直没有停止诗歌写作,他从没有高调宣扬复出,并张扬重归诗歌写作的姿态,且至今一直仍从事着投资银行业务的身份,谈何上岸"归来"?

苏历铭是一个踏实写作的人,如同他一直不变的稳重的诗风。尽管他可以脚踩两只船,一手从事上市重组,一手涂写诗歌意象。但诗歌写作已成为他个人化与自然化的习性,如同他的车技,早已车身一体化了。

说起开车,苏历铭的诗作中有大量的开车细节进入诗中,并有"车位"、"车速"、"交警"等词的多次出现。在他的诗中展现的城市景观大多给人一种是从前挡风玻璃中截取的视觉画面,有一种速度与晃动感,像王家卫的电影一般流动。

我相信,有许多诗句的意象是诞生于苏历铭开车之中,可见其车技过关,不能说是"脚踩两只船",也要说是脚踩两个"油门"。

现在诗人中许多是有车一族了。而我许多诗的灵感都是来自步行之中,以及骑自行车或乘地铁之中,似乎只有这样,才可近距离亲临现场。诗歌是一种"慢"的艺术,古典的都是"慢"的,中国古代诗人也是在步行或是骑马骑牛中吟诵推敲诗句的。

或许苏历铭驾龄很长的缘故,他早已适应在车速中写诗。但他的心并不能落地,脚也不会踏实,因此用身体感知和接触这个城市,便成了他的一种渴望。在他近期的诗歌写作中,可以看见许多有关四肢和五官与城市发生关系的诗句层出不穷,流露出他内心对速度与隔绝的恐慌,不仅是心理的甚至是直接的生理反应。

人要脚踏实地,才有真实感,才能凝聚生命中的原始冲动。苏历铭在《大望路》中写道:"在等待人群散去的时间里/大望路被我踩出一个洞黑色的。"而相反的是《窃贼》:"发现他时他正翻越围墙/一只脚已伸过墙外/最后整个人消失在墙外。"似乎只有窃贼才可将身体腾空。

苏历铭也说:"我是城市里迷走的盲人/从一个城市到另一个城市。"盲人的脚最灵敏,而"有人跺脚取暖","碎片扎入行走的脚掌",同样依靠运动才能传导热能。在这个日益疯狂的城市里,还有多少纯正意义的行走呀。

除了走的功夫外,苏历铭还有一个和脚有关的细节:就是脚踢石子。在几首诗中都写到了这一细节:"街上的石头不算大否则会伤害到/我的脚趾/我踢到它时它滚到街的对面/在午夜的寂静里发出闷响"(《午夜我踢到街上的石头》);"晚秋的河水涟漪骤起,是因为顽童无意踢露石子"(《晚秋》);还有"他们更像散落的石子"(《带着流浪的麻雀回家》)。

现在城市里的裸露的土地越来越少,到处是水泥路面和玻璃墙壁,干净得连一粒石子也难见到了,用脚踢路边的石子,这是我们这一代人少年时的习惯,苏历铭用这一情结表达他用童趣经验纠正现代都市对人的压抑和排斥。

这个小小的石子在他的脚与城市之间构成了一种瞬间的联系,这个石子成了人与城市中介的一个接触点和标记,这个石子也是苏历铭用来反抗、诅咒这个城市的子弹和打击物。

在苏历铭的诗歌意象中,鲜明地感到了人与城市既亲密又疏远的关系,这让我想到了马格利特的绘画:一个戴黑帽穿制服的城市男人,脸被苹果挡住了,眼睛也看不到,如果他有眼睛的话,那远处的海洋一样泛着忧郁和高远的天空一样显示悲伤。而这忧郁和悲伤也不仅仅是情感上的表达,一切运转的企图将毁坏它的属命。

马格利特冷静地将城市氛围与人的关系割裂开，那种忧伤与孤独是超现实主义的，他的画面往往充满了矛盾的诗意，总是用一种静态的表象来诠释一个巨大的动态寓言，言说一种无可奈何的忧伤和虚妄。

同样，苏历铭的诗也让我想到了城市中流浪的猫和狗，它们才是这个城市的最真切的感悟者与边缘状态的临近者。

内心的流浪在城市中非常地不可信，现实比虚幻还要强大和空间无限。诗人就是用神话来抗击现实的不真切的。

由于投资银行关注地产的经历，苏历铭一直在最活跃的经济领域活动，因而他对城市的感觉更刻骨铭心。在我们对抗这个城市时，苏历铭已正面接触并有效地肢解这个城市，并从日常生活中给予诗意的补偿。因此，我们可以说，他的意义在于言说并验证着身体力行。

从反诗到返诗

阿吾是我写诗的师傅,后来阿吾离开了《光明日报》,他的生活一下笼罩在整日的暗淡之中。当时我、斯人、苏历铭、西渡、臧棣、戈麦等人协助他办了一期诗歌报纸《尺度》,使曾热衷于绘画的我开始进入了北京的诗歌圈子。

20世纪90年代初期,阿吾从揽一个拍广告的私活开始,逐步走上了经商之道。他让我跟他南下深圳,我没敢去,这次他没有成为我经商的师傅。

早在20世纪90年代初,阿吾就受了洗,但似乎半信半疑。21世纪初,阿吾对基督的信仰坚定起来,并改名戴大魏,一个充满宗教意味的名字。

阿吾(右一)与众诗人

2007年，阿吾带着一本诗集，也是他出版的第一本诗集《足以安慰曾经的沧桑》回到了北京诗坛，而且他并将有哲学新著出版，按他自己的话说这是"终点又回到了起点"的"浴火重生"。

从戴钢到阿吾，再到戴大魏；从写诗到革命，再到经商，再到信教，最后又返回写诗，这是一个完美的圈，一个精力充沛的圈。阿吾这些年的变化，如他讲话表达的语速，让我跟不上趟，把握不住节奏。

丹麦哲学家克尔凯郭尔有关生存哲学的理论指出：人要经过审美生活方式、伦理生活方式、宗教生活方式三个阶段，由低到高再回到永恒的三个阶梯，在这其中"选择你自己"构成了人的行为的第一原则。阿吾的变幻，总是有他的理由，奇异总是他的正常。

阿吾的诗歌轨迹，同样依附着他的经历。

阿吾在北大地理系读书时，开始狂热地写诗，但他是游离于校园诗人之外的诗人。但他当时所倡导的"不变形"诗歌旗帜与"反诗"的理论，对于新潮诗歌史是躲不过去的，以至20世纪90年代末，民间和知识界干仗时，"口语化"写作风风火火。其实，早在20世纪80年代便有了北京的阿坚、阿吾，南方的于坚、韩东的口语诗写作了，只不过阿坚、阿吾因为种种原因没有传承，而于坚、韩东一直名扬天下。如果搞口语诗谱系的话，阿坚、阿吾应该算是最早的口语诗先行者与成功者。

说到阿吾的"反诗"理论，不能不说到他的成名作《相声专场》，"经一个女人介绍 / 出来两个男人 / 一个个儿高 / 一个个儿矮 / 个儿矮的胖 / 个儿高的黑且瘦 / 第一句话是瘦子说的 / 第二句话是胖子说的"；"此时响起同种频率的声音 / 是右手打左手的声音"。

这里如同产品说明书或者产品质量检测报告一样，没有半点抒情，更没有诗意，如同废话一般，但把鼓掌称为"右手打左手"这种机智与陌生，让我的阅读一下顿生愉悦和宽敞。

同样，阿吾对自己的描述也是如此："该物体产于四川 / 八一年起归北京保管 / 它长1.72/ 宽0.43/ 厚0.21。"（《对一个物体的描述》）对物体的描述更是彻底的唯物主义："你有三个一样的杯子 / 你原先有四个一样的杯子 / 你一次激动／你挥手打破了一个／现在三个一样的杯子／两个在桌子上／一个在你手里。"(《三个一样的杯子》)就连情诗也被他写得如同行动进展的报告:"你去给她采花／明天是她的生日／你注意长草的地方／你注意草中的异色／你几次弯腰／一种紫色的小花／在你手中增多。"(《明天是她的生日》)"在你手中增多"这种物理变化的演义,让人感觉了物质与视觉的冲击,情感的变化悄悄地让位于理性的肯定。

《比赛痛苦》是我相识阿吾时期的作品,他那会深受精神与物质的压迫,家庭与国家的困惑构成了他的生存背景:"六个面围成房间／两人与家具组成家庭／床据东方／桌霸西方／柜子俯视一切／鞋子仰面听命／门排斥气流／窗拒绝阳光／她扑在床头／你压在桌面／比赛痛苦。"那时对文学写作意义的困惑和物质生活的紧张似乎正一同来临,让人选择,选择似乎永远是艰难的选择。

而《坚持到明天》是阿吾写于1993年的深圳的诗,"坚持到明天,今夜／我自言自语地说／要坚持一整夜／只拥有纸和笔／让血液流进时间／让明月流出房间／不带夜之阴险与凶猛";"用不了多久,我老了／翻看双手,灰暗的皮肤／掩不住深深的掌纹／一条走过的道路／还记得今夜坚持的印迹／往事如烟,安慰似水／谁知道有人停留树下／眼泪滑向微笑的嘴角"。阿吾在深圳惠州期间,诗作很少。从此诗中也可看出,阿吾同样面临着经商带来的困惑,在商场的大潮中他关心的是命运,坚守的是向前的道路,而提前到来的人生感叹,让"往事如烟"。诗的语言却并不像以往的冷酷,与身临的商战环境形成反差。

阿吾进入宗教时期的诗歌,并没有用诗直接去歌颂主啊神啊,我曾也提出过这些问题,胡续冬说阿吾的诗并不依附于宗教情结,而是独立的创造。但在他写的一首有宗教情结的诗中,让我感到了雅歌与圣诗的温情与流畅,语言的朴素如同粗布包裹的经书在油灯下展开。"一百天前／你出生在怀卡托河边／每当我想到这里／双眼像河流一样潮湿／你长大后会知道／我们一家都生在河边,爸爸的那条河叫长江／妈妈的那条河叫黄河／哥哥的那条河叫珠江／你的那条河就叫怀卡托／求神带领你,就像带领摩西,求神带领我们一家／就像带领每一条河流"(《我们一家都生在河边》)。阿吾生在重庆(长江),夫人雁芳生在内蒙古(黄河),大儿子生在惠州(珠江),小儿子生在新西兰(怀卡托河),命运的巧合与形象的有章可循,如同神谕,让我们感到了完美的构成。

回归诗歌写作的阿吾,诗句变得散淡、平稳,而且写有许多充满怀旧与故乡之恋的诗作。"有一朵云感动我／它正从西边的海上飘来／行进的姿态像失传的武功／我的心灵摇晃我的身体／原来感动是这么简单的事情"(《有一朵云感动我》)。

人类行为和历史的一次次重复,从个体的角度看是囿于命运的囚笼,但从群体的角度看,则是时间的旋转不息。在循环重复中,时间不再是一个牛顿的平面,而是爱因斯坦的无始无终的圆面,在循环重复中,个体的行为超越具体、狭隘的时空限制,获得了宇宙和社会的普遍性和永恒性。沿着阿吾诗歌的轨迹,一切的产生与发现,正构成了意义的存在。

死亡、屎尿和飞翔

骆 英

这是一本奇特的诗集,名叫《登山日记》,一点也不夸张。诗集中的诗作,全部为作者骆英几年来登山探险"7+2"(七座高峰和南北两极地)行动的记录和描述,完全可以看作是纪实报告,甚至可以成为登山爱好者的指南和参阅资料,其中有关登山的经历、场景及人与物的信息量非常大。这和他以往那本实验性诗集《小兔子》相比,是一本决然不同的诗集。

这些诗大多写于作者登山途中,或是写于海拔在5000米以上的大本营,甚至是海拔在7000米以上的冲顶营地帐篷内,因此,它们也可算是世界上罕见的产生于高海拔地带的诗作。

高海拔地区的缺氧地带,使人思维反应迟缓。诗情也受到极大的考验,

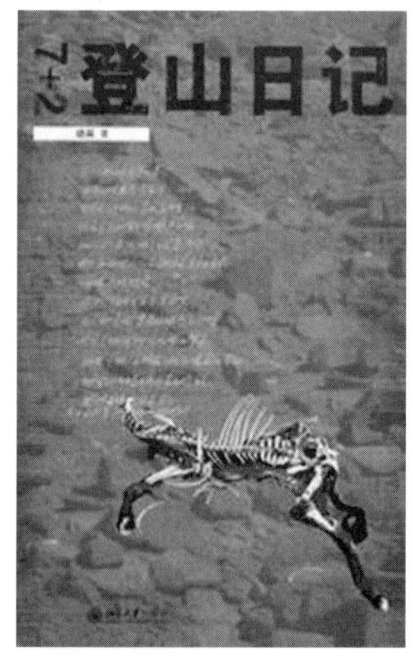

骆英《登山日记》

加上当时的环境恶劣、时间急迫,因此这些诗作语言真实干净、单纯甚至有些粗糙,但它们具有原生态的感觉,让我们也有身临其境的缺氧感受。但在高峰上写的诗,肯定和在平原上写的诗不会一样,就像在峰顶上的孤独,绝对是真正的孤独。

从开始写有关登山的第一首诗时,骆英就面对了这肯定是一次朴素的写作。尚夫勒强调:"真实的艺术,即如今人们趋之若鹜的现实主义艺术,简朴的艺术,用让·保尔的话说,即思想内涵深厚而不玩弄文字的艺术,谦虚的艺术,即轻视徒劳的风格装饰的艺术。"

骆英有着一米九二的高个子,这其实不是登山的好身材,但高个子并没有影响他平日一直保持低调做人的姿态。我也是今年他登上珠峰后才知道,这几年他静悄悄地完成了"7+2"的专业登山探险行为。骆英同样有着惊人的业内财富高位,他的公司天天都在城里盖着高高的楼,但他更喜欢人迹罕见荒野贫瘠的高高的山。骆英两岁失父13岁失母,从小流浪街头,但他后来成为北大的高才生,并一直没有停止诗歌的写作。在他身上,总是可以看见高与低的对比像。

一个只有敬畏高度的人,才能知道放弃;一个只有保持谦逊的人,才可以得到上升。骆英也写道了"顶峰是上帝的露台/是上帝降临人间的脚踏石"(《关于顶峰》),这也证明登山没有止境。

敬仰高度的情怀,也就是崇高,是宗教意识的核心。我似乎理解了登山者的心境:不是要征服与占领一个又一个高度,是追求那种临近最高顶峰的那种敬仰心态,也就是对崇高的亲近。那些比常人付出无比多艰辛的登山者，可以说是自找苦吃的人。基督也说："为义受迫害的人是有福的，因为天国是他们的。"天上的国度是服从于意志的，因此登山的人要拥有超强的力量。

骆英为登山放弃了许多经营的时间，如同为诗歌放弃了许多钱财。这种放弃，只有在一次次登上顶峰之后，才会有更大的收获。而且，负重过多，也不可能登上顶峰，骆英是一个轻装的人。

说起登山这单一主题的诗作，先入为主的倾向似乎已经成为可以想象的经典阅读，骆英在诗集中同样给予了我们期待的满足和暗合。例如，圣洁、意志、孤独、祖国、思乡、性爱、母亲、时间、升华，但除了这些之外，诗集中有关死亡、屎尿与飞翔的大量出现，成为了我新的发现。必须承认只有登过高峰的人，才有独到发言的权利。

一 "死亡是上帝不经意间摘落的花瓣"

我们都知道，登山探险都是一种生死历练的过程。骆英看似平平淡淡的一句话，道出了登山者独有的体验："山友／是一个尚未死亡的伙伴"（《死亡者青春永驻》）。他还写道："登山者只不过是只旧氧气瓶"（《旧氧气瓶》）。随时死亡的可能，让恐怖又变得极为平淡，变成了一种物化的形态。

张同吾在评论骆英的登山诗作时也曾提到但丁的《神曲》。其实登山者在向导带领下从山脚到山顶，所体验的生命涅槃的过程，和但丁在维吉尔及阿特丽切的带领下从地狱经过炼狱最后到达天堂的心路神游历程，有相似之处。

位于山上的骆英面对死亡的意象，似乎有信手拈来的功能："帐篷像一座上千年坟墓"（《大本营印象》）；"死亡是上帝不经意间摘落的花瓣"（《关于顶峰》）。

可以想象，骆英在进行着自身死亡的冒险实践的同时，也目睹着死亡在身旁的展现和发生，此时，死亡具体而真切。看见有队员在路上死亡，他会想到："冰川的底部会不会有谁敲响尸魂鼓"（《死讯》）；看见山上多年前的

登山途中

遗体，他会发现："你睡在天上，可是天上什么也没有 / 生不如死"（《生不如死》）。

总之，"登山者本来就有一百种死法 / 在死去时又站起来，是一百零一种"（《山上的滑坠》）。骆英对死亡的思考一点没有空洞，因为他"面对世界你能够不动声色时 / 你才明白山峰教会了你多少本领"（《阿空加瓜的风》）；"探险的路上只有死亡值得提起 / 在帐篷里发呆只是必备因素"（《坐在帐篷里发呆》）；"他怀中藏着时间死亡的秘密 / 也许他是宇宙的终结者"（《想冰雕一个小男孩》）。

人类的登山探险活动就是叛离日常家园的行为，也就是一种找死的行为。死亡从某种意义上说，它被理解成"作为引导个人生命的最高峰，并使生命第一次具有充分意义的东西出现的"。海德格尔在《存在与时间》中对死亡概念是这样规定的："死亡作为此在的终结乃是此在最本己的、无所关联的、确知的，而作为其本身则不确定的、超不过的可能性。死亡作为此在的终结存在在这一存在者向其终结的存在之中。"

就如登顶是获得新生一样，死亡也要用性爱去证明。骆英将所有精致的诗句全部用在了描写性爱的方面，像用银色的星星镶嵌在黑暗的夜空，让死亡更加充满绝望和凄厉。

"我知道女人肯定长着长长的尾巴 / 性欲亢奋香味俱全 / 就像死过千年的麻雀 / 一粒粒啄食腐臭的粪便"（《阿拉斯加一个有女人敲门的夜晚》）。对生命的渴望，就是对生命延续的渴望，就是对女人的渴望。但性欲的亢奋，在时间面前，又像一粒麻雀粪便一样，那样渺小和丑陋。

"美人／只有在山上想起的才是"，同样的高度，同样的心境，才能证明同样的美人和爱情。珍贵的不是美人的容貌，而是此时此刻想起这个美人的能量。

只有在这种高度上，才可以体会到看见一点点平凡的生活场景，那都是生命存在的一种多么伟大的证明。"我想这是我世界醒来的象征／厨房的尼玛一个世界的唤醒者"（《厨房的尼玛》）。同样，"看见城市的灯火时登山者会热泪盈眶／主要的原因是想念山上的荒凉"（《登山随想》）。

骆英在营地帐篷内写就的诗作，如同在纸上走笔的响声，这种持续的书写姿态，同时也是生命延长的沙漏。"我敲敲帐篷就像敲敲月亮／我说我还未去登顶尚未死亡／我的灵魂已经飞扬／登山者只保有自己的躯壳／魂牵梦绕的都是冰山雪坡"（《年夜的月亮》）。

二 "我在欧洲的最高峰撒过尿"

我可以有把握地说：这是我所见到描写屎尿词汇最多的一本诗集，尽管这是一本获得了2011年度"中国最美的书"大奖的书，并参加莱比锡2012年度"世界最美的书"的评选。

其实，越在圣洁的地方，越是神圣的地方，屎尿的问题才越突出地表现出来，甚至是生命的大事了。本能的欲望变成了赤裸的需求，窘迫的行事变成了急促的解放。

当情境变了，似乎语境也变了。德罗斯曾说："一旦参照标准提高了，我们就会有一种清晰的感觉，我们只能错误地声称知道那些我们非常熟悉的东西，那些如同自己的双手一样熟悉的东西。"此时登山者拥有最平常的交流话语语境，行为本能凸显，但骆英将其有意陌生化。

人们毕竟对屎尿这事有不净的概念，因为此时此地的尴尬，肯定有着失敬的介意。"在雪地上撒尿时我同时告解／以冰雪烧饭时我先脱帽致敬／并且我不再洗脸刮胡以示诚意／漱口水也全部咽下诚惶诚恐"（《上帝的雪》）；"它们将变成褐黄的尿液留在南极／就像你在上帝的花园拉屎"（《在南极撒尿》）；"他撒完最后一泡尿时／带着歉意闭上了眼睛"（《这片冰原躺过谁》）；"我只好去荒石后解决问题／并一再向荒石道歉"（《高山营地的战士》）；"只剩下我跟我的尿液／悔恨万分"（《小山鼠》）。

屎尿也是一种诗意，甚至幽默。"夜半我看见一匹马走过／无声无息蹄起轻放／它在一门大炮前撒尿"（《关于村庄》）；"风把便纸从茅坑吹上我的脸面／我想这肯定是山神的小小幽默"（《珠峰大本营纪事——厕所》）；"我们都在雪山上大便／冰凉的雪会让屁股感到安全"（《雪山上的大便》）。

屎尿也是一种思考。"我们从远远的地方来／吃光了食物／然后留下粪便／称之为登山"（《山地遐想》）；"雪光中我看见登山的你上帝的屎"（《上帝的屎》）；"雪山的宁静让人没有负罪感／雪山的无限让人无耻大胆／死亡是雪山最好的愤怒／她让我们冻死／变成她的大便"（《雪山的大便》）。"在山上才知道我的肉体是腐臭的／因此我们并不太比一头骡子更干净"（《登山随想》）。

没有登过高山的人，绝对不会理解骆英写下如此之多屎尿的诗句。在绝地，人的生物性才充分暴露。撒尿，简单得像狗一样只是留下记号，但也充满着对生命的敬畏和神圣。"我刚在冰原上撒了泡尿／它黄黄地自地心渗透／它是我在冰原上远行的证据"（《人为什么远行一回》）。

三 "你像一只鹰张开双臂飞翔"

当人站在峰顶上的时候，虽然是脚踏实地的尽头，但无限展开的天空，形成了更大的畅游的空间。人只有在这时，才让拥有翅膀的愿望，成为形象的可能，才让飞翔，成为有意义的可能。

这就是境界带来的追求层次的转变。骆英写下了许多对峰顶的咏叹："此刻我在顶峰如天使远眺／此后我不再歌颂任何事物／山风应该有一万年了"（《珠峰颂三》）；"怕什么这些年／我一直在上升阶段"（《文森峰一号阵地》）；"在顶峰我放弃了灵魂"（《明天我将登峰》）；"无尽的白让我吃惊"（《白色恐怖》）；"我呢，因而就永远站在我极点登顶者"（《眺望北极》）。

在这无比荒凉、生命绝迹的冰雪世界，骆英的思想没有迟钝，他想象的翅膀在飞速加力，心在自由地翱翔。他写下了许多飞鸟："还好我不至于如一只不能归巢的夜莺"（《心情问题》）；"鸟雀们向云团中一只只飞进去／却看不见任何一只飞回来"（《关于无题》）；"他让一只鸟从空中粉碎"（《关于顶峰》）；"你像一只鹰张开双臂飞翔"（《生不如死五》）；"然后，鸽子们变成一群体贴入微的好意"（《文森峰大本营》）；"小鸟们都停止了飞翔"（《南美最高山峰的穆特与卡门》）；"一闪就变成一只鸽子飞走了"（《阿空加瓜日记》）；"鹰只能飞在我的脚下／因为我们已经富有"（《山地遐想》）。

同样，在飞翔的意象中，骆英同样写到了性爱。"也许她的前世是一只乌鸦／她在牛粪里捡食与做爱／论飞翔我可以在8000米之上／论负重我早已承负了一个世界的重量"（《山脚下的孤独女人》）；"我因此有权偷窥喜马拉雅山脉的乳房／并产生霸占所有美丽情感的母牛牦牛和雌乌鸦的欲望"（《一只胡须刀》）。其实，这种带有性爱色彩的飞翔，表达了人类的一种绝望的底层意识。

而且，这种对飞的渴望，也有对时间的恐惧与占有，对肉身的消失或藏匿。"我看见我飞入了器皿之中／印第安长者大声说这是两千年前的手工"（《塔肯纳的鲸骨》）。

这种飞翔甚至是被动的，受内在驱使所致，也是如释重负的解放心态呈现。"这是一种超越了死亡压迫的痛苦与屈辱／我仅仅是因为失去了光明就灵魂出窍"（《黄昏时刻》）。

我会发问：难道内在的灵魂出窍了，就会自动长出肉身的外在的翅膀吗？那只可能真是异想天开，是人升华的表白，是诗歌胜利的告慰。

古人说，山不在高，有仙则灵。但诗才是山中的仙，才会让山更加高拔。

真理的真实性与神话的现实性
全部是诗性的技艺

臧棣

臧棣是一个讲究文本形式感的诗人。他的近作有"燕园"、"协会"、"丛书"、"诗道樽言",等等。《慧根丛书》便是一本将所有诗作标题都加以"丛书"命名的书,书中竟有诗155首之多。

臧棣的这些系列产品,犹如手工艺人在作坊中的生产一样,花样翻新,又严谨规章,训练有素。讲究形式的人,必将拥有技巧。正如臧棣自己所说:"在写作中我们对技巧(技艺)的依赖是一种难以逃避的命运。在根本意义上,技巧意味着一整套新的语言规约,填补着现代诗歌的写作与古典的语言规约决裂所造成的真空。写作就是技巧对我们的思想、意识、感性、直觉和体验的辛勤咀嚼,从而在新的语言的肌体上使之获得一种表达上的普遍性。"这种对写作技艺过分偏爱,自然成为了前些年所谓"民间写作"所批判的靶心。

林贤治曾说臧棣是"形式至上"的"奴性写作",也有人说他是"炫技"、"编织"与"拉伸"的"化妆术"。其实诗歌本身就是形式的产物,更是"技"与"巧"完美结合的产物。

一　生物化的意象重建亲切的阅读

　　对臧棣的诗作，不同的人肯定都会有不同的进入障碍，正如陈仲义所说："臧棣是当代诗人难以进入者之一。"但我不同意陈仲义对臧棣"丛书"系列诗作的评论："在想象和感觉上做绵密、细长的铺张后，他的智力美技留下讨嫌的把柄；主题的闪烁隐晦生发为某种迷茫歧途，（这与多年写无主题诗有关？）逻辑的频频跳开与飘忽有碍于分解式话语式虚拟型推论，（与其反叙述有关？）着迷于事物之间的隐秘连接，使得诗作难度提升还需要缴付隔膜的代价，这在后来他的'丛书'的某些篇什书写中，有增无减。"

　　我以为如果说臧棣早期诗作如此的话，还确实如此。但"丛书"系列之作的变化其实还是非常大的，他在继续推进审美与审智的"反叙述"、"反口语"的纵深写作中，"使用概念又拒绝概念，讲究理性又规避枯燥，经常在隐隐中散发出只可意会难以言传的趣味"（同为陈仲义语），而且他一改晦涩诗风，呈现轻松和快乐，特别是更加重视对意象的宽泛的展开，让语言展开有亲和力，充满情趣。

　　耿占春曾说过臧棣的诗作理趣："伴随着观念分解，细微直觉的灵感，咬文嚼字的反讽口吻，以及意识微分状态下，深思熟虑的饶舌。"但在《慧根丛书》中似乎这些理趣变得更加有趣，诗意昂扬，生物性的意象连连展现："而死亡不过是一条还没上钩的鱼／只要有新生，现场就比春风的风还要大"（《新生丛书》）；"小小的手臂曲张着，像软体动物的触须"（《金色的秘密丛书》）；"阿坝的雪水像透明的琴弦"（《原始角色丛书》）；"最好是等到初夏，下过雷雨之后／再将它启封。因为他里面包的是彩虹的种子"（《彩虹的种子丛书》）；"你写的信必须系在雁腿上，才能寄出"（《比我更像我自己的人》）；"石头有石头的觉悟，石头是过硬的道具"（《街头表演丛书》）。

　　就像臧棣热衷北方的雪一样，"雪，白得像诗中的权利／象牙做的权利，要不要用萝卜试一试／雪一直下到了袖子里，下进了灯笼椒"（《精神肖像丛书》）；"他们是最懂雪的小小艺术家。白色的建设／就这样轻易地显形在他们的游戏中"(《原始艺术丛书》);"神秘的邀请中至少有一点 / 是有迹可循的。辽阔的积雪让静物各就各位"(《各就各位丛书》)。

还有"镜子"。那是博尔赫斯的镜子吗?"下雨的时候,闪电就是一台镜子","星光灿烂的时候,永远就是一面镜子"(《镜子丛书》);"像芹菜那样的东西,也可以是你的镜子"(《天性学丛书》);"从镜子开始的,不会在镜子里结束"(《祖国学丛书》)。

二 一贯的对诗歌伦理的追讨

道理不在饶舌:"植物的礼貌就有了宇宙的深意"(《金色秘密丛书》);"这世上只有两种人:一种是喜爱桂花的人 / 一种是对桂花毫无感觉的人"(《对手戏丛书》);"必须比节奏更微妙,就好像时间矛盾极了"(《比我更像我的人丛书》)。

臧棣对诗艺的追寻,随时随地在诗中显现,似乎可能与他同时也是一名诗评家有关吧。在生活中发现诗,在诗中将诗更加完善,最后在诗中完成生活本身。

"诗是一种慢","诗也可以是一种快"(《人在台北丛书》);"你有强大的理想,诗才会超越你我"(《思想轨迹丛书》);"诗有时就是一种地理现象"(《自然法丛书》);"我们的诗歌不仅能胜任现实,而且要展示 / 新大陆的山山水水"(《纪念穆贝诞辰90周年丛书》)。耿占春在《失去象征的世界》中曾说:"对臧棣而言,它是一种意识的分解活动的有节奏的结构——既是对事物也是对语言的微观知觉的精确形式,充满了意识活动的辩证法。"

三 真理的真实性在诗歌中的翻版

在《慧根丛书》中,我同样感到了一种精神意识的辩证关系,在诗作中无处不在的现象,那就是"真理"与"神话"的对抗和统一。

真理从来就是一个信仰的问题,就像宗教离不开神话一样。当我翻阅

《慧根丛书》时，我马上就注意到了"真理"在诗中的大量涌现，其中还有一首以《真理学丛书》命名的诗。真理这个似乎距离诗歌很远的词汇，在臧棣诗中将承担着什么风险、真理是否可以引向诗的终极？

四 神话的现实性在诗歌中的应验

诗歌的问题毕竟不可能在对真理的探寻之中完成，就像诗歌的写作过程就是一个神话的创造与编织的过程一样，我们都会感叹一句：诗，那是神来之笔。

要与世界乃至宇宙对话的诗人，那肯定是在神秘的层次之中才可以展开。臧棣同样将在真理的终极目的地，呈现反向的神话的意境，再次宣布：诗是无解的答案。

在写给海子的诗中，臧棣写道："今天我就以诗歌的名义宣布 / 让他们见鬼去吧。神话也好，不神话也好 / 你都是我心中的诗歌雷锋。"可见现实生活还是由诗歌冶炼变成神话的。

臧棣在《诗歌社会学丛书》中写道："神话死了，自由死了 / 可能性，死了。真相，死了。"这也正验证了神话的核心便是有关神的死亡与复活、消失与回返、隐退和重现的循环过程。

五 辩证中的分裂也是一种形式的需求

臧棣虽然一直在真理与神话之间寻找着平衡与协调，但他其实在对自身的认知中也暴露出了无法掩藏的另一种分裂，经常出现他者的视觉形象。

诗集中第一首诗的第一句便出现了"两个我，闪过同一个瞬间"（《新生丛书》）；"在我们之间有一只鸟"（《原创性愉悦丛书》）；"我梦见，我们在一起时一直是三个人 / 你说，那另一个其实是只鸟"（《夜鸟丛书》）；"两个男孩中的一个 / 已死于破碎的记忆"（《中国心丛书》）；"一个现实在这些照片中变成了两个人"（《就这么牛丛书》）；"我既不是一个男孩也不是一个女孩 / 更不是非人世界里的"(《缩影学丛书》)。

　　总之，不管是臧棣的真理与神话的统一也好，还是人形的分裂也好，我们都可以回到本文开始之初时提到的技巧和形式的问题上来。

　　宇宙不仅是一个真理，也会是像神话一样成为诗的一种结构、一种形式。从这点上说，臧棣是一个讲究的人。

《慧根丛书》时，我马上就注意到了"真理"在诗中的大量涌现，其中还有一首以《真理学丛书》命名的诗。真理这个似乎距离诗歌很远的词汇，在臧棣诗中将承担着什么风险、真理是否可以引向诗的终极？

四　神话的现实性在诗歌中的应验

诗歌的问题毕竟不可能在对真理的探寻之中完成，就像诗歌的写作过程就是一个神话的创造与编织的过程一样，我们都会感叹一句：诗，那是神来之笔。

要与世界乃至宇宙对话的诗人，那肯定是在神秘的层次之中才可以展开。臧棣同样将在真理的终极目的地，呈现反向的神话的意境，再次宣布：诗是无解的答案。

在写给海子的诗中，臧棣写道："今天我就以诗歌的名义宣布 / 让他们见鬼去吧。神话也好，不神话也好 / 你都是我心中的诗歌雷锋。"可见现实生活还是由诗歌冶炼变成神话的。

臧棣在《诗歌社会学丛书》中写道："神话死了，自由死了 / 可能性，死了。真相，死了。"这也正验证了神话的核心便是有关神的死亡与复活、消失与回返、隐退和重现的循环过程。

五　辩证中的分裂也是一种形式的需求

臧棣虽然一直在真理与神话之间寻找着平衡与协调，但他其实在对自身的认知中也暴露出了无法掩藏的另一种分裂，经常出现他者的视觉形象。

诗集中第一首诗的第一句便出现了"两个我，闪过同一个瞬间"（《新生丛书》）；"在我们之间有一只鸟"（《原创性愉悦丛书》）；"我梦见，我们在一起时一直是三个人 / 你说，那另一个其实是只鸟"（《夜鸟丛书》）；"两个男孩中的一个 / 已死于破碎的记忆"（《中国心丛书》）；"一个现实在这些照片中变成了两个人"（《就这么牛丛书》）；"我既不是一个男孩也不是一个女孩 / 更不是非人世界里的"(《缩影学丛书》)。

  总之，不管是臧棣的真理与神话的统一也好，还是人形的分裂也好，我们都可以回到本文开始之初时提到的技巧和形式的问题上来。

  宇宙不仅是一个真理，也会是像神话一样成为诗的一种结构、一种形式。从这点上说，臧棣是一个讲究的人。

正如你所看到的

何多苓画的翟永明

说到翟永明,她的漂亮似乎要比她的诗还要快地跑到人的面前,这是一个无法回避的印象。我曾对她说:"面对她,我想到了'绝望'一词。"车前子也曾对我说:"翟永明的美,让人感到'没治'。"尼采在《朝霞》一书中说道:"此女美且聪明,若她不美,她当怎样更聪明啊!"

其实,美给翟永明带来的更多的是紧张,只有诗才给她更大的自由与自信。在一些诗歌活动现场,翟永明常常不苟言笑地躲在一边,似乎要永远面对被注视的尴尬。她更希望人们对她落于纸页上的诗给予更深的、更隐秘的关注。崔永明在《某一天的变化》中写道：

> 必须倾听变化的声音
> 当我看到年历在洁白地行走
> 有人在红色连衫裙下消失殆尽
>
> 变化的声音在内部行走
> 站在镜前，她成为衰老的品尝者
> 她哭喊着，从悲伤中跃下来
>
> 倾听变化的声音使我理智
> 让我拉开与生命对立的位置
> 假装我是一顽强的形体

每一个理解翟永明的人，都可以在诗中读出翟永明强烈的自身认知。作为内敛的翟永明，并不是清高与谦虚，而是她对心智的倾心。正如在她的新作《正如你所看到的》中，她将带有自己形象的图片缩小得只有几个厘米大，而且全是黑白的，并不像有些女诗人，常常印有很多大幅的写真照片。

同样作为女性身份的诗人，也给翟永明带来了困惑。有人评论她是中国诗坛的"大姐大"，其实是同时冠予了她一顶"女诗人"的帽子。"女性诗歌"是翟永明不得不面对的一个问题，也是她理性关注的一个问题。在本书中，她写有《女性诗歌：我们的翅膀》一文。其实早在1988年，她便写有《女性诗歌与诗歌中的女性意识》一文；1995年，她又写出《再谈黑夜意识与女性诗歌》一文；1998年，她写有《个人女性观》一文。生活中的翟永明十分警觉，同样在诗歌中，翟永明保持着她的警惕。

翟永明写道："进入21世纪的女性诗歌仍然承受着来自各方面的误解，来自男性话语毫无反省的压力。一些批评家和读者把女性诗歌的立场和内容狭

翟永明

隘化。女性诗歌被认为是写作中的一种'特殊效果',甚至还有个别德高望重的批评家把自己不能理解的女诗人作品斥为'自我抚摸'。同时,市场商品化的强势也正从另一方面将女性写作包装为'被看'的精美产品。"

翟永明的写作一直在确认一种"超性别"的意识,其实道理很简单,如果一个男人在诗中写下"黑夜"、"身体",并不会让评论家得出"男性诗歌"的概念,但女诗人的这些语汇一下子便让人觉得有"女性身份"的"女性主义"或"女权主义"的诗歌写作。

在文中翟永明列举了一些女诗人的名字,如,周瓒、唐丹鸿、吕约、蓝蓝、尹丽川等。平心而论,一些女诗人在诗中的确是表现出了一种强烈的女性倾向,在上面提到的女诗人中我以为唐丹鸿、蓝蓝、尹丽川就更女性化一些,而周瓒、吕约等可能更接近翟永明的"超性别"写作一些。

有人总是以美国女诗人希尔亚·普拉斯论证翟永明。其实,翟永明更欣赏的是加拿大女诗人玛·阿特伍德，她的冷静、成熟和感性的方式让她着迷，而叶芝是一如既往地对她产生持续影响的男诗人。

在书中，翟永明谈到女歌唱家玛丽亚·卡拉斯、女画家弗里达·卡洛、女舞蹈家萨哈·瓦尔滋，如果以此类推，我们更愿意向翟永明推举女摄影家黛安娜·阿巴斯。如果这样写下去，我已经控制不住自己又滑向了男性身份的判断姿态。

翟永明在《一个词》中写道："一个男孩教给我一个词 / 他把它分为：床上用语 / 生活用语 / 书面用语 / 那个男孩不知道 / 当我使用它关掉了它们的属性 / 就像我喷出眼泪 / 却关掉它的液囊"；"太多的男孩，教给我这个词 / 而我教给他们这个词的变化。"翟永明拒绝"怜香惜玉"，她要"试着掌握的 / 是一种品质时间"（《试着去画》）；"为每一件事物的悲伤 / 制造它不可多得的完美"（《正如你所看到的》）。

嘴唇特有的及全部的象征

蓝 蓝

王家新说:"蓝蓝诗歌的进步,让我们确信:中国的阿赫玛托娃已经出现。"我也确信:王家新的这句话是负责任的。

中国并不缺少女诗人,缺少的是女诗人的进步。一般的女诗人大多随着年龄的进步,诗却在停步,甚至退步了。女人具有天生的诗歌素质,但成为一个大诗人需要跨越语言和思想的两道门槛。可以说,蓝蓝已经彰显了难得的实力。正如她自己所说:"诗是语言意外,但不超出心灵。"

蓝蓝当然具有女性所特有的敏感、细腻、善良,但如果把这些比喻为一个外在精致美观的刀削画,那她独到的节制、旋律、深刻的语言和诉求,就像一把内在锋利的刀子一样,总能给我们一种"回旋"(耿占春语)的震撼和意外的惊喜。这证明了她并不刻意地去追求表现，也拒绝华而不实的矫情。我读她的诗，总感觉像阅读版画一样，画幅虽不大，但充满力度和意境。

对诗歌的阅读，我持有对词语的敏感，同样，在蓝蓝的诗歌中，我发现了"嘴唇"一词。手里的诗集并不是蓝蓝的全集，但在不多的诗作中，我竟发现"嘴唇"一词先后共出现了二十余次，有的在一首诗中出现两次。当然，这不可能是蓝蓝诗作中全部的"嘴唇"。

"嘴唇"对于女诗人蓝蓝的诗歌词语表来说，我虽不惊讶，但也惊讶其多。女性诗人关注身体写作、关注感受、关注性爱，"嘴唇"肯定会自然流露的。我们都知道，婴儿对世界的认知和感觉，也是从嘴唇开始的，不管什么东西都先放在嘴里尝一尝。世界观不是树立起来的，是品尝出来的。

蓝蓝的"嘴唇"当然是独到的，既有渴望，也有付出；既有吮吸，也有关爱；既有情感，也有诉说。

一　性爱的嘴唇

蓝蓝是一位朴素的诗人，但并不缺少热情的性爱。虽然她做人低调，性爱的诗句也不夸张，但她有关性爱的诗依然可以感人至深，激情洋溢，唇齿之间，如火如荼，留芳持久。

"还有爱情——嘴唇渴望着嘴唇 / 灰烬中闪着一点发烫的火光"（《虚无》）。还有什么能让一向沉稳的诗句如此热烈，并且得意忘形，爱情总会从嘴唇开始。

"因为幻想它有肉体的桥 / 温暖，而且它的歌声的笔 / 造出柔软的嘴唇"（《肉体的桥》）。其实根本没必要强调肉体的写作，那"肉体的桥"、"歌声的笔"不仅造出"柔软的嘴唇"，也造就了诗句的魅力。

"你不在这首诗中 / 一笔一画过于寒冷 / 你会答应，当我的胸腹和嘴唇轻轻恳求"（《你不在这里……》）。正如此诗最后几行："这是世界的而不是文本的理由 / 我愿和你赤裸地睡在一起 / 就是这个——/ 我要这个——"，爱情如此高调。

"……啊，是的，我爱你白杨的身体，你迷人的 / 星空的嘴唇有着疯狂的温存 / 永不停息的亲吻 / 那美和情欲的"（《学习：那美的情欲的》）。持久的情欲一定是美的，享受一定会在美感中持久。

……

二　母爱的嘴唇

作为一个女人来说，光有性爱，没有母爱，那是不完整的，就像有了上嘴唇，没有下嘴唇一样。蓝蓝不仅是一位勇敢的爱人，也是一对孪生女孩的母亲，可见她爱的嘴唇有多丰富。

母爱对蓝蓝来说，是最看重的，甚至有时超过了性爱。因为她知道，生命是最真实的，孩子是最现实的。

"在我嘴唇上的时光的枯萎。很快我的少年 / 很快我的新郎和父亲，在我怀中的婴儿 / 用我从不挪动的目光造你的脸。"（《我说不出道理》）正如"'诗歌与人'诗人奖"授给蓝蓝的授奖辞中所说："蓝蓝忧伤的叹息，感恩的赞美和不灭的童心让我们保有一种不曾放弃的品质。"

"你咯咯地笑着的婴儿含着乳头 / 温柔的母亲喝黄金的添加剂 / 当这一切被它允许通过她的悲惨的教育 / 灭绝一个种族。"（《仿策兰》）蓝蓝从母爱出发，让良知和普世价值充盈在所有婴儿的嘴中。

"是母亲的乳房和婴儿的小嘴 / 是一场风暴后腐烂的树叶 /——黑色的泥土"（《我是别的事物》）。一个安于接受平庸生活的人，才能有资格去接受整个人类，敬畏之心是敬爱之心的开始。

正如蓝蓝在(《祝福》)一诗中写道："亲爱的人，你定会穿越这些啜泣 / 所有的誓言已被空气和大地铭记 / 他们绝不会抛弃自己最宠爱的女儿。"

"婴儿吮吸着乳汁 / 我的唇尝过花楸树金黄的蜂蜜"（《母亲》），伟大的母爱是闪烁着金黄的光泽，洋溢着蜂蜜的甜蜜。

三 品味自然的嘴唇

有的女诗人写了一辈子的诗,还是花花草草的诗,因为她们写到了苹果的形状、颜色、口味,但没有写出苹果的灵魂,更没有进入苹果的语言。

蓝蓝在早年一首小诗中,将普通喧闹大道中的五颗微红的柿子,命名为"这座城市的人性",这就是蓝蓝超越的敏感和关怀。

"没有走到树下突然停住的人 / 他们燃烧在一起的嘴唇!"(《山楂树》)蓝蓝用反复的否定句式把普通的山楂树雕凿成一种精品的水果,让人侧目,必须地"停住"。

"从你唇边流淌出蜜一样的歌声 / 在混浊的河水中渐渐平静。"(《立秋》)自然与人在物化的唇间,紧密地体验和共鸣。

"一片片遥远的嘴唇发出 / 紫色的低吟它唱着往事。"(《春夜》)嘴唇对自然的记忆是最真切的、最持久的。

其实,蓝蓝在诗作中写过许多草木之诗:《柿树》、《风中的栗树》、《山楂树》、《沙枣树》、《骆驼刺》、《梭梭柴》、《野葵花》、《玫瑰》、《百合》……她用内心的纯净和谦卑,得以进入自然物内部,揭示其中的隐秘和轮回,并保持一种"疼痛感"。

四 呼喊正义的嘴唇

蓝蓝诗作的持久力,是她近年来充满良知与关怀的入世之作,她保持着诗人应有的恻隐之心,而且充分展现着神奇的想象和深刻的反思。

"一切过于耀眼的,都源于黑暗",这样开头的一首《矿工》之诗,引领着她一系列的批判现实之作,如,《汶川地震后的某一天……》、《真实》、《纪念马长风》、《火车、火车》等感人至深之作,这不仅体现出一个诗人的职责,更是一首诗作可以确立的内在之力。

"模糊的语言的唇齿却接触到 / 给予了我全部生活的大地上。"(《关于风景》)让有限的表达成立在无限的生活背景之上,接触到位,哪怕语言模糊。

"看,这就是触摸/手指下造物的一颗心脏的跳动/就是嘴唇从泥土中升起/然后说——"(《盲者》)这又是一次"更广阔"的"触摸"。

"啊,道别,苍白嘴唇的微笑/一双满含泪水的眼。"(《温柔的灰烬》)蓝蓝的坚持,"——就是它。对黑暗那永恒的爱/永恒的光芒!"

这种光芒,也是照亮诗歌的光芒,也是留住人们关注的光芒。难怪蓝蓝自己说她用诗歌给世界写了"情书",并说"我是多么乐意署上自己的名字"。

我想象蓝蓝或许是用鲜红的唇印,拓印在那些奇妙的诗句之尾,怎能不动人呀!这种签署是一种努力,是一种担当,更是一种大爱!

让死亡像女人的长发一样飘逸

海 男

在中国现代派(或者叫"先锋"、"新诗潮"、"新生代"、"后现代"、"后朦胧")的诗人中,女诗人占有很大比例,而漂亮的女诗人又占有很大比例;而以专写有关死亡题材的漂亮的女诗人又占有很大比例。

翟永明写了《死亡的图案》(七首);陆忆敏写了《可以死去就死去》、《死亡是一种环形糖果》;唐亚平写了《死亡表演》、《不死之症》、《死不懂绝望》;伊蕾在其《独生女人的卧室》组诗中也写下了"迎接又临近一年的死亡"、"既不是生,也不是死"的句子。

我在这里要谈的是另一位写了死亡题材的漂亮的现代派女诗人海男及她的诗集《风琴与女人》。诗集中长诗《照耀》的第二十章《死者》,就加深了我上面所罗列的论证依据。

为什么这么多女诗人写开了死亡呢?爱与死是一对永恒的矛盾,爱是生命的永恒,死是生命的虚无;爱是神的专利,死是人的缺陷;爱是升腾,死是沉寂;人们渴望爱情,恐惧死亡;爱情是可以实践的,死亡是不能体验的;爱情又或许是永远失落的,而死亡却是必然要得到的。

古今中外，从历史上看，传统的女诗人大多是以写爱情为专长的，反映出女诗人的情感和心理素质与社会角色的定位。而现代的女人大多已走出柔弱的梦幻，进行理性的、"黑色的"思辨，也敢面对死亡而直抒心怀，从"爱"走向了反面"死"。从小失去父亲的海男，死亡的阴影一直笼罩在她所有的小说和诗歌中。

《照耀》长诗可以说是对爱与死进行了全面而热情的关注。第二章《死者》更是将有关死亡进行了诗意的化解。

作者在诗的开头用"但是这些低头呻吟的火呀／从每一只袖子里泄露出的秘密"这样一句转折而又陈述的语言，把神秘的死亡摆在了我们的面前，并"吵醒了我"。死亡是"睡眠"，"睡眠"是一场接下去的梦；死亡是"梦"，"梦的主曲就是石头上的歌唱"；死者是"我们在休息"。

思考死亡是人已成熟的表现，而只有痛苦的人才是成熟的人，才是能够思考死亡的人。当"庭院的悼词迷住了我"，我"指尖渐渐冰凉"，"尘灰撒出去"。当我们思考死亡时，必然要回想过去那"古老的时光"与"少年行为"，让"钟鸣"和"箭落"把时间和空间简化成形象的标志，人们在时间与空间的"路上"，是"繁忙的图像"，依赖命运也无法"解释手上和冰中的纹迹"。

现代社会加重了人们对死亡的恐惧心理，使我们的生活日趋紧张和荒诞，一方面消耗着我们健康的人生，另一方面又让我们多方面地消散对死亡的"唯一性"的体验准备。

艾略特的里程碑式的作品《荒原》，在揭示"荒原"上的人们"生活"的字里行间，我们可以感到死亡的影子在徘徊；甚至第一章的标题就是"死者葬仪"。作者告诉我们现代人的"生活"，乃是一种"虽生犹死"、"生即是死"和"醉生梦死"的"生活"。荒诞的生活产生"不严肃"的写作，随心所欲的死亡必然表现在不受任何约束的潇洒自由的创作和非现实的意象之中。

海男正是一个以幻觉经验写作的执行者，所有的诗句可能都让我们感到不知所云，让我们找不着北，而每一首诗上的整体把握又让我们感到力量冲击的欢快和阅读流畅的美感。正是在这样一种矛盾之中，使我们进入她的幻觉释放所，在捕捉她的信息的同时，也释放出自己的信息。

不易读懂的诗，并不影响对诗意境的把握，更不影响对诗的外在形式的悦目感受，这样的诗就可以算是好诗。海男的诗正是这样的诗，她的诗并没有因为负载带有男性色彩的深沉思辨而锐减女性的柔美和温情。她的诗句一般都较长，丰富的意象一个接着一个，又流畅，又奔涌，如深山里跑出雪白的泉水；晚霞中拉出的多彩的朵丝；也像飘逸的、浓密的、漆黑的长发，上面缀满小小的碎花；也像光彩的、沉甸甸的项链，不停地转动和闪烁。

而且海男的诗又保持了诗的连贯性，也就保持了新的旋律音乐性。例如在本诗中，她大量地运用了词语的重复递进，甚至是诗句的重复，使诗篇更加完整、丰富和韵味无穷。

例如在"女人们在他身边停留"一句重复使用之后，又有了"淋湿了"的九次重复，接着是"血液"、"云雀"、"燕子"、"死者"、"盼望"、"石榴"等多词汇的多次重复使用。它们有的是在每句句首重复，有的是在每句句尾重复，有的是在每句句中重复，有的是在首尾相接处来回重复使用，而"石榴"一词则单独重复使用了三遍，使人在视觉上备感石榴的膨胀与蜂拥的冲击。

面对死亡让我们感到如同面对红色的石榴在夜空中纷纷飘坠，面对这首诗本身，让我们感到如同双手伸进女人浓密的长发，在逆光中轻轻滑落，证明这首诗海男没有白写，我们也没有白读。

你所说的这个人、那个人

宇 向

其实,我和宇向一点都不熟。对于我,她是一个很远的人,但我知道,她是一个好诗人。

早年,在798一个诗人画展开幕式上,第一次见到她。虽没怎么说话,但她惊人的美丽和出众的气质给我留下深刻的印象。我知道,那是美女诗人翟永明之后的女神般的人物,当然,她诗歌写作水平的地位也拥有了在翟永明之后,在新生代女诗人中所具有的同等地位。

就像宇向在《宇向诗选》这本新诗选中开篇所言:"当我年事已高有些人 / 依然会千里迢迢 / 赶来爱我而另一些人 / 会再次抛弃我。"(《理所当然》)人总会是不一样的，就像这本打开的诗集有些页码翻过去了，有些页码还没有翻过，宇向就是如此平静客观地为我们呈现了"有些人"和"另一些人"截然不同的秘密。

宇向的诗沉浸于冷静的叙述、不动声色的指证，就像悄无声息地揭穿人的衣服，甚至解剖人的器官，对人的关注格外地投入。就像这本诗集分辑的小标题，也是如此与人、与人的器官相关。"这个人就要消失了"；"我的心悬在半空，没有落下来"；"要一只鼻子永远指着前方"；"明天，他们仍然要与一些继续生活的人交错而过"；"现在我打算退休，成为平凡无害的人"；"我们身体的形状将贴在一起"；"一根为亡灵弹奏的断指"，等等。

不管是上面所说"有些人"及"另一些人"，还是"此时，生活对于我们两个人／都是彼此的秘密"（《白痴》）；还是"顺便去爱一个人／或另一个人，顺便／把他们的悲伤带到街头"（《街头》）；或是"一个独自在家的人"（《在关闭的屏幕上，你看到》），宇向似乎总在告诉我们"一个人，众所周知"的现象。

宇向的诗句没有多余的零碎，简单，不麻烦，但又让人感到触目惊心，使"那个人"生动显现。正是她卓然运用语境的敏感、神秘组织词语的节奏，带来清晰而独到的哲学内涵。

许多人夸奖出道并不长的宇向，是天才、是女巫。作为诗人来说，天才是肯定的，但这种天才只有和神谕秘密接通后，才会有更大的意义。

宇向的代表作《她们》，一共写了她从小到大所接触过的8个女人，语言转换充满交锋，细节突出，个性鲜明，这个人与那个人的不一样，没有重样。这种客观，让我们知道，还有那个人在那里那样地生活和存在。

宇向也写过自己"这个人"的"那样"：

> 如果我，今天死去
> 我的儿子活到六十岁的时候，我会成为他女儿
> 他把我揽进怀里，抚摸我油漆斑驳的外壳，
> 想我该是高龄的华发，老泪纵横

如果我,今天死去
我儿子二十岁时,我是她梦想的情人
他用鼻子闻我,捧着我薄薄的诗集,却不翻动它,
他早已熟记我所有的诗句

如果我,今天死去
我的儿子三十岁了,而我是他一生的挚爱
这永世的英雄,一只手就能把我托起,
坐上他的马,他要带我游走天涯

我曾私下问宇向,为何第三段不是"如果我,今天死去/儿子三岁,我是他的母亲",这样的逻辑链似乎就正常了:儿子六十,我是他女儿;儿子二十,我是他情人;儿子三岁,我是他母亲。但宇向拒绝了回归简单的现实,她用"儿子三十岁,而我是他一生的挚爱",再一次将诗人关注的情感进一步提升,而吝啬对现实的迁就和讨好,将世俗的逻辑性打破。宇向时刻保持着一种抽离现实的姿态,诗里诗外的那种冷静,像刀刻下的字,闪着立体的寒光,她是一个有品的诗人。

宇向的力量来自于她的才气,但并没有将她感情的强度和深度得以丧失,她只是在不经意之间便完成了"一念之差"的距离,就像他在诗中将"卑微"改成"卑鄙"一样,妙不可言。

你看见了植物　你看见了诗

子梵梅

在北京雾霾笼罩、寒风肆虐的日子，我收到了子梵梅的诗集《一个人的草木诗经》，真是雾里看花，草木皆冰。

前几天，我在民谣歌手万晓利家，听他摆弄他收藏的各种民间乐器，那些看似简单的木制乐器，却可以发出各种奇妙的声音。万晓利说："木头太可爱了。"他没有说"乐器"。

诗人是命名者。植物的魅力相当程度来自于它本身的名字。特别是中国汉字对植物的命名使用的字，几乎是独一无二的。

子梵梅这本诗集写到的植物包括《诗经》中的41种，《楚辞》中的7种，《唐诗》中的23种，其他27种。

在古汉语中，文字的使用量非常急促、奇缺。但对物，特别是对植物上的用字从不吝惜，是什么就是什么，说一不二。哪怕是同一科目植物，也有具体所谓名字，具体到位，更不会用"花"这样俗的名字泛指。

今日，我们最多地写到玫瑰、丁香，却不知怎样去写苤苢、蒺藜。我们知道芦苇，不知道蒹葭。因为我们知道了冰箱、空调、手机，但又无法入诗；知道了 U 盘、IP、mp 3、mp 4、iphone 4、itouch、ipad，而且也无法命名。

诗人的生命存在于植物里，存在于植物的命名中。世界在改变得面目全非，植物没有改变成奇花异草。诗的古典就是植物的原生态。

诗人的眼睛对植物便有了格外的关照，这是中外诗人的传统。我身边有许多诗人的名字便是植物：车前子、安石榴、柏桦、何首乌、扶桑、蓝蓝、旋覆、沈木槿，当然也包括子梵梅，且女诗人居多。

女诗人更多的写植物，男诗人更多的写动物？因为植物和爱情有关，动物和冲动有关。

写植物诗，如今是一门知识，近似考古学。我买了许多植物词典、植物志一类的书，书中的文字，简直是诗意的物质形态，挡不住的联想，生长是一种秘密。

写植物诗其实很难。不用典不易产生共鸣，而且也是一种阅读期待。何况有些植物约定俗成的形象，你根本无法翻云覆雨。用典太多，又显没有创意，成了草木志。

子梵梅《一个人的草木诗经》

因此，子梵梅在写芭蕉时必然写到了："还有几块肥腻的抒情 / 要我去减肥"；写檀："一路铺下空锦盒，单人床 / 梦里的刑具，木枷里的趔趄。"但这些，都被一种语言的创新所耳目一新。

有些诗句的意象当然非古人所有，子梵梅写桃花："为什么你粉的肚皮一挂在枝头 / 那些卑贱的手就忍不住伸出去 / 握着一只跑来跑去的乳房"。写木槿："秋思过重，长期睡在潮湿的花粉里 / 频受雾气的浸染，为短笺所划伤，恐无病愈之日。"

子梵梅在做自己的草木诗经，这种自觉性的写作，简直就是命题作文。那文本的个性和鲜活的诗情是对一个诗人能量的考核。

其实，这种写作有时也像用打字机写诗一样，搜狗敲字法，可能敲出你意想不到的词汇。子梵梅对字符的天生敏感，如花草对空气的本能吮吸。

"有许多香在逃 / 我是在逃的香"（《木樨》）；"花朵咬花朵 / 隐隐作痛作乐 / 女。淫，猫脸"（《猫脸花》）。

子梵梅说："抒情时代已过 / 信物作废。冬花呆坐在盆里 / 顾忌长满两岸 / 草莓流出热心的红泪 / 没有一个人懂得应和。"（《朴》）我几天前，在圆明园里折了一枝蒲棒，一路举着，子梵梅告诉我它叫"荪"，"几乎每个人都在依靠成见存活 / 屈子也是，阿梵也是 / 蒲更是"。

胡桃到底有多大的秘密

车前子说:"那时的苏州,是一只胡桃壳。水道、小巷、胡桃壳里弯弯曲曲的胡核肉。我住在胡桃壳里,我不是胡桃肉,我不是肉,难道我就是胡桃壳里的虫?一条粉红的肉滚滚的虫。一条嫩绿的圆圆滚滚的虫。"车前子不仅创造了苏州的"胡桃",也创造了自己的"胡桃"。近期车前子的诗作中有许多似乎以"胡桃"命名的诗,也有许多在诗中大量引用"胡桃"意象的诗,引起了我们的注意。

车前子

一 核桃的命名

车前子在《杂记》一文中说:"胡桃出自伊朗,与菠菜是乡亲。我在北京说胡桃,甚至有人不知道什么是胡桃的,原来北京把胡桃叫成核桃,把核桃呢,叫成山核桃。江南把北京的山楂桃叫成核桃,把北京的核桃叫成胡桃。"

车前子为什么选择了"胡桃",而没有选择"核桃"呢?一是他追寻这一名称的根源,原初的非常规的命名;二是他追寻自身的故乡色彩。保持地域的距离感、陌生感。这是一个作为诗人发言的本能。蒯因也说过："我们可以用'长庚星'这个专名来称呼在某个明朗夜晚出现的叫金星的那颗星。我们还可以用'启明星'这个专名称呼在太阳升起之前的同一颗星。当我们发现我们两次称呼的是同一颗星时，我们发现是经验的，而不是因为这些专名是摹状词。"

当车前子说出"胡桃"一词时，如同他命名了自己的感觉材料或与此类似的某种东西，使之变得不再普遍，他可能得到了命名的满足。

二　胡桃的意象

《胡桃与独白》是车前子较早写成的有关胡桃的诗。或许正是由于车前子少年对胡桃记忆的深刻，所以它如放大的影像，挡住了校舍的操场，构成了学校的整体视觉印象。车前子自己说，这是他最好懂的诗，写的仅仅是件童年的经历。他和小伙伴去胡桃园偷胡桃，少年对食物的渴望总是心急的，如同"眺望河床上的被单"。我小时也偷采过不成熟的葡萄、麦穗及核桃，由于鲜核桃外的绿皮一剥，它的汁液就将手弄黑了，因此"它在口袋里装着墨水瓶，我们机械地找到洗手的药水"。

当然少年的冲动还有性的意识，如同应验后来剥开女人的衣服，"绿眼胡桃，黑内裤胡桃／我们偷盗了禁止"。

童年、女人构成了一首诗的发祥地，构成了胡核深层的不可明确的意义。"胡桃的墨水瓶转移／胡桃们躲在隔层玩弄不下十次。"

车前子的诗风一直追求变异甚至鬼怪的书写，"谁的脑海蜷缩进硬壳／思想会皱，水分会皱"。语言跳跃生猛，似是而非，让人目不暇接。让语言的暧昧和紊乱、逻辑和叙事，全变成了充满幻象的破碎画面。在诗歌中的时间维度与空间边界构成交叉变幻，他如同手持魔棒的法师，调动着胡核、菠菜、石榴等植物大军，至少有"二十四种"之多。

"银蛇，黄蜂／晚点，和一只浮想"，车前子自由的幻觉、转换的视点，映衬着他以自身为主的语言暴力。"害羞的腿；照得见战壕外的胡桃／如果他的头是胡桃，或者，西葫芦，那么／把云想象成洋葱的男孩的头／就是洋葱，或者番石榴／当代的脑袋都是舶来品。"(《天使一号》)我曾说过如果说车前子脑袋像袁枚或丰子恺，那他下半身就像卡夫卡或斯特林堡；如果他的脑袋像青绿山头或屋顶，那他下半身就像鸟的翅膀或金鱼的尾巴；如果说他的脑袋像核桃，那他的下半身当然是正在洗濯的菠菜。

车前子将胡桃劈开或抛投，让意象的结果处于不确定、不相连的状态，让我们阅读的注目比思想的跨越还快，多重多叠的视觉冲击，让胡桃开花抽丝，相互映衬。车前子的诗作让有章可循的阅读习惯彻底被他的纷乱杂沓的意象转换所击破。

三　胡桃的解构

车前子不仅写过许多胡桃，也画过许多胡桃，用国画画胡桃似乎很少见，也就是说没有传统谱系，何况车前子画的又不是写生画。胡桃是车前子的秘密，白色的胡桃肉是他的内心独白。他曾画过一个女人体怀抱一个苹果核，构成一个切开的苹果，既形象又性感。

一般的诗人在创作中，解构了中国传统的诗意，但老车并没有沿袭西化的语言，更不是复古，而是将汉字的字形和发音，在诗中进行了淋漓尽致的解构，将汉诗根基元素直接化解，形成诗意的间隔。

我问过车前子"胡桃"一词，虽属吴语，但吴语的发音是否和北方话接近，他说吴语读做"猴头"，似乎更接近北方的"核桃"发音。

车前子把写诗当成好玩的游戏，像孩童的单纯，在诗中力争散发出汉语的最原始的开放之光。由于他有绘画与书法的功底，使他对汉字的形象解构得到了发挥，充满形式感，他曾和我说，诗要单纯生动，不要过分追求叙述。

车前子像一个有恋物癖的人一样，"胡桃"成为他诗中的一个符号，尽管他"终于明白／终于这里不是胡桃产地"(《苏州警句》)，但他仍然要"把胡桃壳轧出缝。把胡桃轧碎。我听到突然让风吹来的城外的火车声，像铁锤砸在天井里脑萎缩的胡桃上。我就想做一点坏事"(《回忆茉莉花和茉莉花田》)。其实"车前子"与"胡桃"本都是中药材,在《本草纲目》中有多付药方,车前子和胡桃原来就在一起。

把苏州当成胡桃壳的车前子,也知道罗曼·罗兰在《鼠笼》中也说过:"上帝啊!就是把我关在一个胡桃壳里,我也会把自己当成拥有无限空间的君王。"车前子在胡桃的"实心球里面",还能将梦胡闹到什么地步呢,可能一生吧。

我的天真　就是大地的天真

在讨论中国当代诗人的创作时，曾经有人把是否具备自己的"词汇表"作为衡量一个诗人创作个性成熟程度的温度计，我们这里所面对的一位诗人——简宁，无疑就达到了对话与独白合二为一的自由表述状态。新近出版的《简宁的诗》，以其广阔深挚的理解力和奇异精妙的想象力勾勒出一幅幅雄浑而复杂、繁复而精确的时代画面，并以自己独特的诗歌语言捍卫和维护了个人写作的独立品质。观察和玄想既相互对立又相互映衬和补充地融合在一种沉潜但不失明朗、严峻而不失仁厚的声音里，素材和题材的广泛性（史迹、工厂、乡村和战争等）

《简宁的诗》

被统一在对人的生存以及存在的本质追寻上，一个明亮的核心辐射或者笼罩着所有各不相同的具体语境。但是在这里，我只简单地探讨他诗歌中已经形成某种"链条"化的意象。

意象作为各种不同观念的联合，和一种在瞬间呈现的理智与情感的复杂经验，在作品中"类型"化出现时，往往构成一个诗人精神世界中某种秘密的神话系统。读简宁的诗，我频繁地发现了大量存在的"昆虫"：蜘蛛、苍蝇、蝴蝶、蜻蜓、蟋蟀、蝉、蜜蜂、蚂蚁、蚯蚓……在别的诗人大量关注老

西川（中）、简宁（右）与作者高星

虎、狮子、豹的时候，简宁像一位蹲在地上关注蚯蚓爬行的儿童，忘我而又痴迷。

这些渺小脆弱的形象甚至向他提供了想象力的方向：深夜窗户里的灯光在湖面的投影在他笔下成了——"水上的蜘蛛，水下的锄头／一片鲈鱼的耳朵在潜游"，而一本少年时代的日记等于"园子里有许多青草在生长，草堆下的蟋蟀在唱着什么寂寞的曲子"，就连他新生的婴儿也是"在阴影里，一只蚂蚁，你逃脱不掉"……

形象是天真的，但诗句本身并不简单，就像这些昆虫本身，在简宁的笔下吐出一缕大气："（蚯蚓）我像闪电一样赤裸柔软／我翻耕地下的黑暗"；"秋风吹散了骨头／蚂蚁拉走了大车／收割后的田野里，留下犀斗和稻茬一片。"简宁对昆虫的关注，也许有来自他幼年在大别山里的生活印迹。美国诗人艾肯曾说："一个人，在儿时观察黄蜂蜇死蝗虫，然后把蝗虫拖到它的地下窝巢里。一个人是多么小就开始尝试把不可诠释的神秘事件与自己无从解释的存在撮合在一起。"艾肯的话无意中为我们理解简宁的诗提供了一把钥匙——这里涉及他对存在的解读。读简宁的诗总让我想起卢梭的画，卢梭也像一位少年一样，稚拙朴素地描绘着他眼中的热带植物、水果、动物，构成一种梦幻怪异的景观，这正是他将普通视觉接收到的信息再通过心灵感悟而创造的。

我们可以说，简宁是个成熟的诗人，同时更是个"天真"的诗人，他早期的一本诗集就曾以《天真》命名，让许多"成熟诗人"不解。他不仅在诗中关注着一种天真的诗意，而且也直言歌吟一种天真的情怀。但他的天真不同于所谓"童话诗人"简单描写一种儿童的意趣，而指向一种要求还原自由和自然的存在状态，同时天真也构成诗人重要的认知方式。正如美国诗人卜润宁所说："只有天真的人才有新奇感，才会想象。当新奇感减退，无可避免地，诗就成为声明主张之事，因此失掉它音乐之中的一切力量，不再有魔力，不再能带来欢娱，并且在其他方面也不再有能扩展我们注意的范围。声明主张是纯我的一种冲动，爱好奇异是灵魂的一种官能。"

对简宁来说，天真的诗歌意味着对存在要求回归的响应，意味着剥离语言和文明中对存在的伪饰和污染，但是他无意识的"慧眼"认识到这种质朴性所同属的脆弱、卑微，一如他笔下那些弱小动物和肉体的意象。像"道"一样，他在诗中借一个播种者之口宣称："我以一个笨拙的动作，拉开季节的门闩 / 我的天真 / 是大地的天真。"

最普通的是诗歌

朱 零

"问题不是 / 把整个世界塞进诗歌,用 / 阳光、星球、植物把它饲养。也不是 / 用向着死亡、太阳、怪癖、情人的裸体 / 打开的精致语言,使它丰富,把它修饰。/ 问题是如何把诗歌 / 变成最贫穷者的居住地 / 孤单者的所需 / 他们比诗歌中互为陪伴的词语 / 更加孤独。"

这不是朱零的诗,这是当代葡萄牙诗人卡西米罗·布里托的一首诗,名叫《问题》。我为什么用这首诗作为朱零评论的开头呢?因为用它来表达我对朱零诗歌的印象,再合适不过了,而且这首诗是我在阅读朱零的诗时,几乎一同进入了我的视线之中。

《赵挺五的二三事》,朱零几乎写了两三年,从云南写到了北京。赵挺五也从云南盲流到了北京,其实也不见得,云南有赵挺五,北京也有赵挺五,山西有赵挺五,山东也有赵挺五。就像赵挺五是赵挺五,朱零也可能是赵挺五,我也可能是赵挺五。

朱零说自己不会写小说,但他非要给自己的组诗弄一个"主人公",并为之策划起个名字,这明显的是小说家的意识在作怪。

朱零自己说这是"一个个独立的故事",这是一个"活生生的主人公"。并说:"赵挺五是一个生活在我们身边的凡人,我想,小说能表达的人和事,诗歌为什么就不可以呢?"

可见,朱零想用三言两语的诗句和几万乃至几十万字数的小说叫板。我想象不出来,如果朱零真写起小说会是什么样子,但我相信,他可能是只会写短篇小说的小说家,而且是小小说的那种。可能是写诗的朱零耽误了写小说的朱零。

在传统的诗歌定义中,似乎言说不可把握的事物的确切途径,只能用诗化的语言。因为诗所描述的东西毫无例外地都指向了不可知的东西。但在朱零的诗歌中,出现了一个就在我们身边的活生生的平凡的小人物,出现了一个个可感可触的原生态的小故事。读者在阅读他的诗歌时,不是破译诗,也不是建构诗,而是认同他的诗,认识诗中的赵挺五这个人物。

在朱零的诗中,赵挺五很平、很凡、很小,但在诗句中的赵挺五很活、很灵、很现。几乎在每一首诗中都有叙述的语言,但往往在下一半部分,才让人物的味道出来,才让人物的内在尴尬暴露出来,就像郭德纲的相声,不动声色之中,抛出了一个包袱。

例如,《吃烧烤》:"赵挺五带了一个女人／去吃烧烤／坐下不久／一位卖花的小姑娘／就缠上了赵挺五／叔叔,买一朵花吧／你就给阿姨／买一朵吧／赵挺五不吃这一套／说:去去去／别烦我／他带来的女人／脸上有点／不好看了／小姑娘趁机／赚了赵挺五十块钱／可那女人一甩手／把两枝花／扔到了一盘牛肉上。"这一段诗完全是标准的叙述语言,平白地介绍场景。关键看下一段:"事后／赵挺五才明白／开始他不买花／那女的嫌他小气／后来他买了花／女人又／嫌他俗气／赵挺五感叹道／早知如此／老子先睡了她／看她还有什么／脾气。"

女人嫌赵挺五"俗气"、"小气",反正是有"脾气"。在一组语言游戏背后,让我们的阅读一下有了升华的愉悦,回味到了诗的感觉。正因为悖论、尴尬、矛盾、荒诞的简约化的表现构成了诗歌本质的媒质。

西摩·查特曼在《故事和叙事》一文中说："话语可以用各种媒介来表现，但它具有一种内在的结构，这种结构在特质上不同于任何一种可能的表达。那就是说，情节即言说出来的故事，它存在于一个更为普遍的层面，而不是任何特定的客观化对象，任何特定的电影、小说或别的什么。"其实，诗歌的叙述性如今已成了一个诗歌创作的热门话题，可笑的是前几年在中国诗歌创作对垒的"知识"和"民间"两大派都在谈论诗歌的叙述性问题。

我知道，朱零不属于"知识"，但对"民间"也不感冒，虽然他的诗歌是口语化的，但他从没有谈过"口语"问题。他的诗句出于他自身的素质所然。我记得他谈到摄影时，他并不喜欢那种经典的成像完美的曝光刻意追求构图的照片，喜欢那种随意平和记录式的照片。可见他的写作价值取向贯穿于他一切的审美趋向，并且在日常生活中也是如此。

在《遇到一只狗》中，朱零写道："一条狭窄的巷子里／一只狗慢慢地逼迫了赵挺五"……"狗头抬得／比赵挺五的头／还要高／嘴巴还不干不净地／嘀咕／"……"赵挺五不禁／恼羞成怒／他大喝一声／你这狗日的狗／那狗听了／嘿嘿地一声冷笑说／你才是狗日的狗呢。"

朱零的诗歌虽然貌似反对诗歌的语言，但他并不是追求散文的语言，也不是做出高于小说的语言的策略，且只是在接近人的语言。就如同他不是一个大诗人。其实小诗人拥有复杂精妙的言语武器，是大诗人的繁缛辞藻所不能匹敌的。

如在诗中："赵挺五说我只是／梦着玩着"；"如何与一堆酸菜一起／赵挺五和他的老婆／挑剔得／只剩下一堆骨头"；"门牙之于赵挺五／就如桑塔纳之于副处级干部／那是真正的门面"；"还有几个写的字／我也认不太全／反正每一张白纸被弄脏后／都有掌声"。

朱零在写赵挺五其实是在用赵挺五的话写赵挺五，如果这是诗，也是当下的诗，普通的诗。正如有人指出：从文化上看，中国人发现自己脱离了先前的想象和期待视野，脱离了先前的感情和表现方式，脱离了传统文学和艺术的宝库和地图。在政治方面，他们的政治想象的基本断裂使他们脱离了毛泽东时期的现代性计划。在社会，他们发现自己脱离了传统上熟悉的空间、交流、公有、人际的语言、话语的关系。突然之间，全球资本主义使中国人因长期被压抑的消费欲望而大为激动，使他们摇摇晃晃进入全球资本主义的去中心的、去领土的、无定向的、转移位置的地缘政治和地缘文化的空间。这就是赵挺五和我们的背景。

阎安与延安无关

阎安

阎安在自己的诗集《玩具城》序言中阐述："如果我们意识到语言写作的重要职责是语言写作必须成为对应于原来生活世界的独立条件，是原在生活世界被隐没的另一半的必要性复活，那么所谓旁观或许本来就不是一个位置问题，语言的天性已使它天然地承担了必然性的意识——而意识则代表并零售了所有时间和空间可以设留的位置。"

位于延安而居的阎安，巧合地也叫阎安，似乎拥有了书写延安地理概念诗作的特权，但他把自己当成了一位"旁观者"，从强大的生存背景中抽离出来，选择了一种距离。

他说："语言及其意义的本性决定了旁观并不是一个懒汉懦夫对于当下生存现场的漠视和游离。相反地，正是在语言的旁观中，世界清晰、朴素、真实，并强烈地凸显着此在时空的内在尊严和形式风格。这就是说，旁观完全可以成为我要的可以自居的位置。"

"活成一个旁观者，让语言写作品质纯粹并成为本时代关乎心灵的见证性力量，这是语言写作必须选择的全部开端和终端，这也是我作为写作者选择的全部开端和终端。"阎安对角色的中间性、去他性选择到底达到了什么样的距离，可能是世界彼岸的距离，遥远而又虚空，但只有这种距离才能彰显抽象及终极思辨。

这对一个穷于寻找写作"素材"的诗人来说，阎安也冒着两手空空的危险。他说："人应该心甘情愿地让自己成为一个牺牲者，把自己作为先天的低压留在彼岸。"或者世界本身是清晰的、具体的，或者全然的疏离和陌生感本来就在每一个人身边存在。

阎安的旁观是没有故乡概念的，是反北方化的。

> 我是你们时代的孩子凝聚
> 顾虑穿梭于镜像的迷宫
> 没有家乡也没有方向
> ——《玩具城》

他不仅写"两个杭州的女孩"，也写"南方的鱼"，还写"美国来的修脚师"，"异乡人的潮汐"。他写道："也许我仅是个观望者／也许灯塔正在转移方向。"（《灯塔》）身为旁观者的他看见了什么，他看见了黑暗与死亡："玻璃落了一地玻璃／数不清的形状／就是死亡的形状。"（《玻璃》）阎安的旁观者姿态是居高临下的，俯瞰地飞翔于天空之中的大鸟。

> 鸟首领确实是高高在上的
> 它的时间就是所有的时间
> ——《鸟首领》

> 我的北方需要白云养育
> 需要一只飞鸟
> 在飘逸而凶悍的高度上
> 在荒凉里降落
> ——《白云和鸟》

方向向下蓝色向下

选择树根的湿度作为栖居之所

而图谋失传的事事万物向下

　　　　——《蓝孩子的七个夏天》

正如我相信飞

我也相信我们更了解低处的事情

飞行之外

鸟也喜欢低矮的地方

　　　　——《鸟也喜欢低矮的地方》

阎安少见地写下了一首有关秦岭的诗,在诗中他写道:"能种稻子养鲤鱼的地方叫南方,能产小麦出美人的地方叫北方。"在《对一次飞翔的观摩中》他又写道:"或者已经出现就像一个单纯的人 / 定要在风向丧失目标之地 / 坦然地迷途于远方。"

阎安是一个危险的诗人,他的固执不是固执的根基,而是固执对近距离的拒绝与向远方的渴望。

双肩的道义或者在平衡中的挣扎

孙建国（左一）、成方圆（中）与作者高星

孙建国最近在博客上发了一张何多苓的写生油画，笔法纵横酣畅春意浓烈，虽是何的院中小景，但也可见不只是一张写生，画中边沿的树枝似乎与画面背后院里的真实枝杈已浑然一体，自然衔接。孙建国可能看到了徐渭的用笔和塞尚的情调，发出了中西艺术交融贯通的感叹，并写下一首《读画》诗："老来章法不觉奇，自古本色我最惜。冕翁浓淡花千树，都与三月传消息。"

我理解孙建国为何对所谓的中西艺术交融的话题如此敏感与纠结，因为他本身就是一个中西艺术交融的实践者，甚至他并不是在文本中的中西混杂，而几乎是并至的，他既写新诗，也写古诗。这种现象，在当代写作中并不多见，阿坚也可以算是一位。我虽然写新诗，也收藏古玩，但在文本写作上，我是拒绝古诗的，我犯怵古诗的章法太麻烦。

我甚至怀疑一个人可否既写新诗，又写古诗，这种人在思想境界上可否真正达到统一，在生活作风上可否呈现不可分裂的衣钵。

孙建国在努力实践着，因为他不仅在诗中寻找着双管齐下的高超武艺，在其他方面也在寻找着许多更大的平衡技巧，勇于担当双肩责任，他确实不是一般人。

孙建国是成功的企业家，在商不言商，总掺和艺术，难道不是一件危险的事？孙建国信佛，但每天他都要打理许多俗人俗事，如此成大境界者几人？孙建国讲究品茶，但也时常喝大酒，难道茶和酒在他的口中不串味？入口量、入口速度、背景音乐、酒友与茶友如何转换？这是一个非常复杂的问题，我相信其存在的可能。

在这里，我只想谈一下他的诗写作。我都无法说是"诗歌写作"，因为"诗歌"一般概念是指新诗；我也不能说是"诗词写作"，因为"诗词"一般概念是指古诗，面对一个既写古诗又写新诗的人，这也是我第一次这样写诗评，我也要边写边学会平衡的技巧。

一　自然元素支撑的永恒与现代景观渗透的解构

对现代人来说，任何一个成功的古诗写作者，其实都是古诗的革新写作者，即使你从不写新诗，也会如此。因为写古诗，不是京剧表演，也不是书法展示，你要表达的情感和思想毕竟会在古诗的章法形式中所有突破。

当我们现在肯定聂绀弩、杨宪益、陈寅恪的古体诗写作的时候，那更多的肯定是他们在古体诗写作中的创新与变革。

了解了这一点，或许会更能体会孙建国的左右开弓及新与古的矛盾的化解。正如他自己所说："老来章法不觉奇，自古本色我最惜。"（《读画》）他追求的不是守旧的章法，他珍惜的是永恒的本色。

古诗的形象和意境肯定是来自自然，但我们今天的自然已大大改观，被自然所拒绝的众多元素已不得不被我们接受,成为自然的一部分。但我们千呼万唤的自然会变得更加单纯、原始,甚至抽象,成为符号。就像我们偶尔看见星空、晚霞、彩虹、翠竹、雪花、小鸟等一样,本来习以为常的景观如今已变得新鲜和罕见了。什么是古典?日月星辰、云霞雨雪就是,这也是永恒。

在孙建国的新诗和古诗写作中,我们可以明显地发现这些纯粹自然元素的普遍存在和穿插。例如:"南来北往云中客,几度沧桑几度梅"(《绝句二十首》)中的"云"和"梅";"我渴望漫天的大雪/在这个节令的当天/我要写下一点文字/写下海浪般/一直在汹涌的一个念头/我要去拉萨"(《我要去拉萨》)中的"雪"和"海";"我深入白雪下的麦田/探听草根的私语"(《空灵的诗》)中的"白雪"和"草根";"冰魂当与鹤梦同,心身常向松柏取"(《拜年啦》)中的"冰"与"鹤"、"松"与"柏";"地气催百草,画鸢上青云"(《辛卯立春有思》)中的"气"、"草"、"鸢"、"云"等。这些自然物元素虽然有的很细小,词的存在也单一,但在诗中呈现的意境很大,也不空洞,因为它们全靠诗中阐述的新意所支撑着,它们的审美趣味虽是终极的,但情境再现都是真实的。

当然,现代生活的景观也被孙建国大量引入诗中,和古典视觉形象发生着冲撞。例如:"无常岁月无聊遣,积木枉起百尺楼"(《绝句二十首》)中的"积木"与"楼";"楼上是燃烧的啤酒"、"昏暗中只有一串念珠如玉"(《念珠》)中的"啤酒"与"玉";而"好风吹来的时候,让她像蒲公英飞遍大地"(《谁捡到了我的雨伞》)中的"雨伞"与"蒲公英";"晚厨理罢空寂寞,闲把狼毫纸上飞"(《自遣》)中的"晚厨"与"狼毫"等,则让现代景物与自然物的巧妙对接,构成诗意大观。

二 用典的雅与口语的俗在诗中的以巧取胜

对于古典诗词创作,其实是一种符码的创作,典故是符码制的最基本单位。而语言的功力浑厚和精蕴,又体现在用典的能力。

孙建国在古诗写作中追求的是用典无痕,及用典通俗。例如:"四十年来是与非，山西失马山东归"（《绝句二十首》）中的"失马"；"商贾黄白利中客，混沌常与钱为仇"（《绝句二十首》）中的"钱为仇"。而有时孙建国的用典是用自己的典，呈现了现代生活中的一种私密性。例如"蟾宫桂茂当植柳，广袖轻揽如迷离"（《悼闲邀五柳大姐》）中的"蟾宫"、"桂茂"、"广袖"都是广为人知的旧典，但"植柳"却是来自友人柳大姐的姓氏，且她也曾有旧作"我本蟾宫玉兔身，卯年庚子戊戌人"之句。

孙建国也把典用到了新诗写作中："青铜镜依稀照出灵魂的影子"（《大诗赤心》）；"吹到衡水就会变作梨花飞舞"（《又是大雾》）；"这可怕的野兽只有下半身 / 据说它的头颅和心脏 / 被锁在一个黄金的坟墓"（《魔兽世界》）。这种用典构成了对现代新诗阅读中相知的快感，只有进入通道的正确，才能构成深度阅读的可能。

就像口语进入新诗写作一样，俗语入古诗写作一直是古诗创新的途径之一。聂绀弩的古诗寓庄于谐浑，大量口语杂文入诗，讲究随意和信手拈来，不求名句锤炼，追求生动与旷达。他曾指出："如果完全不打油，作诗就是自讨苦吃，而专门打油，又苦无油可打。"舒芜评论聂诗指出："以杂文入诗，形类打油，旨同庄骚，乍看有点像以热血和微笑留给我们的一株奇花。"

在网络语言充斥八方的今天，诗作的语言环境早已改变。孙建国在诗创作中大胆地引入口语，拆解着流行语，这对于一个古诗爱好者来说更显示出他对语言的敏感和强大的控制力。

"老男人都是一脸的淡然"（《念珠》）；"阳羡壶里大天地，汝窟杯中小江湖。正山老树起分辩，何如酒泉共晕乎？"（《岁末打油》）；"人间地狱金也渡，且向红尘搏此生"（《看山看水》）；"湿的是斑斑点点的狗尿苔"（《大诗赤心》）；"一个人晕乎乎地感觉不爽"（《又是大雾》）；"何放恬颜论风骨，闲来弄墨倦读书，不齿笔锋逞奇巧，且向端庄下功夫"（《打油》）……从中我们可以看出孙建国诗语跨越，如同他书法的泼墨挥毫一般，而且，还有许多如"被和谐"这样非常入世和表达政治正确的口语入诗。

三 坚守古诗的凝练与新诗的叙述

诗是语言的结晶,是凝练的艺术,古诗更是如此,一字千金,意境无穷。"闲云野鹤心自遐,童心浅淡逐野花"(《绝句二十首》),阅读这样的诗句,我们可以感到似乎是每一字都在加重叠压作者要表达的一种内心情趣。"人心趋暖热,少将清凉参"(《冷月》);"玉流铁壶倾,翠翻玻璃杯"(《饮茶》);"茶凉释书卷,诗酒自相俦"(《即景》)等。同样如此,且多为对偶诗句。

而孙建国在其新诗创作中,却追求着一种叙述的风格,散文化趋向,其实这也是当下中国新诗写作的流行趋向。

如今诗歌叙述性写作很多和想象力的退化、主体经验的贫乏、拒绝崇高哲理和抒情有关,但坚守古诗写作背景的孙建国,在新诗的叙述性中,把日常生活的经验梳理得富有逻辑关系,让日常口语呈现语言陌生化,弥合着叙述乏力的向度与指称能力的浮动,将视域的片段和语言的客观描述,在展开的过程中完成象征的哲理,隐进在字里行间之中,而非存在于传统诗作的末尾部分。

四 有感而发的青春式写作或宗教的纯粹式角色

作为一个习佛者来说,孙建国的宗教情结在诗中时有体观:"五行生克自有序,清风明月是胸襟"(《绝句二十首》);"佛光不照天外天,烦人常苦梦中缘"(《绝句二十首》);"忽闻逸仙语,午夜望星疏"(《有感》)。当然,孙建国的情怀也正是在诗中寻找着更高信仰的真谛:"我爱酒如诗,酣处语更真。"

他在《我的诗观》中写道:"把诗歌/铸成利剑/刺向自己的心脏",让"诗歌化作/我行走在黑暗中/微弱的心跳"。

作为一个四十多岁的人,且身在商场拼搏,还能坚持有感而发的诗情流露,可见心境干净是诗歌持续性写作的关键保障。作为在青岛海滨生活的孙建国,环境背景、心境只能构成他写作的虚无。

孙建国曾在《看山看水》一文中说："人本是人，不必刻意去做人；世本是世，无须精心去处世，这才是真正的做人与处世了。"

阅读孙建国的诗作，可以看出大多数作品属于他的随感而发之作，非自觉性的写作，从中可以看见他及生存背景的变化和轨迹。或许有人会说这不是成熟的写作，但谁也不能否认真诚是写诗的命数。

有些诗是他与友人相聚有感而记；有的诗是外出旅行所见所闻而记；有的诗是对季节转化的记述；甚至是品茶饮酒的感受。有的诗是对时政的批判；有的诗是对故人的追念，甚至是因为自己生日的早醒的感怀或一人在家的留守的体味。

现今我们总会问谁还有"时间"写诗，却忽略了谁还会有"心"写诗。孙建国的闲暇，不是一种所谓的"生活品质"，而更多的是一种"人生的态度"。一个行走在古诗与新诗写作的双轨道上的人，他的心灵变迁必然映现着诗文体的幻化，那样的人必然拥有一颗高傲的灵魂。

我想指出：如何在古诗写作中更"松"一些，在新诗写作中更"紧"一些，这可能是孙建国要面临解决的问题，这也是个不容易解决的问题，尽管这又是一个有关平衡的问题。

到底有多少自然面貌可以呈现诗的本质

俞心樵

《自然》是俞心樵写于1985年的诗:"自然很美 / 自然的你 / 和自然的我 / 你我在自然中 / 而没有他她它的自然 / 就你的自然 / 和我的自然 / 就你我在自然中 / 自然而然 / 太自然了 / 太美了。"

一

当在乡下望见清晰的星空,当在下班的路上撞见雨后的彩虹,为此感叹的人,便成了诗人,因为自然已成为生活中的奢侈。

就如我们学习绘画,首先要摆上苹果、橘子,画静物写生;首先要到湖边有树的地方,画风景写生;就如我们赞美一个姑娘,首先会想到玫瑰、樱桃,尽管这种比喻已被千百万人使用过。

俞心樵（左）与崔健

西川也说过类似的话，诗可以写麦子、棉花，但如何写空调、冰箱？就像我们在向一个姑娘表达爱意时，很难想到手机的意象，尽管此时可能正使用手机，发出暧昧的短信。

如今写诗已经成为一种古典行为。浪漫，其实就是浪迹天涯；自然，就是慢的行为。农业社会才有诗的遗风，农民最早就是靠天吃饭的人，诗人也是要看天的脸色，才能产生灵感的人。

俞心樵是骨子里的诗人，浪漫的情怀长在他的血肉里。他借助自然的形象，讴歌情怀的书写，似乎是天生的本能，也是自觉的行为。尽管那些自然形象的单元，是最原始、最朴素的构成："我数不清曾经有多少雨滴扑向故乡的大地/说不完雨过天晴后你对我的恩情"（《还乡》）；"从桃林中伸出的柳枝/在为河流把脉/一弯月亮/狂舔着年轻人的爱情"（《两个雪人炉边谈话》）。

诗人是悲观的人，悲天悯人是诗人天性。俞心樵的诗给人印象最深的是：貌似抒情的语句，透彻深层的无尽忧伤。"废墟上一株老樱桃树/怀念着你的樱桃小嘴"（《万物都留下了医嘱》）。

二

自然本身的样子表明自然是自由的,自由即自然的代词,自由也应该看成自身使然,正如说自然而然,自由而然。

自然是变化之神,诗人对自然的自命名当然也是神性的。俞心樵的诗歌最大特性,就是用自然鲜明的对比形态,颠覆日常生活的常理,而这一切都来自于诗歌语言变异的过程。

象与意在本原的自然事物中呈现的更多为原始功能作用的含义,如阳光带来热量,雨水带来湿润,在二级想象中阳光变化为情绪,雨水变成温柔。自然本质的呈现,往往成为文化语境固定的象征,诗人一方面秉承这种传统,一方面又要极力地另辟蹊径,再造自然。

俞心樵的油画

诗情画意的阴魂不散,但唯有变异才有新生。自然总是新鲜的,差异才是更美的。自然靠语言的营造,具有想象力的自然才是更美的。

俞心樵的自然转化，虽然不是生理的，但有时却是意想不到的，而且在阅读中总会有发现的快感。"春天最好的气候变现在你的体恤上"（《还乡》）；"月光像一大群美女压下来／我飞马扬鞭／以英雄主义为一生的路途"（《主义》）。

三

我曾接触过一个女孩，她不会去嫉妒你和另一个女孩在茶馆里坐一下午聊天，但她会对你为某个女孩微博的某句带有灵感的留言大为恼火，她会为你在交流中表现出对某个女孩表现出的一丝情怀，哪怕只是一瞬间，而耿耿于怀。其实这并不是女人天性的敏感，似乎简单的问题，而是一种人们对自然物化认知的层面上，获得通感的在意。

诗人的最高境界也是如此，我们并不在意你表达了多少自然的意象，而是在意对自然经验的瞬间高潮般的体验。俞心樵诗中有很多在悄然中流露出的深层的哲理，如警句一般，在自然物化的外衣下，显得更加生动和可爱。

"太阳就像一记耳光／此刻蓝天蓝到了家／而你我羞红了脸"（《此刻蓝天蓝到了家》）；"就在汉语最疼痛的地方／我打开了黎明"（《就在汉语最疼痛的地方》）；"从一朵花到另一朵花／冒着骨头变软的危险"（《1月8日：致子沈》）。

俞心樵说："哲学这只船太小／宗教这只船太破／最好的交通工具自然是诗歌。"诗是感悟人身之外的最近也是最佳的途径。最近，俞心樵微博中的许多短章，都让我感动，可惜在他微博几经封号之后，全丢了，正像时间的闪现，只有诗抓住了那个瞬间。

可以那样冷静那样精细

我曾说过京城文坛江湖四大佬：阿坚、杨黎、张弛、大仙，他们手下分别都带领一些人马。阿坚带的全是难兄难弟的小男孩，一个个穷困潦倒，离学、离职、离婚，四处游荡，喝酒打架，大多有神经病，写作皆随阿坚流水，但不见有什么出息；杨黎带的全是北漂小兄弟，生活自理，甚至人五人六，非常抱团，写作皆神似杨黎废话，有《橡皮》阵地；大仙带的全是号称90后的文艺女青年，时尚风光，微博互动，引人注目；张弛带的全是老男人小情人，大款大局大酒，雷声大雨点小。

可见还是杨黎会玩，把兄弟们带成了一支队伍，虽然他们生活的态度同样灰暗，甚至颓废，但他们对文学的态度还是认真的，呈现的文本还是完整到位的。

几次见张羞似乎在酒桌上不胜酒力的颓败，但并没有影响他的结婚生子工作，生活在别处，就像他的诗歌一样，虽然是另类的废话体系，但呈现异常的客观、冷静，甚至像楼书产品说明书的文案，精准到位，没有一句多余的废话。

"把一支受潮的诺基亚 / 肢解成三份：a. 机壳 /b. 3.7V 电池 /c. 一片电池后盖 / 完了，看163新闻《5名塔利班 / 遭巴基斯坦警方击毙》/ 看三遍，像平时那样，分行 / 让它成为诗（消息还说，警方 / 也有人在行动中丧生）。"（《做人的方法》）

受潮的手机肢解成三份——警方击毙塔利班的新闻看了三遍——本身正在进行的诗歌写作分成三行；一个人人都有且离不开的手机——远离我们的战争已让我们麻木得互有伤亡的新闻——对社会生活无能为力的诗歌写作；

物质—社会—文学。原来在极致冷静客观非诗化的后面呈现着这种终极的三者关系的链条。

"几个住附近的在朝阳、东三环，我们经常 / 喝酒说话 / 有远的，那是真远，国家那么大，几年都 / 见不上一次 / 也有少量不在了的，时空变换，这辈子没 / 机会再见 / 我的朋友不多，不美丽，很忧伤，一个个都 / 是老实人 / 平时，要不是因为突然，我也很少想起他们。"（《朋友是用来投反对票的》）这种对当下朋友的否定意识，呈现现代紧张生活对人生存关系的危机与友谊的平白淡泊现状。

张羞是习惯说"不"字写诗的人，就像在生活中面临的拒绝。"要是不好，大概也能接受"；"它究竟会不会来"；"但又不说，我还有时间，不过已经不多了"（《等一个字跑到纸上》）。

在《龙争虎斗》中，张羞甚至将"杯子"的"杯"，敏感地看出里面还有一个"不"字，"可那又有 / 什么杯用呢"。这里"杯"与"不"的悄然转化，反映出张羞的另一个特质：精细——精准的细节。

"天很大，是吧，那又怎样，它大得过天吗 / 很空，也不关我鸟事，我不是鸟，不需要飞在空中。"（《天空》）这里的"鸟"与"鸟事"、"鸟"、"天"、"天空"、"空"，都存在着微妙的转化和联系。同样"你来的那天"的"天"，与"天空也下着雨"的"天"，不是一个"天"一样（《天空》）。

"作为人 / 最好不要跟鸟说话"（《天空》），这里的"鸟"，一是飞的"鸟"本身，一是"鸟语"，一是不是"鸟"的"人"。

"关于仿佛 / 我想说，仿佛 / 它很仿佛 / 就好像仿佛 / 一直很仿佛"（《天空》），"仿佛"最后真成了"仿佛"，真"仿"成了"佛"。

"那么空，仿佛不那么空，它就不叫天空"（《天空》），这里又一再地"仿佛"，一再地"天空"，一再地"空"，这种虚无的不确定性，始终贯穿在这首长诗中。

在另一首长诗《安慰》中，张羞用"斧头去劈雪花"，用斧子"吵架"，用斧子"对话"，用斧子"削砍"诗句……甚至修理斧子成为"经验"，"经验"成为"下雪"。在词语转化中，成为典型化的意象，直白得如劈柴的斧子，光彩照人。

诗人的持续写作与诗歌的延续文本

给周亚平命名为"第三代"有意义吗?没有。因为,他一直孤独地存在着,任何追认的流派、归属的称号,对于他,都是一种浪得虚名。正因为他存在着,才让我们今天认识他,只有存在,才能长久。

早在20世纪80年代就以语言实验的另类文本写作且坚守到今天的周亚平,没有光芒四射的先锋姿态,也不见摇旗呐喊的斗士情怀,更没有苦大仇深的落魄身段。不论为人还是作品,都一直不温不火,端端

周亚平

正正,甚至感觉还有些优雅。但他的文本,在今天悄然呈现的光芒,却让人另眼相看,诗歌文本的品行不正,产生出了它必然存在的意义。

诗人创造的能力及持续的生命力,肯定是内在的,且不是爆发式的。正是这种持续的写作,才带来了诗歌文本的延续性,甚至是规律性。如果将周亚平的诗歌写作分为早期、中期和后期的话,变化还是十分明显的。

一　字词—短句—长句　抽象—哲理—叙述

周亚平再早的诗没有见过。从他的诗集刊出，他的写作从20世纪80年代末开始，便已从语言实验出发。他在1990年的发言中指出："从较长的时间看，我肯定反对原则，从近处看，我又反对系统。我非常渴望写作中的变动。"这是他一开始写作的态度，态度决定姿势。他说："我认为诗歌的可能或许只在于通过形象来恢复事物的现实性。这样说，似乎我已经否定了诗歌抒情与叙事（特别是戏剧化了的叙事）的品质。"他要在诗歌中表达准确意义上的文学性、事物的陌生性、文本的超现实性、荒诞性、实验性。

周亚平这个时期的诗作，大多为纯粹的词语实验，甚至是抽象的罗列："如果麦子死了 / 地里的颜色会变得鲜红 / 如果麦子死了 / 要等到明年的麦子出来 / 才会改变地上的颜色。"（《如果麦子死了》）

在这里，周亚平不是靠描述或意象在表达诗歌的抒情，他像是用干干净净的词语在雕塑事物的原型与立体感，呈现冷静、客观的视觉形象。《关于农业》是这个时期的典型代表：

关于农业，我说
1. 粮食
2. 玉米
3. 红薯
4. 石榴
5. 豆蔻初绽
6. 小麦
7. 小麦（小麦就是法律）
8. 小麦堆里穿行的老鼠
9. 提出口号："保卫小麦"
农业哺育了尖利的牙齿
人们遥望牛羊成群，小麦开花

这却是温柔的心灵

（附注：不劳动者不得食）

在这里一点都不像诗的词条罗列，植物志似的书写方式，似乎把语言实验做到极致，但变异中的诗歌情怀还是十分明显的，"豆蔻初绽"、"小麦就是法律"、"小麦堆里穿行的老鼠"，与前面冷静词语表达的冲突中实现了诗意的表达。

做一个怪脸
我相信许多动物会飞过来
鸡会飞过来
鱼会飞过来
鹦鹉会飞过来
狗会飞过来
蛇会飞过来
龙会飞过来
大雁会飞过来
女人会飞过来
　　——《给我》

第一颗，已被借走
第二颗，已被借走
第三颗，已被借走
第四颗，已被借走
第五颗，已被借走
第六颗，已被借走
第七颗，已被借走
还有五十一颗，老师让剩余的同学一人借去一颗
　　——《比喻的樱桃》

周亚平对诗歌写作中的词语的形式感追求,在这里呈现了图案化。周亚平自己也说:"文学作品划分为'可读'的作品和'可写'的作品,并强调文学的目的正是由向我的预期心理提出挑战的不可读的作品来实现的,它使得符合传统法则和理解模式的'可读'的作品与'可写'的实验性作品相对,对后一类作品,我们还不知道如何去读,而只能去写,而且在读它们时,还必须在心中模拟其写法。"

涂尔干曾说:"文学的教育越来越变成一种适于培养情感和想象力的欣赏活动,传统教育总是更多地让位于一种趣味的培养和一种接受的准备。"周亚平的语言诗是反传统的,让人改变对待词语的态度,就像裸体的词语一样,成为纯粹的词语构造。

在中期的作品中,周亚平虽然依然保持着对语言的实验性热情,但在排比的句式中,似乎要表达出内在的逻辑关系,句式更完整了一些,道理更清晰一些。如《卑微》:"蜥蜴留在椅背上 / 一天 / 二天 / 三天 / 蜥蜴仍然留在椅背上。"

同样《偷听灵魂》也是数字化的清晰:"有两条 / 黑色的影子 / 一条留在墙壁上 / 一条留在后背上。"

转折递进的排列语句,如链条一般,一环扣一环,如《面包新语》:

"水有多肥 / 苗有多肥 / 水有多壮 / 花有多壮 / 水有多高 / 草木有多高 / 面包也知道 / 水把它养大。"

亚平此时在短句有力的节奏中也在观照了诗背后的哲理,如《小麦的热情》:"色彩的斑斓 / 在彩色之中,它所 / 呼吸的热情 / 也会化为 / 灰烬。"

周亚平提出了一个非常个色的观点:"世界有两根轴,数学加哲学,相交的那个点,就是诗歌。"在诗歌的写作中,周亚平也是践行着数学与哲学的交汇,让诗歌的抒情降低到极点,加大了它内在智慧的能量。

进入近年,周亚平似乎也进入了生活,这时的他说:"世界已演变成一张大床,人们不再承继私密的生活。有着金子般理想,不自认堕落的一群人他们做的努力,无非是尽力控制住这世界继续下滑的速度。这个貌似悲欢的人群,偏偏是慕名领了使命的写诗人。"

周亚平近期的诗作语句偏长，整体诗节也明显加长，叙述的语言十分明显，如《超级月亮》、《粉红女郎》、《黑暗，它会催醒我》、《鼓浪屿》，情景的描述随处可见："我又在飞机上。头等舱/遮光板都已紧闭/这零星的几个男男女女又在/这假设的黑暗中昏昏睡去"；"我关了灯/这里就是一处黑屋，我想象着/为它安满木桌、木椅、木梯/我要一小扇窗，通往阳光。"

特别是《孔雀已经步出家仓和花园》十篇，已经呈现出散文化和跨文体的写作。

现代传媒的快速，微信微博的出现，加大了对现世场景的回放再现速度。人类事件现在或过去是人类行为的产物。这些行为本身具有文体结构，是叙事文本的结果。将亲历叙事化，成为当下诗歌写作的潮流风向，最终导致语言的极大宽泛。

口语、废话、流水、叙事的诗句成为多重选择的可能，呈现的是另一种抽象异样的景象。正如贡布里奇所说："不是摹拟的表现，而是实实在在的取代式替代。"

二　彩色－单色－黑色　游戏－现实－日常

周亚平最新的一本诗集为《红白蓝灰黑黑》，依次六个时期的诗集，六个章节封面的六种颜色，不知是有意还是巧合，周亚平的诗歌色彩也是这样一种变化关系，作为一个曾经画过油画的他，当然反映出他的诗情画意，诗歌情绪也是如此变化的。

早期诗作中，周亚平在诗歌中追求的颜色是夸张强烈的，如游戏的七巧板一样。"如果麦子死了/地里的颜色会变得鲜红"（《如果麦子死了》）；"红红绿绿。像赛车的骑手"（《交媾的蚂蚁》）；"蓝色的路牌"（《无题》）；"我们是黑色的蝌蚪/我们不穿红绿的衣服。"（《会员之歌》）

在中期的诗歌中，颜色已不再缤纷斑斓，基本是单色，以红、白、黑为主了，"黑色的潮流"（《纪念》）；"红色尽是豪门了"（《皇家粮仓》）；"红/是一种记忆"（《红的记忆》）；"白得纯洁"（《乌鸦不会被视为神明》）；"已经烧

过了黑色。"(《它的下面竟流出波涛》)

这样简单的颜色,也是对应着此时诗歌写作的冷静、客观、现实的态度。

在近期诗歌写作中,周亚平指出:"诗歌,说到底其人格是理想化的,它在当今世俗生活中扮演的是精神入侵者的角色,它试图洗涤那些不干净的东西,它与世俗层面形成了对峙,相互间都谋求把对方降低为无价值甚至是毫无价值的东西。"他还说:"悲观是一种美德,它转化为写作的态度,就是沉郁,而黑色就是最沉郁的颜色,至简和孤绝。"

在日常生活的情境中,周亚平写下了"黑色的诗篇"、"黑色的裸体"、"两眼漆黑"(《灿烂》);在《黑暗,它会催醒我》及《澄清》中,都整体宣泄着一种黑暗和灰暗的情绪色调。

三 苏州—南京—北京 车前子—韩东—杨黎

每一个诗人都有自己的诗歌地理与诗歌战友,我这样归纳周亚平的诗歌轨迹,并不是说他受这三人之影响,只是似乎找出三个坐标点。

早期,周亚平在苏州与车前子共同发起组织"原样——中国语言诗派"诗歌团体,大有将词语在诗中呈现极致抽象的实验态势。

中期,周亚平到了南京,诗风语言开始回归口语,许多诗和韩东的《大雁塔》风格近似。

现如今,周亚平在北京,虽然他的气质和废话杨黎一伙不仅相像,但他的叙述性和语言白描化的写作,和杨黎的废话主义还是相得益彰,遥相呼应,妙趣横生。

崔健,红旗下孵出的蛋

To boast about my friends and their works

有关艺术

红旗下的蛋孵出的诗

红五星是崔健的标志

有人说北岛是一代人的诗歌神父,也有人说崔健是中国的摇滚之父,作为二位同量级的文化英雄,从文字文本上来说,二位也同是诗人,因为谢冕曾将崔健的歌词入选《中国百年诗歌精选》一书中。

对于崔健个人来说,他作为一个音乐人,更关注的是音乐的形成与变化。崔健曾说过:"文字和音乐之间实际上是平等的,在这里我不是说音乐要超过文字,也不是说我们要真正去反对文字,不是那意思,真正的意思就是当文字不能代表灵魂的时候,音乐却代表灵魂,这时候你就要服从灵魂的需要。"

其实,崔健在中国摇滚乐坛的地位,至今无人超越,就是因为他的独立人格和精神魅力,这种精神包括他的思想,当然又具体落实在他的歌词上。就像他在中国一夜成名的那首《一无所有》一样,"一无所有"一语道破了当

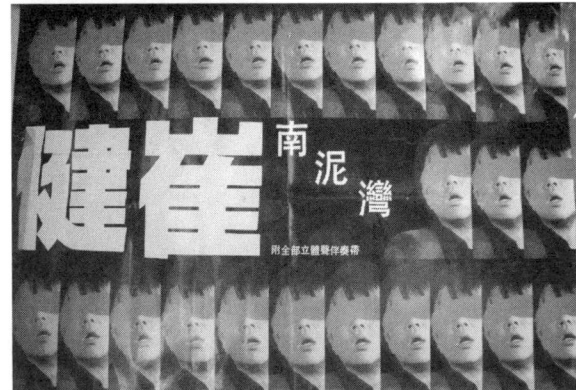
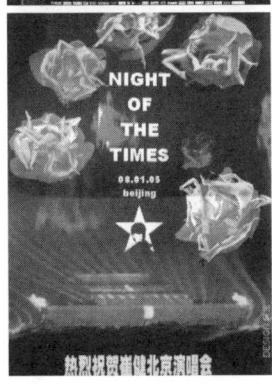

作者高星收藏的崔健演唱会海报

时我们一代人的内心焦虑,当然这有力的话语或是诗句是通过呼喊而出的,是摇滚出来的。

在崔健第一盘摇滚专辑《新长征路上的摇滚》中,《一无所有》是最重要的一首:

> 我曾经问个不休你何时跟我走
> 可你却总是笑我一无所有
> 我要给你我的追求还有我的自由
> 可你却总是笑我一无所有

在那个时候,"一无所有"还只是一句规范的成语,是日常生活中比较随意使用的一个词,但经过崔健的摇滚和演绎,"一无所有"不再仅是指在物质上的贫穷,而更多的是指精神的苍白和失落;而且这个词不再是一种自谦的指称,更多地体现在一种自信与骄傲的情绪之中。

当然这首歌并不是一种简单的爱情歌曲,通过崔健的呼喊,人们似乎发

《新长征路上的摇滚》海报

早年的崔健及乐队成员在天安门前留影

现了自己的孤独和痛苦，原来爱情和理想与现实的冲突，可以摆在同一种崇高的位置上。

告诉你我等了很久告诉你我最后的要求
我要抓起你的双手你这就跟我走
这时你的手在颤抖这时你的泪在流
莫非你是正在告诉我你爱我一无所有

面临冲突的抉择刚刚开始，却已临到关头。"可你总是笑我"，是嘲笑，迷惑的笑，天真的笑。一无所有的背后，原来是拥有追求和自由，还有爱情，如果交出了这宝贵和丰厚的拥有，这才是最凄美与壮丽的一无所有。一无所有成了没有止境的感觉，"难道在你面前，我永远是一无所有"。

在这辑中的《花房姑娘》有着同样的意境：

我独自走过你身旁并没有话要对你讲
我不敢抬头看着你的噢……脸庞
你问我要去向何方我指着大海的方向
你的惊奇像是给我噢……赞扬

崔健的红色情结

原来崔健要走向的是大海的方向，还有《出走》中"我抬起腿走在老路上，我瞪着眼看着老地方"；《从头再来》中"我脚踏着大地，我头顶着太阳"；《假行僧》中"我要从南走到北，我还要从白走到黑"，都是"你这就跟我走"的继续，崔健开始上路，开始在走，他用先行者的孤独，去追寻"你的自由属于天和地"。那个时候，还有一句最流行的歌词便是："妹妹你大胆地往前走，莫回头"，这种振聋发聩的呼喊，是对"跟着感觉走"自满自足的彻底批判。

在第二辑《解决》中，崔健依然是"眼前的问题很多，无法解决"。在《这个空间》中，崔健发现"自由的天地"原来是：

打不开天也穿不过地
自由不过不是监狱
你离不开我我也离不开你
谁都不知道到底是爱还是赖

有意思的是在这个专辑中的歌名有四首都带"一"字:《一块红布》、《寂寞就是一团烈火》、《像一把刀子》、《最后一枪》,这是否是"一无所有"之后开始的"一"呢?

> 那天是你用一块红布
> 蒙住我双眼也蒙住了天
> 你问我看见了什么
> 我说我看见了幸福
> 这个感觉真让我舒服
> 它让我忘掉我没地儿住
> 你问我还要想什么
> 我说我要上你的路

崔健每次演唱这首歌时,在台上都要用红布条蒙住双眼,似乎在寻觅着"这个感觉"。有人说这首歌暗示了"文革"的色彩,在这首歌词极度痛苦的结局中,让我们感觉到了一种绝望。

而崔健在第三辑中,亮出了"红旗下的蛋",对自身的角色加以了确认:

> 现实像个石头
> 精神像个蛋
> 石头虽然坚硬
> 可蛋才是生命
> 妈妈仍然活着
> 爸爸是个旗杆子
> 若问我们是什么
> 红旗下的蛋

我们都曾被"早晨八九点钟的太阳"的荣耀所笼罩,肩负着"寄托在我们身上"的"希望",但"突然的开放",我们并没有找到"机会",我们的"胆量还是太小","个性都是圆的",这种血缘关系,使我们一方面软弱,另一方面成了"走着别人画的印儿"的"棋子"。但"生命之蛋"依然是有力量,因为它毕竟属于"生命"。

崔健第四辑《无能的力量》,可以说是对世纪末临近的全面接触,对"时代的晚上"的小心警惕。在《混子》中崔健发现:

新的时代到了再也没人闹了
你说所有人的理想已被时代冲掉了
看看电视听听广播念念报纸吧
你说理想间的斗争已经不复存在了

似乎是一个轮回,从1989年的《新长征路上的摇滚》到1998年的《无能的力量》,崔健从"一无所有"的"无",又回到了"无能的力量"的"无",他仍然两手空空地面对着永不满足的现实,他的悲剧意识与自由精神使他永远处于一种孤独的状态。从英雄主义的呼喊到现实主义的批判,从自然界的日、月、天、地大背景到人类生存的支离破碎的环境与内心影像,崔健完成了一个轮回的变化。

崔健自己说《无能的力量》实际上跟《一无所有》是一条线上的东西,我一无所有你还爱我,是新的《一无所有》,我想改变这个世界,只要有机会,我就要改变它,这是"无能的力量"。

崔健的歌词写作不仅在思想的形态上有着清晰的脉络,而且在思想和形象上也同样有着明显的演变。

在《新长征路上的摇滚》专辑中,大部分歌词都是以"我"为中心的,甚至每首歌词第一句、第一个字便是"我"字。"我的泪水已不再是哭泣"(《不再掩饰》);"我独自走过你身旁"(《花房姑娘》);"我要从南走到北"(《假行僧》);"我脚踏着大地"(《从头再来》);"我曾经问个不休"(《一无所有》);"过去我不知什么是宽阔胸怀"(《不是我不明白》);"太阳爬上来我两眼又睁

《一块红布》

开"(《出走》);"别问我的样子是坏还是好"(《让我睡个好觉》)。

像每一个写作者一样,不论是小说,还是诗歌,处女作一般都是作者自己情感的真实写照和流露,反映了人类有感而发的本质、习惯与欲望。

在《解决》专辑中,崔健有许多"我"与"你"的交流与对话:"我忽然碰见了你,正看着我,脑子里闪过的念头是先把你解决"(《解决》);"你离不开我,我也离不开你"(《这儿的空间》);"我感觉你不是铁,却像铁一样强和烈"(《一块红布》);"你看我我看你,彼此相对沉默"(《寂寞就是一团火》);"不管你是谁,我的宝贝,我要用我的血换你的泪"(《像一把刀子》),这或许是崔健迈向一个更大空间的开始。

接下去在以后的专辑中,崔健已从以我为中心的出发者转入融入眼前生存状态之中的存在者了。"我要结束这最后的抱怨,那我只能迎着风向前"(《最后的抱怨》);"周围到处传出的声音真叫人腻味,软绵绵酸溜溜却实实在在"(《缓冲》)。

如果我们单从崔健的歌词写作以诗歌文本的模式来探讨的话,同样可以看出明显的变化。早年的歌词语句简单、整齐,对偶与并列句大量使用,而且十分讲究押韵,可以看出崔健深受中国古典诗词的影响:

我的泪水已不再是哭泣
我的微笑已不再是演戏
你的自由是属于天和地
你的勇气是属于你自己
　　　——《不再掩饰》

别说我的样子是坏还是好
别问我的年龄是大还是小
别管我为什么名叫卢沟桥
　　　——《让我睡个好觉》

我脚踏着大地我头顶着太阳
我装作这世界唯我独在
我紧闭着双眼我紧靠着墙
我装作这肩上已没有了脑袋
　　　——《从头再来》

　　这种民谣风格的语句，正好成为流传的方便条件，民间口头说唱的民歌或史诗都有这个传统。

　　在最新的专辑中，我们却很少看见这样的语句了，大多为散文化了，从句型上、押韵上也不讲究了，更像先锋诗歌了。

那天傍晚我从天上飞了下来
坐上一辆车回家那车速并不快
其实什么也没听着什么也没看见
我事后才知道当时我有那么一种
一种无名的神秘的说不出的伤感
　　　——《缓冲》

崔健歌词的这种转变，也是与他的音乐风格演变一脉相承。崔健后来的摇滚风格逐步放弃了对旋律的依赖，更多的是对节奏的追求，成了一种自说自唱，如外国街头即兴的演唱（RAP），节奏鲜明，节拍反复，语言完全口语化。崔健也曾说过他最喜欢的音乐是 HipHop，就是声音的节奏，没有意境。

崔健的极端使他失去了一些老的歌迷，并不是崔健老了，而是听众落伍了。崔健说："一个艺术家是不是真正踏上了艺术征途，就看基本是个创造过程还是表演过程，当然高质量的表演过程也有很多创造性。"商业的追求与艺术的创新在崔健眼里是一致的，他的歌词创作不是简单的文字组合，而是思想的必然。文字写作是在灵魂的驱使下完成的，而不是精神麻痹下的习惯性写作。

在崔健的摇滚中，语言变成了乐器的一部分，语言完全听觉化了，而成了内在的东西，不是空洞的、贴在音乐外表的商标，他的敏锐排斥着一切虚假的生活经验。

崔健歌词的诗歌性非常突出："望着那野菊花，我想起了我的家"（《出走》）；"放眼看那座座高楼如同那稻麦，看眼前是人的海洋和交通的堵塞"（《不是我不明白》）；"天是个锅周围是沙漠，你是口枯井可越深越美"（《这儿的空间》）；"那烟盒中的云彩，那酒杯中的大海，统统装进我空空的胸怀"（《从头再来》）；"一个姑娘带着爱情来到了眼前，像是一场风雨吹打着我的脸"（《北京故事》）。如果我们端正阅读的态度，就会为崔健的创作所打动。这种打动与阅读诗歌的打动是一样的。

美国"垮掉一代"的代表人物是金斯伯格，他那首惊世骇俗的长诗《嚎叫》也可以说是摇滚歌词。他主张"一切都可以入诗"，"诗语言应来自口语，能吟唱，能朗读"，这对美国当代诗歌借助于音乐朗诵走向大众化有深远影响。作为"嬉皮士"先驱、"反叛"思想的代表，最终却获得了美国普利策诗歌奖，并成了美国艺术文学院的院士。

在《嚎叫》中金斯伯格写道："疯狂的浪子和天使，合拍敲打，无人知晓，可偏偏要在这儿留下他们死后某时或许想说的话。"无独有偶，崔健也写道："我想相信自己我又想成全自己，可是最难受的滋味就是犹犹豫豫，嘿！来点痛快的，别总磨磨叽叽，可如今最痛快的说法就是爱怎么着就怎么着吧。"

金斯伯格有一首《我不是》，全篇都是以"我不是"为起头："我不是一个嗜好女色的同性恋者紧束网眼皮带在地下室尖声呼号……我什么人都不是我只知道，事实上我要活到八十岁。"崔健写道："过去我不知什么是宽阔胸怀，过去我不知世界有很多奇怪，过去我们想的未来可不是现在，现在才似乎清楚什么是未来。"同样的反复和前后对立。

崔健说："艺术能帮助我们发现我们身体上的其他肌肉及其功能，让那些快要坏死的细胞恢复正常。"不论歌词或是诗歌，我们面对的是要获取它的内在的力量，当然这种力量包括语言的魅力。

他还是孤独地飞了
—— 崔健2012年北京演唱会

崔健在演出中

　　正如崔健在台上说的，摇滚乐经过从地下走到地上，从酒吧走到小剧场，从体育馆走到更好的体育馆。崔健2012年北京演唱会在五棵松体育馆的豪华上演，又一次揭开了他全国巡演的序幕，同样如他所说，1990年他的为亚运会集资的全国巡演，从北京工人体育馆出发，最后只到了第四个城市，便夭折停演了。此次，他还不知能否成行到底。

　　其实，可能是崔健自作多情，因为昨晚演出现场警察明显比以往少多了，更多的只是体育馆的保安和工作人员。只是进场安检的手段更现代了，我事先做好的六米长的横幅，怎么也没有办法带入现场。现场负责人说，任何标语都不能带入，尤其崔健的演唱会。

作者高星的女儿高天行云在崔健演唱会现场

想当初，以往崔健的演唱会所有通道口都站满了警察，都不让站起来，更别说举标语了。如有违反的人，就会被制止，甚至被拉出去。那时如临大敌一脸严肃的警察和热血沸腾的观众形成的反差是崔健演唱会的独到一景。正因为那时安检不严，1988年1月，崔健在中山公园音乐堂的首次演唱会我才得以打出了标语："崔健你好！"那时他们确实也不知道崔健的力量呢。

在昨晚的演唱会上，崔健几次号召大家站起来听，但站起来的观众并不多。比崔健更尴尬的是观众：警察不管你了，你可以随便站了，你却站不起来了。

崔健面对现场观众习惯问：50年代的人有多少？60年代的人有多少？70年代的人有多少？80年代的人有多少？90年代的人有多少？其实，我女儿属2000年后的，也随我听了几次崔健演唱会了，她昨晚在现场见全场观众齐声喊"崔健，牛逼"时，问我："他们都喜欢崔健，为什么又骂人啊？"我怀疑她是装糊涂。

崔健在台上一开始便说道："现实已经改变了很多，但我们觉得早该改变的，有的并还没有改变。"这是崔健永远纠结的地方，这种对立也进入了他的演出中、音乐中、歌词中。比如他的老歌与新歌设置：嘉宾老歌手毛阿敏与新歌手袁娅维（她俩的绿军装和露背装，演唱风格、台风也是鲜明对比）；《一块红布》的红色调舞美与《蓝色的骨头》的蓝色调舞美；台上分别打出毛

崔健演唱会现场

作者高星打出的"崔健你好"条幅

崔健演唱会现场欢呼雀跃的观众

1988年1月,作者高星在中山公园音乐厅崔健第一次个人演唱会现场打出"崔健你好"的标语

泽东、蒋介石、雷锋、鲁迅的画像;《迷失的季节》与《超越那一天》的音乐调性;《花房姑娘》与《时代晚上》歌词的辗转节奏;新歌《鱼鸟之恋》的歌词中鱼鸟的形态对比等等。这就是崔健永不停步的动力。

尽管崔健已老,但庆幸的是他比我们还有力,就已够我们受用余生了。有崔健人一个,这个时代的神话也够了。如果真有世界末日,那我们也不是孤独地死去了。就像我10岁女儿说的:"这里简直就是宇宙!"

将自己的诗翻译成画

诗人是领袖，不仅领导小说家，还领导画家。宋玉的《神女赋》、曹植的《洛神赋》领导了顾恺之的《洛神图》；波特莱尔领导了毕加索；《今天》领导了"星星画会"；就连大画家齐白石也矫情地说："他最好的作品是诗。"

芒克画油画了，人们并没有惊讶，惊讶的只是他的画卖得不错。诗人是最具创造力的人，富有直觉、敏感、鲜活的意象特征，就连诗人的叙述也是形象的原创性表达。当芒克开始画油画时，是一件再自然不过的事了。就像他当年的诗友严力早年就画画一样，不分先后，这只是诗人对自己诗作的自我翻译与复写。

芒 克

你看到了吗？
你看到阳光中的那棵向日葵了吗？
你看它，它没有低下头
而是把头转向身后

芒克的油画作品

就好像是为了一口咬断
那套在它脖子上的
那牵在太阳手中的绳索
你看到它了吗？
你看到那昂着的头
怒视着太阳的向日葵了吗？
它的头几乎已把太阳遮住
它的头即使是在没有太阳的时候
它依然闪耀着光芒
　　——芒克《阳光中的向日葵》

没有技巧的炫耀，芒克不仅将诗句嫁接与延伸到画布上，更是将生命的血和意识直接涂抹在画布上。他的作品不是夸大的视觉形象，也不是具细的风景，而是原生态的、简单化的自然书写。

芒克在缺少理性的透视的风光画作中，天空、海岸、土地分割着画面，而绿树或群山往往被芒克剪裁成特别的几何图形，随意地摆在天海之边的一角。一种视觉上的突兀使人重新将新鲜的自然元素过目，艺术家的风景永远在你意想不到的地方。诗歌对环境的原始与天真的认知，在这里得到了更自由的表达。

把眼睛闭上
把自己埋葬
这样你就不会再看到
太阳那朵鲜红的花
是怎样被掐下来
被扔在地上
又是怎样被黑夜
恶狠狠地踩上一脚

把眼睛闭上

把自己埋葬

这样你就会与世隔绝

你就不会再感到悲伤

噢，我们这些人啊

人们无非是这般下场

你是从黑暗中来的

你还将在黑暗中化为乌有

——芒克《把眼睛闭上》

芒克的油画是厚重的，充满肌理。我曾开玩笑地对他说："你的画应该论斤卖。"芒克一张画要用上几斤颜料，他的笔像雕塑家的刀，那进口的颜料成了普通的泥巴。

芒克可能天真地以为，最鲜艳的色彩，最突出的主题，在视觉距离上肯定是距离自己最近的地方，因此，他一遍一遍地堆积着颜色，让颜色成为立体，甚至呈现出凸起之后的阴影。

芒克画的秋日的树或是河边的芦苇，总是如歌声嘹亮的合唱队，充满灿烂辉煌，层出不穷的点线在一边呼喊一边奔跑，向人们聚集。

芒克《这是在蓝色的雪地上》："这是在蓝色的雪地上 / 这是在一片闪着光 / 犹如火焰的雪地上 / 你终于触摸到了黎明 / 它那乱蓬蓬的头发 / 和它那冰冷的手 / 这是在蓝色的雪地上 / 这是在一片奔跑着 / 像狼群一样狂风的雪地上 / 你猛地发现 / 你寻找的太阳 / 它那血肉模糊的头 / 已被拧断在风雪中"。

就如同芒克的油画构图一样单纯，芒克油画的色彩也是单纯的，甚至他是三原色的并叠。芒克油画有一幅代表作几乎就是纯色的分割与构成，画面上的一角是呈现蓝色天空或大海的窗户，拐弯的墙壁是黄灿灿的，画面下角是红色的被子和绿色的床单。在这样色彩冲突中，一对情侣相拥而眠，构成了绘画的主题与视觉中心，幸福与爱情如此壮烈。

地里已长出死者的白发

这使我相信

人死后也还会有噩梦扑在身上

也还会惊醒，睁眼看到

又一个白天从蛋壳里出世

并且很快便开始忙于在地上啄食

也还会听见自己的脚步

听出自己的双腿在欢笑在忧愁

  ——芒克《死后也还会衰老》

  芒克的绘画中不仅呈现一种自然的生命力量，并有着强烈的宗教意识。早期的绘画中，总可以见到他一些类似黄昏晚霞的风景画，那隐藏在黑暗之中的流云，色彩怪异，形象朦胧。

  芒克在近期的绘画中，加大了这种情绪的表现，例如将五颜六色的少女背影，统一格式化地排列，如教堂中的唱诗班的少女吟诵低唱。又如但丁笔下的引路仙女轻轻摇摆起舞。

  少女的背影让面容具体地消失，使我更加纯粹地关注生命的流程。而在画面中一群少女的背影中，会突然有一个正在悄然回头的少女，让我们在沉醉之中警醒。

万不得已的已与北方的北方

万晓利

第一次近距离看万晓利弹琴的时候,我故作天真地问他:"你的手指是学琴以后变长的吗?"这其实是我对潜意识里万晓利是个音乐天才的抵触和反抗。

但现实却是如此,就像眼前他那细长的五根手指,更细长道道的海魂衫,更更细长的六根琴弦,组成了他现如今新专辑中长长节拍的吟唱,所谓的民谣。

我其实对万晓利并不熟悉。就是这次到他家玩,一开始我还有所顾虑,刚认识就去家里合适吗?也没有听过多少他的歌,交谈起来不显尴尬吗?

万晓利在演出中

单位里的年轻人向我介绍：万晓利是崔健之后的"摇滚教父"，是"万总"，是"万人迷"。以前，在摇滚音乐会上见许多人穿海魂衫，我还以为都是何勇的粉丝呢，原来万晓利也是如此。

不怨我没看出万晓利来，主要是他隐藏得太深了，装得像个民工似的，一脸的朴素。就像他的音乐，没有亢奋，只有肉嗓子的鼓动，尽管他早年几次在台上摔过吉他。

人们都在说万晓利不擅言辞，他也总是表白自己没有太多的想法。但我发现万晓利的敏感，或许像狐狸一样狡猾；万晓利的幽默，或许像毛驴一样自信。

"就是这样的。"这是他的一句口头禅，这种短而肯定的句式在他的交谈中，如同一种切分音，或行车中的急刹车，戛然而止的停顿。在你还没有反应的时候，他已经结束了。

万晓利有时也会说"通常是这样的"，但"或许我的意思不是这样的"同样有理，就像"必须反过来讲"。在万晓利的身上，我看到了"没有什么大不了的"，当然不是指丰胸广告，包括名气。

万晓利就是万晓利，他不是周云蓬，也不是左小，也不是许巍，也不是

万晓利唱片《北方的北方》

老狼,我甚至怀疑民谣歌手的称谓对他有特别重要的意义吗?

万晓利是我河北的老乡,邯郸那个地方现在出了很多音乐人。古代三国时就有蔡文姬,还有更早的秦始皇的妈妈赵姬也是个歌伎,但她们都是女的。

我不懂音乐,但我迷恋万晓利在音乐中的即兴发挥和如此丰富和精细的处理。他把满手的珍珠如同小石子一样撒在我的眼前,根本来不及捡,急得我让老婆快录呀。

万晓利紧张得像第一次似的为我拿出了新专辑《北方的北方》,并用繁体字在盘上签下了名字。更多的动物走进了这张专辑,人类已经大大落伍了。

似乎歌迷并不看好这张专辑。爱一个人的变化,或许是一件痛苦的事吧,痛苦得像专辑封面上那件海魂衫被烧了一个洞。音乐终究是万晓利自己的事,甚至是他内心的事,他要的是自由。

万晓利不拿痛苦说事,就像他平时言谈的趣闻,充满夸张的喜剧:"像一个英雄 / 背后的欢呼声 / 他们要你翻过那堵墙 / 去和你的朋友会合 / 你的一个朋友 / 另一个英雄 / 已在墙外和敌人厮杀 / 你的心里有些着急 / 没有喜悦。"(《水》)确实没有喜悦。

不关心

就不关心

他唱的歌

他跳的舞

他演的戏

他编的剧

他写的书

一个蹩脚的演员

哪里会是好小丑

小丑能让人笑

他只能让人痛苦

——《骄傲的小毛驴》

现在繁杂的世界，让人关心的事情太多，让人真正关心的又太少，万晓利用"不关心"的否定句，拒绝着这个世界。

其实万晓利的否定句在专辑中非常多："不用带多余的干粮和衣裳"；"不要不敢喝他端上来的酒"；"不要被干扰"；"要不让你金融危机"；"不知去向"；"不再精心梳起辫子"；"不要相信他的过去"；"不要回头"；"不是国家大事"；"不要问星星有几颗"；"不该被那南方诱惑"……当年愤青们的"我不相信"，是对整个社会的回答，而今天万晓利像一个干净的圣徒，告诫着自言自语的自己。

万晓利是个诗人？至少他喜欢诗人，但又很少和诗人来往。他拒绝做作，他追求本质。当他把音乐做得完美的时候，他就会恐惧失去淳朴，就像他拥有了大房子，又无法告别自行车的孤独。

他的孤独是实在的。万晓利一个人在家的时候，时常一整天，或一星期不下楼，在工作室里操弄着各种乐器，声音的空间被无限放大，一瓶二锅头，喝上一天，没有菜。

关于瓦片的瓦解

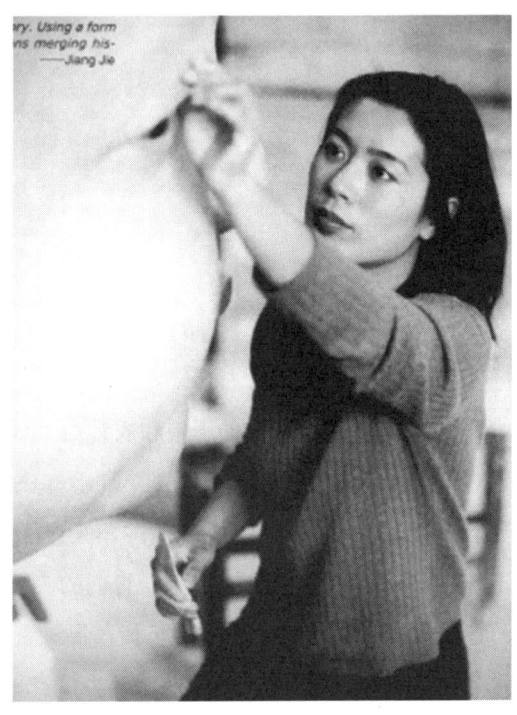

雕塑家姜杰

十多年前,在黄亭子酒吧,我看见在昏暗的灯光中,西川身后一位气质大方的美女悄然散发出引人的光芒。她就是西川的夫人姜杰,那是他们新婚不久,同在中央美院上班,一个是诗人,一个是雕塑家。

从 2004 年开始,姜杰以瓦为元素,创作了一系列有关瓦的装置作品,最早期是在法国的黄色琉璃瓦的《游龙》;到后来在重庆的依旧是黄色琉璃瓦的

《粉色乌托邦》系列

《皇上没有到此一游》；后又在北京是粉色琉璃瓦的《之上之下》；2009 年开始用粉绸布包装的灰色土陶瓦的《粉色乌托邦》；2010 年 6 月在 798 开展的"花样年·发现幸福之旅"，依然属于《粉色乌托邦》系列，只是包裹灰色土陶瓦片的材料已变成了半透明的纱质口袋。从中可以看见，姜杰有关瓦的作品演变有序，传承自然，脉络清晰。从黄色到灰色，从皇家到平民；从男权到女性，从龙到凤到蝴蝶；从强烈、想象到柔弱、含蓄；从烧制瓦片本身颜色到用粉绸布、粉纱布包装瓦片，使瓦片呈现不确定的颜色……这样，一路下来，理解便成为我对姜杰系列作品欣赏的愉悦。

瓦是中国自古居室的建材、遮风避雨的天篷，只是后来皇帝用黄色的琉璃瓦，使之脱离了普通的黄泥巴黄土地，而平民百姓的灰色陶土也与之拉大了距离。

黄瓦高高在上，灰瓦普普通通，皇帝在黄瓦之下气势辉煌或空空荡荡，百姓在灰瓦的屋檐下，其乐融融或清贫如洗。

姜杰把皇权的琉璃瓦从高高的屋顶上，搬到了平地上，并在上面种上一些绿草，在拥挤的瓦片当中的空地上放上几把椅子，墙上写有"皇上，没有到此一游"大字，正如姜杰在瓦片上烧有"娱乐2006"的字样一样，姜杰把中国历史的典型形象进行了时间纪年的篡改与调戏。

姜杰自己说过："黄色瓦直观性更强烈，它非常强硬地存在那儿。相对来说粉色瓦还是一个空想，是一个想象，还是有点海市蜃楼的感觉，如果没有黄色的瓦，有些东西很难折射出来。"因此，有人说姜杰的黄瓦是"故宫"，粉瓦是"后宫"。黄瓦是存在的、可见的，绿瓦也是存在的，但粉色瓦是姜杰赋予的，是不可见的，不是直接存在的。

此次展览"花样年·发现幸福之旅"的主题，姜杰用"千百张面孔的千百个方向"的艺术实施计划，包括文化界精英的系列访谈视频、文字书、答卷，而她的《粉色乌托邦》作品也有所变换花样，除了粉色的纱布包装的灰瓦之外，还有浅蓝色和紫色纱布包装的瓦片混杂其中，每个瓦片上都系有精美的蝴蝶结，幸福感跃然瓦上。如礼品一样装置的灰瓦片，在展室的墙后区域有序排列，并有屋脊状的起伏。时常有雾气喷入展室，更加富有温馨、梦幻、诡异、诗情的效果，而在外面展厅中，有纪录片投影，地上随意散落着粉绸口袋，里面装有碎瓦片，观众在上面走来走去，发出清脆的声音，让观众的步伐不得不犹豫踌躇起来，因此，展览也构成了嘈杂和平静的两个场景、沉思和喧哗的两种碰撞。

其实幸福是什么？这个问题太大也太空，答案也太多，但姜杰在不经意间用实物装置形象地诠释了幸福的内在品质，那就是用粉色透明的纱布包裹一片普通的灰土瓦片的感觉，让日常平淡的生活发生一点幻觉和想象，幸福就是"粉色乌托邦"。

弥特希斯在评论伊壁鸠鲁有关幸福论时指出："我们关于快乐和痛苦的内在情感能够让我们无思无虑地度过一生，假如我们可以从正在获得的各种意见中摆脱出来的话。因此，返回小孩子或动物的状态，我们将得到最大的幸福。"

道德知识属于哲人，创作漂亮诗歌才属于诗人，不管道德上有益与否。因为发掘真理和传授真理并非是诗人的职责，哲人也不会把诗人用做证人。身为艺术家的姜杰也不可能把幸福告知得像清晰的文字那样。

翟永明在写给姜杰的诗中说："快来吧姜杰 / 三个艺术家正在紧张地工作 / 她们是女性 / 一个用宽带编织自己 / 一个用衣夹把不同的母语连接 / 另一个戴着白色口罩 / 正在翻版自富裕国家的多余激情。"

身为女性艺术家的姜杰，对粉色的迷恋和敏感是自然的。粉色代表女性、代表温馨、代表花朵、代表柔弱、代表性、代表爱情、代表时尚，而这一切都与幸福有关。

当姜杰用丝绸包装瓦片之时，让我想到了珍惜、爱怜。丝绸不仅加大了瓦片的柔软度，也像粉色的内衣一样，呈现性的内敛，满地的破碎瓦片的口袋，也有悲情、分裂、疼痛、凌乱，以至肮脏是可耻的感觉，而这一切又都和女性有关。

西班牙评论家奥特加·伊·加塞特在其《艺术的去人性化》一书中说："大多数人无法将注意力集中到如玻璃般透明的艺术品本身上来；相反，他们总是对艺术品视而不见，反倒激动万分地执迷于艺术品中所表现出的人类现实生活。要是有人让他们不要执著这一点而去关注艺术品本身，他们会说他们在其中看不到任何东西，因为，在里面确实看不到任何人性化的东西，而只是透明的艺术，纯粹的幻象。"

姜杰似乎没有在艺术中去人性化，反而更加强烈赋予人性化，就像她给无生气的灰色瓦片，包装上粉色绸纱，就是为了让瓦片充满生机，让平凡的日子充满想象，那种透明的感觉，正是我们想要的幻象。

多派唐卡的绿度母与古格壁画的供养天女在图型上的暗合

多派唐卡作品

北京诗人阿坚最近在拉萨笑谈内地人到西藏三大俗："买藏香、请唐卡、上师庙里看早霞。"可见藏文化及藏传佛教在当代中国之兴，甚至已成为一种时尚。

唐卡过去作为一种藏传佛教独有的修持及宗教仪式的重要工具和观想图典，如今它的审美及收藏功能日益凸显出来。而自清末唐卡形成的"标准样式"，在我们这些世俗人的眼里，早已变得千篇一律和熟视无睹。我们对唐卡宗教内涵认知的陌生，同样导致对其艺术魅力领悟的迟钝。

当我在拉萨八角街看到许多出售唐卡的店铺里，年轻的画工每在有客人

多吉顿珠在绘制唐卡

丁嘎的技法传承有序

拜访时,便拿起画笔,在唐卡前装模作样地勾画上几笔,以期证明店内出售的唐卡皆为手工绘制。表演的目的性,更加暴露了所出售的"商品"价值低廉。

本雅明所预言的"机械复制的时代"如期到来,并加快向所有生存空间的潜入。唐卡本身所具有的规范、传承、法度、符号等特点,为现代的数码照相、电子扫描、喷绘打印、批量复印等系列便捷的流水线生产,正好提供了一种契合。

但就在这种"同流合制"的背景下,在我们熟知的热贡唐卡、尼泊尔唐卡之外,还有一种被称为"多派唐卡"的流派,十年前在拉萨已悄然诞生。

多吉顿珠（左一）、丁嘎（右一）与老画师在一起

多派唐卡这一平民化的概念，正体现了其来自民间的创新力量。在21世纪降临之际，西藏艺术家克列·萨尔丁诺夫（贺中）以诗人的敏锐目光，发现了一个唐卡新兴流派的出现，并最初给予"多派"的命名，"多"一指多吉顿珠所创；二指其形成原因众多。

就像宗教的神谕一样，沉睡几百年的唐卡为何在21世纪新西藏的情景下，将唐卡变革创新的重任降临于一个叫多吉顿珠的康巴藏族小伙子肩上，显然有着内在的渊源。

年叙·多吉顿珠出生于康巴地区著名的年叙家族。年叙家族是木雅地区藏族传统世家，不乏精通法王的高僧大德，历史上曾经转世过五十余位活佛，甚至还出过不丹王国第四代国师年叙·加旺屈玛、《汉藏大辞典》编委年叙·青绕唯色这样的大人物。

多吉顿珠13岁出家入寺，便跟勉唐派唐卡大师年叙·拉旺盛布学习唐卡艺术及藏传佛教各种仪规文化。23岁还俗后，便先后参加了德格印经院藏文木刻版《大藏经·甘珠尔》的校勘工作，1995年为中国藏学研究中心出版的藏文《大藏经》绘制唐卡插图。

多吉顿珠从小师承的勉唐画派唐卡技艺成了他的童子功。而多吉顿珠从康定来到拉萨之后，又先后学习了嘎止派和青孜派画风。同时他还接受了西方素描技法的训练，并有机会接触当代中国各种流派的绘画艺术，使他拥有了广泛的美术功底，在藏汉、中西、古今、宗俗各方面，都掌握了融会贯通的路径。特别是他拥有的名望家族的血缘、丰富的藏地生活经历、深厚的宗教理论功底、藏族传统文化的素养，加上他天然的勇于创新、敢于吸收、勤于变革的宽容胸怀和宽阔视野。更重要的是他还拥有以噶玛嘎止唐卡画派第二十九代传人、西藏一级唐卡画师丁嘎等唐卡大师组成的有力团队，这一系列条件使他当然成为了创新唐卡的领袖人物。

多吉顿珠在其著作《西藏唐卡艺术的流派及画派风格特征》中介绍：西藏画坊在明清两代逐渐形成了勉唐、嘎止、青孜三大绘画流派，而勉唐、嘎止两派都有着汉地青绿山水画风的背景色调的特点。特别是噶玛嘎止画派就产于多吉顿珠和丁嘎的康区故乡，"噶玛"是"大宝法王"的名字，"嘎止"是"庆典仪式营帐"之意。该画派历来倡导推广风格多元、技法多元的画风。

多吉顿珠指出："噶玛嘎止画派在绘画技法上，有着汉地工笔人物画的迷人效果，三矾九染，淡雅文儒。色层薄而丰富，从石色到水色，从透明到重彩，半遮半透的表层下透着底层色，表层的透明渲染下又透着石色。线描所占的比重尤为突出，轻重粗细又转折顿挫，体现着画师对线条的理解程度及深厚的线描功力。嘎止派表现出的优美诗情和淡远意境，充分展示了汉藏美术文化交融的独特魅力。"而且噶玛嘎止画派自古勾线用铁线描，线条遒劲流畅，人物背景长于花草树木，设色淡雅，这些特色都在今日多派唐卡的画风中可以寻见其踪迹。

因为多派唐卡的产生不论从自身背景和艺术追求来看，都是多吉顿珠一种内在的自觉行为，是追求鲜明艺术个性的使命所驱动。他提升了唐卡的审美经验，激发了画师的创新动力，扩展了唐卡艺术在当代的发展空间。著名唐卡艺术研究学者和靖在其《西藏多派唐卡的产生及风格研究》一文中指出："自清末唐卡形成'标准样式'以后，在传统基础上变化，当代成就最高、面目最新、影响最大的当属多派唐卡，概括起来讲，多派唐卡在文化上包前孕后，在艺术上继往开来，在产业上志存高远。"

在系统研读多派唐卡的代表作品之后，我以为最具典型意义的当属《绿度母》系列作品。从图形到画风上，在审美取向、勾染技法、构图经营等方面，可以看出其师承噶玛嘎止画派的亲缘关系，借鉴当代中西艺术的探索精神。和历代绿度母唐卡比较，其演化的递进关系非常明显：形象越来越亲切单纯；线条越来越简洁；色彩越来越鲜丽；构图越来越主体突出。

多派唐卡画面中的绿度母，主体造型元素极为简约和突出，以往繁复的背景被中国山水画留白的审美趣味所置换；身体比例量度向现代审美眼光靠拢；线条、施色方面有着西方现代派绘画构成简洁的艺术特色；突出了绿度母的亲切美丽，将宗教性处理得隐晦和秘密。因此和靖指出："多派回避了纯宗教的图像寓意，保留了图像在民间信仰的象征意义，将宗教教义置换为视觉欢宴。这是当代物质世界的方便法门，用图像时代的 LOGO 传播藏密世界的甚深密法。"

在《绿度母》系列作品背景中，我们可以看出中国宋代青绿山水的渗透和对达·芬奇的《蒙娜丽莎》风景环境的层层透视的感知。在《绿度母》宗教与世俗结合上，可以看见西方古典画家波提切利《维纳斯诞生》中的人物站姿的身影；在人物线条勾勒中，同样可以看出中国汉地杨家埠木版年画的夸张；西方野兽派画家马蒂斯《舞蹈》的人物线条流畅的异曲同工之妙。

如果以上这些论证还有一些自作多情、偏于感性的话，那我在一本有关西藏古格壁画画册中发现在坛城殿南壁东侧众合地狱图中《供养天女》系列图案中，意外地发现了它与多派唐卡绿度母的视觉形象、艺术风格等方面有着惊人的、也是神性的暗合。

供养天女即是天界中专司对诸佛进行供养的天女。在古格坛城中供养天女分十六供养天女和八供养天女，有供花、供香、供水等。虽然她们在壁画中不占据突出地位，甚至只是主题神像的边缘装饰组画，但全裸四臂的供养天女，个个姿态妙曼，神情妩媚，色彩单纯浓烈，线条简练流畅，构图主体突出。这些和多派唐卡代表作《绿度母》十分地形神兼似。

其实在新近发现的阿里札送额钦石窟壁画中北墙壁画嘎止派上师传承的边沿部位的《白度母和妙音佛母》的画面之中，同样可以看见线条的流畅和色彩的单纯。同样在新发现的《唐纳寺版画》中，也可以看见仅是线描植物勾勒的线条和诗性的意境。正如噶玛嘎止画派开山理论大师米觉多吉指出："绘填风景方面，吸收明代工笔画中的宫殿、岩石、流水、树木、花卉等的表现手法及优点，而染色方面继续保持藏地传统方法。"所有这些看似巧合，画面构成上的清新淡雅、人物形象上的亲切自然，充分体现了现代内地人对唐卡的喜爱和认知的内在情缘。

在出世与入世之间　作为一种绘画境界的选择

刘毅是个佛教徒，他的藏名叫喜热布。

刘毅是个画家，一个与世无争而又关切现实的画家。

他前些年画了许多和藏传佛教相关的佛像绘画，在画面中的那些菩萨、金刚、观音莲花生等佛像完全是按佛像古法尺度画成的，简直就和唐卡一样。但佛像背景那大量细小而又有规律的符号构成，呈现密密麻麻、重重叠叠的视觉冲击，让人晕眩，而画中的佛像也呈现出似有似无、忽远忽近的动感。

似乎和宗教题材有关的绘画都是一种精细绘画，不论是西方文艺复兴的古典油画，还是中国佛教壁画、唐卡，还有伊朗、土耳其的伊斯兰风格的细密画。其实，精细就是一种功夫的表现。

功夫不仅是画技的炫耀，而且是这词本身的意义：花费大量的时间和体力。不这样，就不可体现出对神的全身心的恭敬和虔诚之态。

耐得寂寞与孤苦，日积月累，才有了修心修身的结果。因此，这正是这些没有急功近利的画作的价值珍贵所在，它们全是带有信息的画作，那一笔一画都流露着对佛体暗示的对接。

有时重复就是一种持续的功夫，就是一种大美。重复的意义就在于无意义。

刘毅今年又画了两幅和地震题材相关的新作《汶川》和《玉树》，巧的是这两次地震也都发生在藏区。这两幅主题非常鲜明的绘画，和刘毅佛像系列《止观》有很大不同。首先是意境不同，如果说《止观》是纯粹宗教的出世题材，那《地震》这组画是非常现实、非常当下世俗生活化的入世题材。

而且画法上也有不同，《止观》是延续古法甚至是标准化的绘画语言构成，而《地震》是现代表现主义的新型绘画语言;《止观》色彩强烈艳丽,而《地震》画面全为黑白两种颜色,十分肃穆。

刘毅身为佛教徒,如此亲近地关切现实,其实和他的信仰一样是对生命终极的关怀,对死亡的关切而已。

刘毅的《地震》组画,采用三联式的形式,画面更加有历史纵深和庄重的雕塑感,大量黑色轮廓线条的应用,具有强烈的版画效果。《汶川》表现的是死难学生及家长的哀怨和挣扎,《玉树》表现的是喇嘛和藏人在灾害现场施救及向神灵朝拜。画面中丑陋痛苦的面容和渴望求生的手让我想起了毕加索的《格尔尼卡》。

这种群像的三联画方式构成了沉重的大众戏剧舞台,想象力的传播找到了一条直达的出径。各组群像呈现走出意义的迷宫,异常痛苦的戏剧冲突,暗示着现实生活没有结局的错觉。

对于三联画的方式除了古典画家的宗教题材反复使用外,如鲁本斯文的《上十字架》,现代画家如德国的贝克曼的《盲人的欺骗》、《狂欢节》、《亚尔古英雄》,美国画家戴维·萨利的《有两个裸体和三只眼睛的风景》等都是三联画的代表作。

画家哀叹自己土地上的苦难,而不坐等苦难的终结,如同诗歌虽然不拥有解困去厄的力量,但这种困境本身就是一种力量。刘毅的这组画提供的不是和谐的传统,但这种分裂的恐怖正在他的那些纯佛像绘画中得到了平衡。

艺术可以在某种目标下而产生聚合,通过仪式、姿势构成了象征价值。许多世界性宗教仪式都含有丰富的色彩、设计和壮观的行列,而刘毅的宗教思想正是在这种强烈形式中或明或暗地展示出来。

刘毅曾说,我既热爱、迷恋另一个冰清玉洁的高伟世界,也怜悯、痛惜这一个卑俗受难的缺憾世界。当一方面回避神圣的崇高的地位,一方面又把玩现实生活的不完整性,构成了今日中国绘画的主流时,我们对那些绕不过去的突发事件的现实世界进行敏感的"放置在前"的历史性制作,应该给予其本身应有的、足够的重视。

只有怀旧和边缘的叙述成为
切入现实的唯一途径

贾樟柯

我是在长虹电影院观看的电影《二十四城记》，那场观众连我算上一共六个人，比当年看《三峡好人》时人数还少了三个。贾樟柯这部电影在国外传媒宣传和票房上远不及《三峡好人》，尽管《二十四城记》这部电影是贾樟柯首次动用了像陈冲、吕丽萍这样的大腕，但它早已收回成本的原因，我觉得是靠国外的发行和华润集团的广告植入。

这些并没有让我觉得惊奇，惊奇的是我身边的大多数搞文化的朋友提起这部电影时，纷纷发出了不屑一顾的样子。难到贾樟柯真的过时了？

没有过时的贾樟柯，只有过气的张艺谋、陈凯歌。我曾激动地对我的朋友说：就凭贾樟柯在电影中多次引用欧阳江河、叶芝、万夏等人的诗句这一点，我就对他十分敬佩，因为引用几句古诗或外国名人的诗句并不新鲜，但这几个现代派诗人对大多数人来说，还是十分陌生的。在一个诗歌早已过时的时代，却被贾樟柯固执地在电影中得以强化传承，当下，能有几个导演能做到? 当然,这部电影的剧本也出自当下一位重要的诗人翟永明之手,而且,贾樟柯在拍《站台》时,还请了著名诗人西川加盟,这或许和他早年也写过诗的经历有关。诗歌是反对这个利益世俗社会的最后一颗良心。

一

诗歌只是向后看的取景框,对向前看的电影只有冲突和矛盾。贾樟柯自找苦吃,深入到当下社会的夹缝中捡拾着一些切片,在电影中营造着他精细

《二十四城记》海报

的怀旧氛围,甚至到了恋物的程度。

影片中有一些对物件的特写定格镜头,让人感到唐突,但这种静止理性的客观写照,让人更加回味着它本身所承载的社会变迁的信息,个人生活的印迹,历史文化符号的秘密。让人一次又一次地拥有了身体触摸的欲望、情感碰撞的交流。

工作证、饭票、手电筒、大茶杯、奖状、手绢、日记本、邓丽君的翻录磁

《二十四城记》剧照

带、铁皮暖壶等老物件无不正而八经地向我们彰显着它们内在的魅力。电影理论家罗索拉托说："一个人回到自己的过去，也可以是一种愉悦。"就像电影中的那些闪回镜头的体验，也给人们的视觉带来快感。

电影中还有大量的旧时代重工业、机械加工业的劳动镜头，铸造、车、钳、焊的操作过程。生产机床、工具的陌生感，形成了手工劳动日子的沉重与辉煌的强烈对比。"工厂是一只眼睛，劳动是它最黑的部分。"

而影片中漆黑的礼堂、巨大空阔的车间、繁杂的厂区宿舍与高楼林立的都市、盛开着油菜花的农田、新型的白色小汽车，以及现代开放式的办公环境相互重叠，形成时光错位并置；而工厂拆迁工地与商品楼施工工地的似曾相识；讲述者的昔日四千工人从东北迁到成都三线建设的话语，与镜头中大批背着行李的农民工走过都市大街的夜幕画面形成视觉的呼应与听觉的反差，都是呈现了巨大实体空间与内心经历的快速更迭，集体记忆与个人生活相互尘封的时间冲撞，历史虚构与个人纪实的微妙交错。

贾樟柯从《小武》、《站台》、《任逍遥》的城市与乡村交界地区的乡镇结合地带景观视角，逐步进入到《世界》、《三峡好人》、《二十四城记》的工业化与城市化的过渡时期的宏大场面，就像《三峡好人》中库区拆迁与建设的锤声一样，《二十四城记》中的拆迁厂房的锤声也格外刺耳和冷酷。贾樟柯总是选择拆迁工地与建筑工地的画面镜头，这正是体现一种新与旧的历史变迁与行政改制的时代背景。

就在几天前,北京六部口的百年邮局因为长安街扩建也拆了,报纸上报道在场的邮局老员工流下了眼泪,这个已有105年历史的邮局就在一瞬间从地上消失了,必将也要从北京的地图上消失一样。我对这条新闻也很有感触,因为当年我在西交民巷上班,总会骑车经过那里,我的许多报刊信件包括稿费也是来自那里……有关系便成为了一种亲切的记忆。

一个丧失工厂的工人比一个丧失农田的农民可能更加可怜,因为没有工厂的工人就成为了真正的无产阶级,生存空间变得一无所有。而农民尽管没有田地可种,依然可以拥有对季节的记忆,对土地的感悟。正如万夏的诗句:"仅你消逝的一面,已经足以让我荣耀一生。"

贾樟柯对回忆记叙的另一个惯用手法就是歌曲的重现。在《站台》中几乎是一部流行歌曲的时代演变展映,而在《二十四城记》中,贾樟柯更加强化了自己的好恶,甚至有强行进入之嫌。昔日的歌曲不再是作为环境背景音乐的提示,而是正式的播映,因此片尾字幕中将片中的歌曲词曲作者及演唱者都一一列出了。由于歌曲与画面故事情节的背离,形成声音的荒诞与时空的尴尬。莱文森说:"叙事并非是仅仅借助视觉的手段构筑出来的。我的意思是说,音乐也是将叙事信息传送给观众的程序中的组成的部分。"

宋卫东手抱篮球在空旷的篮球场中,在倾听《血凝》的《我衷心地感谢你》,真真假假的小花一同经历《妹妹找哥泪花流》,而叶倩文的《今夜无眠》与齐秦的《外面的世界》相配的画面,是保安人员手执手电筒骑车夜查,与白天行走在空无一人的车间的镜头,一声打碎玻璃的声音,提醒着我们时光不再。正是这种让观众无法把握的某一具体的主旋律或主题背景音乐,它的直观性和略带侵略性的先入为主,让这些熟悉的歌曲抽离成一种莫名的愁绪,形成对某一场景的结构和表达的认同。

二

贾樟柯从《小山回家》起,似乎就没有离开过山西县城的背景,这次虽然从三峡库区到了大都市成都，但他也还是面对其背后的一座废弃的工厂。贾樟柯不仅一直拒绝着宏大的主题叙述，而且拒绝崇高的英雄形象，在他的电影中看不见人们习惯的广场视角和时代的主旋律与历史进程的大背景，它只是一个时期的切片观察与一件事情的点段式的记录。而电影中的人物既不是伟岸超群的英雄，也不是万人所指的坏蛋；既不是高高大大的改革先锋，也不是苦大仇深的底层农民或矿工，他们总是一些边缘的原生态的小人物，但你很难说他们不属于这个时代，他们身上的品质和故事无不带有时代的深刻特色和烙印。

《二十四城记》中出现的有名有姓的人物大大小小共有10位，他们是对工厂还有深厚情感的工人何锡昆及他昔日勤俭的师傅王芝仁；20世纪50年代内迁成都的工厂保卫科长关凤久；怀念母亲当年回家探亲，而自己又已下岗的侯丽君；1958年随工厂迁徙而在奉节丢失孩子的郝大丽；小时和社会上的人打架，有些自满与自负的宋卫东；上海航校毕业的厂花，外号"标准件"，但拒绝"报废件"的顾敏华；仇视重复劳动的电台主持人赵刚；在宿舍楼楼顶滑旱冰，并不关心工厂存在的小朋友杨梦月；与嘈杂街市相反差的时尚青年苏娜娜。

虽然他们的故事并不惨烈与奇巧，他们的语言表达也缺少深刻的内涵与严密的逻辑关系，朴素低调。但他们的命运无不与这座工厂有关，而这座工厂的命运正是与中国半个多世纪的进程相关。贾樟柯在影片中引用叶芝的诗句："在我青春说谎的日子里，我在阳光下招摇，现我已萎缩成真理。"

在影片中这些看似平常而又渺小的个体人物所传达出的痛苦情结是无序的，是在打开故事之后的深层的遗漏，那种焦虑也不是大声疾呼式的，那种感人的画面也不是典型聚焦式的。贾樟柯没有高姿态的导播，也没有急先锋的批判，他总是小心翼翼地试探着触碰那封尘已久的记忆与那一代人敏感的内心，他们似乎保持着一种对过去充满着敬意，而对今天又充满着理解的平常心态。

他们虽然没有对历史进程起着决定作用与深刻的影响，普普通通，没有大悲也没有大喜，正如侯丽君所说："有事做，人老得慢。"他们的故事无外乎找工作、找对象、生孩子、孝敬父母等生老病死一类。

给我留下最深刻印象的是影片开始时成群的工人身穿统一的工服，默默无闻而又有秩序且依次地拥挤行走在礼堂外的台阶上。什么叫老百姓，那场面就可以证明。因为你对着画面只会说：那些人就是老百姓，而不可能分别指出其中哪一位或另一位也就是他或你是老百姓。

影片中多次重复的一个镜头就是几乎充满整个银幕的工厂宿舍楼，那几乎每家都一样的窗户里又会有多少貌似一样的故事正在里面隐藏或化解呢。

三

《二十四城记》完全是采用了纪录片式的手法，而且通过采访问答的形式，把一座工厂变迁的故事讲述了出来。那种游离于影片的人物，被导演所左右的纪实与虚构的交叠，早已被观众所忽略，人们要追问的是这个"纪录片"是真实的吗？

在《二十四城记》中，不仅故事的叙述者是隐藏的，而且影片若有若无的采访者也是始终没有出镜，而且话也少得可怜，偶尔出现的声音也似乎只是提醒观众这是在采访。

不论从电影剧本创作来说，还是影片拍摄剪辑来说，这部电影呈现出来的更像是电影成品之前的资料片、素材片，属原生态的半成品。故事不是拍出来的，更多是讲出来的，故事的表现者既是故事的叙述者，也是话语的组成部分之一，而作者、创造者是隐含的。故事的空间完全被故事的话语所占用，故事的反复叙事，就是情节结构的强化过程。尼科尔曾坚持说："如果纪录片无法使人认识到客观内容，那么它们就与虚构电影共同分享着那些完全与严格的客观性相应的特征。这种不可能性，在更高标准化和强调新闻写作的客观性方面也是明显的。"

《二十四城记》中有对4名真实人物的采访，而与之对应的是由4个专业演员出演的4个貌似有名有姓的人物的讲述。这种真实与虚构、表演与纪实的矛盾中，产生了一种有趣的现象，那就是那4个真实的工人，肯定是从心里想要"演"好这部电影，他们面对摄影机时有一种对"真实"的恐慌，而那4位专业演员要做到如何不像在"演"电影，力争做到如实地接受采访那样，他们在面对摄影机时存在着一种对"表演"的恐惧。因此，专业演员他们不论如何从手势的僵硬或随意的样子以及在话语的重复或磕绊中想表达一种真实时，我们都会侧身去关照那4位非职业演员的一言一语的表达的对应，就在这种真实与表演、专业与非专业之间的纠缠中，让我们反复咀嚼电影中传达出的一丝一缕的合理性的信息。

而这部影片中还有一个鲜明的特点，就是人物的摄影定格与话语字幕的黑屏时常打破电影的流畅。这像假的一样的人为处理，强化了一种纪录的平面感与静止感，形成一种传统的时光停滞的感觉。这种把图像要素导入，并重新加以语境化的活动，是对电影本身的一种粗暴的植入。因为在传统的记忆中，照片被视为纯粹的相似或模仿的记录，是对电影的虚构性一种反叛与间离，它可以提供给我们可能在前面电影场面看到的相同的视觉信息，并使之得到强化。

如果说《二十四城记》是一部小众电影的话，那只说对了一半，它更是一部小人民群众的电影，尽管它两头都没讨好。在大电影泛滥的日子里，让电影更小一点何妨。

砚的文理

大凡古砚之书，所收图录皆为其树碑立传，让其英名得以复加。吴笠谷出了本《赝砚考》，将自古传承的名人名砚重又打磨一遍，将砚石上所刻历代铭文一一铲去，手法之狠，也如揭去一层薄纸一样，可见翻脸之容易，让人心惊肉跳。这可不是伤物，是要伤人的呀！

吴笠谷不是教导我们如何辨识赝品，而是真真确确地就事说事，就砚说砚，说的就是名人名砚。吴笠谷更没有讲故事、摆经验，他从收藏的"打眼"或"慧眼"说起，没有神乎（忽悠）又其神，只是论证其文理。因为他所批的名砚，即使伪砚，也是多年的古物了，因此那一套在这儿根本使不上。

因此，说吴笠谷独到，有胆量，那也没有什么意义，我要说的是他的学识和求真求细的动力，在当下的非凡，特别是他还年轻。尽管出版的书并不是精装，但我相信，此书必再版。

如果从收藏考古来探讨此书，那不是我的书评意义，我倒更感兴趣这本书文笔的妙处。

经常和吴笠谷喝大酒，并不见他满口古意，而此书他竟用文言体写成，且又达情达意，让我一惊。

正如他所言，"掀起赝品名砚之盖头兹事体大，难免有'抓破美人脸'般之煞风景"，但吴笠谷也有让人悦目的言语呈现。吴笠谷说，"名人砚贵在'履历'之无比显赫"；"名人砚贵在于铭文，伪品砚也在于铭文"。因此他大多从铭文下手，以理布道。他批评民国高公所藏苏东坡砚上的铭文："砚四则及背俱镶铭文，四体咸集，洋洋洒洒，仿佛砚中'碑林'"；"济济名流，几占去宋、元、明三代一流名家江山半壁"；"如此铭上加铭，叠床加屋之'巨

吴笠谷《赝砚考》

迹',其赝作手段不甚高明";"砚铭各家风格不明显,徒有字体之别,应出自一手";"似此砚扯上宋、元、明三代众多大家充作'虎皮'",可见语言之力度如刀刻一般。

还有许多有意思的语言,风格亮丽(力):"有意思者,牛僧孺亦好玩石。政见似冰火,于赏石之道,牛、李却为同志";"似此'质理紫润,绝类端石'之类石质为暖砚,其用恐成'石灰'了";"之所以馆匠诸人'顾左右而言他',对此伪品'选择性失明',原因无他,投弘历'迷古'之好罢了";"伪铭能用僻典,字又劣如斯,实难想象作为伪者乃何等样人";"民国时杭人高野侯虽以嗜梅名世,却也好罗致坡公遗物,亦一著名'苏迷'人物";"'嗜笋'一好,余自谓略得其中三昧,或者与坡各二公'争美'"。

因此这本讲究文理的古玩书,考的也是砚的文(纹)理。

说起赝砚,吴笠谷自己也有一著名"砚史"。几年前一夜晚,我与他一同去拜访一京城著名收藏家,他还任一收藏大学的校长,室内各种名贵古玩字画让我大开眼界。收藏家听说吴笠谷操持刻砚行当,便神秘地拿出一方石砚,说是刚刚用5万元淘得一方古砚,十分精美,为"邓石如小像砚"。吴笠谷一看此砚,说这是我新刻的砚呀,收藏家说不可能呀,吴笠谷问,你是不是从谁谁谁那买的?是啊!吴笠谷说:我上个月一万元卖给他的,这砚角的残迹是他新弄的。收藏家大为尴尬,我估计这是他此生最难过的时候,后来听说这方砚后来还是上了拍,并入了图录,消失在了茫茫人海中。

这就是现代版的赝砚了,吴笠谷向古人名砚叫板,如同和当时古人之间的纠缠,或如同此物在当下一样逼真,这种自信正是来源于他所手工制的砚已达到可以乱真的程度,能说他不得古人珍砚的真传吗?

照片是方的

在胶片照相机发明之前,人们说:神可以把万物尽收眼底;有了数码照相机后,特别是手机增添照相功能后,人们说:把万物尽收眼底,我能。

在如今人人都可以是艺术家,如同人人手里拿着一个可以照相的手机一样,身为歌手的成方圆此时正以前所未有的热情,投入于摄影艺术创作之中,是否会显得令人尴尬?摄影对于早已功成名就的她,还有必要这样认真吗?成方圆迷上摄影既不是明星大腕的附庸风雅,也不是淡出歌坛后开发的第二产业。

成方圆

做人低调的成方圆,尽管出镜的机会非常多,但她更倾心于镜头后面的位置。即便是作为摄影家,我们也很少看见她背着长枪短炮、频频曝光的场景,她一直是静悄悄地干着自己爱干的活计。而且与明星大腕近水楼台的她,从一开始就拒绝了可以吸引眼球的"圈子照片"。

其实早在1992年,成方圆由于西藏之行,开始迷上摄影,使她的摄影艺术出发点一开始便是高境界的拔地而起。当然,这和她从小就有着参观画展、影展的良好习惯有关。

从她早期的摄影作品可以看出成方圆对色彩、光影、构图等摄影要素的完美追求。尽管有时显得有些刻意，但也可以看出，她的摄影作品并没有专业人士所常有的那种技巧与目的性的过分表现，而是有较大的随意性和感性。

正如她自己所言，喜欢摄影，完全是凭感觉出发，只有首先让自己心里激动了，才会用手的激动去摁相机的快门。她有一幅拍摄于美国陶斯的照片，可谓是她早期的代表作。一截黑白相间的墙头，一侧墙顶置立一个阳光下的白色十字架，占画面一半的空间是湛蓝的天空。画面只有黑白蓝三色，凝练简洁，充满神圣的感染力，并富有音乐节奏，特别是那位于画面一侧的

成方圆在北极

十字架，呈现出引人注目的庄重感。

几年过去了，成方圆的摄影艺术水平也日见成长，前年还在山西平遥的摄影节上成功地举办了个展。

阅读成方圆近期的摄影作品，我感觉她一方面向摄影语言的更加简单和抽象发展，另一方面对人文的关怀更加强烈和自然。

例如她的《吴哥窟印象》、《奥地利花絮》两组照片，便是带有实验性的追求，对细节的关注，对光影形而上的扩张表现，让语言减少到原音的地步，给人强烈的视觉印象。这种非常角度的拓展，使摄影成为作品，使相机成为与众不同。

不管是在西藏、新疆，还是在异国他乡，成方圆始终保持着自己对他人

成方圆摄影作品

的敏感性。摄影的快速记录,是凝固她与别人擦肩而过的秘密,注释他人的另类生存,使自己的存在得以印证。

苏珊·桑塔格在《论摄影》中说:"透过摄影,这个世界变成了一连串互不相干、独立存在的分子,而历史,包括过去和现在,则变成一连串奇闻逸事和社会新闻。照相机分解了现实,使之成为可以掌握的、暧昧不确定的东西,它提出了一种否定内在关联性的、不连续的观点来看世界,但却赋予每一刻神秘的特质。"摄影和其他视觉影像不同之处在于,照片不是对主题的一种描写、模仿或诠释,而是它所留下的痕迹。油画不管它如何写实,也无法像照片一样属于它的主题,而电影不管多么生动,也不如摄影固定的记忆给人的奇妙之处。

成方圆最近有一组表现街头各色人种打手机电话的纪实摄影,这组照片

作者高星收藏的成方圆盒带海报

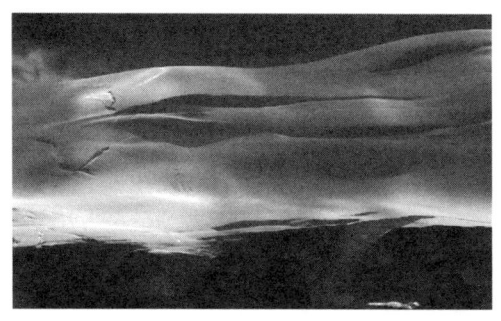

成方圆摄影作品

表现的不是什么趣闻和幽默，也不是简单的主题归纳。它记录的是一种貌似平常的存在。手机这种科技革命与现代生活便捷的产物，给人和社会带来的影响是那组照片背后给我们无法想象的冲击。或许因为手机太普及了，也太普通了，才没有让我们感到拒绝的恐慌。

如果还有手机本身无法拍出的摄影画面，那么成方圆这组照片就是一个典型的范例，让我们更加敬重那传统的笨重的相机吧。歌声圆润、照片方正，或许是成方圆追求个性存在的同一表现。

暗箱操作的不确定

"王瑶京剧摄影作品展"

我家就在官园桥东边梅兰芳大剧院的附近,但我一次也没有进去过。每次从剧院旁经过时,我总感觉它更像是一座工艺品商店。

前年听说王瑶在拍京剧,我有点不解,更不以为然。但当我拿到这本《看不见的京剧》摄影画册时,我还是被惊了一下,就像一贯地对她另眼相看。

王瑶是摄影界有名的美女,年轻轻地就当上了摄影家协会副主席,但她可不是玩"宠"的,就像她的作品一直都是拒绝唯美的东西一样。

几年前,我们一行几个人上香格里拉拍照,面对雪山、河谷、麦田的美景,一些著名的风光摄影大师架着大炮,调焦取景,费劲费时地忙个不停。可王瑶却在一旁无动于衷、无所事事,她装作一脸天真的样子问那些大师:

"我怎么就看不出这有什么可拍的呢？这儿真的很美吗？"

那次旅行，她匆匆忙忙只和我们同行了一天半，便回京了。但后来我们一起交流片子时，大家还是被她仅有的那么几张人文纪实风格的照片所折服。那些似乎并不精美的照片留给我们的不是视觉的愉悦，而是深层的思考。原来她不是用长时间的操作获取一两幅精美的作品，而是用拍照的瞬间，留下永恒的冲击印记。

王瑶《看不见的京剧》

回过头来说眼前这本画册，我的感触同样如此。拍摄京剧的照片很多，也都很美，似乎这样，才可以吸引住观众、留住观众，起到弘扬京剧的效果。但其实不然，我至少没有被那些作品所打动，留给我的印象无外乎就像旅游景点出售的明信片。

《看不见的京剧》装潢精美，印有许多外文，书中还有些介绍有关京剧的常识。看得出来，策划出版的人也是考虑了画册的市场，要把这本画册当成

"经典",就像京剧要成为"国粹"。

但王瑶似乎并没有附和这些外在的因素,而是依然故我地坚守独立的艺术风格和价值取向,拍出了"看不见的京剧"。看似不一样的京剧,可能正因为如此,这本有关京剧的画册倒是从众多的同类画册中脱"影"而出,成为真正可以传世的东西。

这本画册不是唯美的。王瑶没有从画面上去追求纯粹的色彩、用光和构图,更没有刻意地去彰显京剧演员本身的面容、身段、绝技及服饰,她给人一种看似是在不经意之间的记录,大多是舞台背后的东西,也就缺少了"表演性",还原了生活化的本质,再现了原生态的现实感与现场感。

这本画册中的许多照片,更多的是表现了京剧演员的辛劳、孤独、尴尬。例如有一张照片,画面中一个正在化妆的丑角通过化妆台上的镜子传达出一脸不知所措,而他背后一围群众的人影,通过小镜子背后的大镜面折射出来。他显然已不仅仅是一个戏剧中的丑角了,似乎更是一个生活中的"丑角"了。

王瑶非常注重细节的对比表现,比如排练中的演员与老师两只脚的对峙,一只穿着艳丽的戏靴与一只穿着灰黑色生活化的脏皮鞋;一位身着夸张演出服的演员与门外贴着的现代加菲猫的广告画;一位正在舞动的演员正在抓紧时间接听手机;一张涂抹浓艳的妆饰的脸庞与没有涂抹油彩处的本真粗糙的皮肤……

这本画册不是所谓经典的。一般推销京剧的摄影画册一定会想到那些名角大师乃至名师高徒,画面也是呈现的名戏名段。但这本画册表现的完全是普普通通的演员、平平淡淡的场景,更多的是舞台的后面,甚至是随处可见的生活状态,不是聚光灯下的完美与精致。

演员的表情也大多呈现着一种游离的目光,若有所思的表情,并不是那种标准的唱念做打,不是正襟危坐的姿势。其中在一展开页的画面中:一位化好妆的小生坐在后台休息,两侧是来回走动的人,一边是穿好戏装的武生,一边是穿着平常衣服的场区工作人员,当我们发现画面聚焦的中心只是那格外的粉色衣饰时,就像在日常生活中所经过的随随便便的背景所凸显的一幕，但视觉的冲击正是来自于此。

这本画册不是亮丽的。王瑶的摄影作品一直追求生活本真的状态，并不是为了强化主题而采用先进的摄影技术去附助和强化，因此总给人一种简陋和非专业的味道，但片子中的信息却是鲜明和丰富的，这或许是最专业的。

因为舞台的背后大多灯火昏暗，王瑶并不在意这些背景，她似乎游刃有余地穿行在昏暗之中，用自己独特的目光照亮了某一区域，引导我们发现和品味，如暗箱操作一样，照亮一片一片认知的秘密通道。

这种区域的曝光，让大面积的黑传达出京剧特有的简洁和所暗含的想象空间，也对比出京剧那鲜明夸张的颜色。至纯的颜色完全变成了跳跃的火苗和飞鸟的翅膀，像唱戏的锣鼓，分离出那高高重重的音响。

画册中有的画面只是逆光剪影，有的只是衣袖的一角，有的演员只是大幕下的一个身影，有的是被一束光照亮的红色胡须，有的是练功房窗影下一个弱小的身段。

这本画册不是清晰的。王瑶告诉我们的思想是直观清楚的，但对聚焦并不讲究刻意的清晰，因此，她总是在行进中、晃动中、震颤下，达到感人的画面，在我们眩晕的视觉中，强化着一种明确的主题。

王瑶不是不讲究，这种风格正是她对艺术效果、语言的极致追求，对真实的复制境界所在。

有的画面动感的强化已形成了简洁流动的色彩，特别是有一幅画面中心是一张红色桌子的道具，一个穿白衣的少年正在跳跃而过，那一切都在晃动中的感觉，让我们感到少年的一跃就在眼前，苦练十几年的漫漫时光永远停留在了这轻轻的一跃瞬间，无法把握的瞬间就是无法聚焦的那一刻，模糊的是我们的视觉而不是我们的思想和人生本质。

王瑶的这些有关京剧的摄影，绝对不是停留在服务于一种表面化的主题上，像化了妆的表面的那层油彩，她是一种从自然状态出发，为我们敞开了一个世界的无限性，她要证明的是京剧在当代中国现实中的第二种存在性及本质的非物性。尽管呈现的画面是昏暗且不确定的，但她清楚地告诉了我们，什么是作为一个艺术家的职责。

给脸不要脸

徐勇《这张脸》

我拿着徐勇的摄影画册《这张脸》给朋友看，指着封面的头像，煞有介事地问他："你见过这张脸吗？"他迟疑地说："好像见过。"我随即发出了狂浪的笑声。因为徐勇这本五百多页的新画册，全部是对一位叫紫U的性工作者一天中的脸部记录。

为什么一张普通且陌生的脸，在我有意的追问下，朋友却做出了似曾相识的判断，入了我调戏的圈套呢？这就说明：每一张脸都是一种认知的符号，由于心理出发点的不同，便导致了对脸概念性的解读，妓女的脸也是脸。

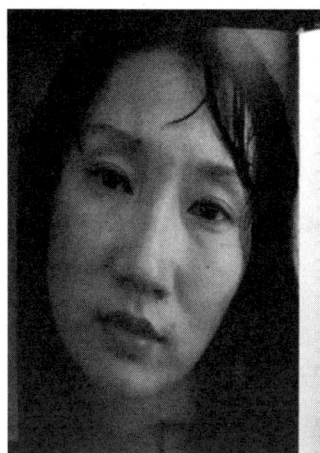

《脸》作品

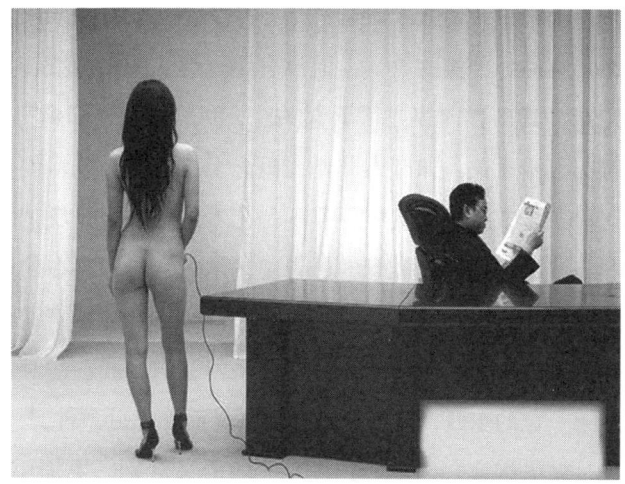

徐勇摄影作品

徐勇拍摄于2011年1月19日一天之中（或许也就不到十个小时）的五百多张脸部特写，且在不能耽误她的工作前提下完成，实在不容易。翻看着那些似乎一样的照片，有人说肯定有重复的，我说：绝对不可能。因为那样，不仅是我们受到了糊弄，徐勇自己干这事也会不好玩了。

那徐勇究竟要传达一种什么样的信息？这个近乎于行为艺术的意义就是在貌似重复的视觉忍耐下，再次夸张地强调脸，让我们对它所有表面化的解读失去意义。

这是一张特殊身份的脸，肯定会引起我们兴奋的围观，甚至是自觉地进入窥视的姿态，期待得出种种庸俗化的见证与反省，就像在街上捡拾到的宣传传单。

历史进程的画面总是在悄然而止时的停顿，构成真实信息的影像。那些粉墨登场的表演，总是经不起时间的剥削，貌似真诚的经验，最终变得可有可无，有气无力，成为真正的"变相"。有时所谓的真实感人，也是一种脸谱或面具。

徐勇多年来一直本着严谨的作风、严肃的态度、严格的界定，执行自己的拍摄行为。他觉得艺术到位的作品才是最真实的记录，近年来的《小方家胡同》《布景与布景》《解决方案》等作品皆是如此出发点。

徐勇在谈到近来时髦的"纪实摄影"概念时指出："不能否认，记录是摄影最本质、朴实的语言。但没有经过形式的强调或转换、直按快门式的摄影记录，其摄影内容或可引起关注，可以成为'军刺'，成为'热枪'，但一般都与艺术无关。如有人非要在概念上把它作为艺术创作方式主张或强调，那这种主张或强调的实质不但不是艺术的，甚至是反艺术的，是对事物本质解释方法和艺术创作概念的愚弄。艺术的意义和存在的理由是以个人化语言方式，去解析事物的N多可能性，破除人的经验或意识限制追求精神自由最大化。因此对艺术价值的充分必要条件，内容或创作对象从来不是艺术价值构成第一位的东西，它们只是必要条件而非充分条件。"

徐勇讲究"记录"与"纪实"的语义区别，更加小心地处理"客观"的立场。因为太多的纪实摄影，其实是"公共的眼睛"与"宏大的叙述"，是道德正义的假象，是制造神话的主观意识的选择结果。这本画册更像一个人类学家的田野调查文献档案记录，也像美术学校学生的集体头像素描作业，但它确实是一本自觉的艺术创作的产品。

当然，在这本画册中，这是一张无法甄别、无法持续关注，甚至是令人生厌的脸，我们不可能保持一种递进的审美，甚至会拒绝这种看似重复的阅读。"从头到尾，不就是一张脸吗？"或者"这张脸背后，到底有什么不可告人的秘密？"对于这两种追问，都是我们事先预设的阅读习惯。

就在我从798购得这本画册，回到宾馆迫不及待地阅读时，身边的两个朋友发出如饥似渴的目光，也正在一旁期待阅读。我开玩笑地说："如此这样，您二位是否在门外排队去呀？"

正如我们对一张脸失去了兴趣时，我们更大的欲求是阅读这本画册后附加的文字，主人公紫U小姐这天接客的日记。

我们阅读这一张张脸时，目光游离的是脸背后的房间、床，还有脸下部的肢体，甚至是脸对面的那张男人的脸。我们全变小了，变成了一面镜子，一颗镶嵌在紫U眼里的瞳孔。不管历史怎么进化，也阻挡不了这种穿透人性的诉求。

美国摄影家黛安·阿勃丝说："照片是关于秘密的秘密。"就像真实离不开荒谬一样，好看的花总像假的。看照片不是为了观看现实事物本身，在现代传播媒介极大丰富的今天，目光的实用功能也正在削减，如何做到事物的原形态记录，才是摄影家的努力方向。

美传记作家博斯沃思在其《黛安·阿勃丝传》中指出："每个摄影师面对他的拍摄对象所表现出的明确的个人感受，才是风格的真正意义所在。虽然黛安依然像肖像画家那样，让被摄者摆好姿势，然后用抓拍的方法将他们记录下来，但不可否认的是，她的美学观点却是最激进的。她的摄像中所蕴涵的那种强烈对立的品质有令人吃惊的效果。"

对一个时代或一个社会的惊恐和黑暗的认知，不是你所告诉我的，一定是我切身感到的，徐勇和阿勃丝一样，存在于作品中所共同的特质是：冷漠。

面对这张脸，无动于衷的我们不可能真正地对它拒绝，因为这张脸的面相早已在内心深处降临曝光，表露无遗，只是被巨大的黑暗所笼罩，没有寓意，只有冷酷无情。脸在消失，内心的虚无和无奈在肆意蔓延。

野长城的味道

李少白

人们都说搞摄影的人"带相",其实也不尽然。第一次见李少白,正赶上他到别人家拍家居,只见他拎着一个简单的黑色帆布包就来了,全然不像别人大箱子、小箱子,又是灯又是架子的样子。第二次见他,是在云南的香格里拉,这次相机和架子他带得倒是不少,但见他用一个胶布缠着一个塑料盒盖当相机的镜头盖,总是让我感到几分诧异。

其实作为一个摄影家不应只是自身外表"带相",而是要看他出来的片子是否"带相",才能称为"相片"。李少白是拍摄故宫、长城的专家。故宫、长城是两个最典型的中国文化代表,题材没有比这更大的了,何况拍的人太多了。但李少白自有他独到的角度,他拍故宫是"看不见的故宫",从局部介入,挖掘故宫内在的情调影像,他拍长城是"野味的长城",让长城回归于平凡和原生状态。

拍野长城,但片子并不是粗野的,同样是唯美精细的,就像是粗粮野菜,也可以做成大餐的味道。李少白拍的野长城不是考古学者的平面档案,也不是探险家的征服记录。作为摄影家的李少白拍野长城,是要把别人不能轻易来到的地方,更不能轻易出好片子的地方拍到位、拍到家,成为我们一般人所景仰的好片子,以解我们的渴望之愿。当然他更是要拍出经得起历史考验的片子,传达出更完美的历史信息,将来野长城越来越少的时候,或许李少白拍的片子还能筑起一道逼真的长城来。

我惊叹于李少白的片子之精细,甚至可以让长城上每一块砖、每一块石头都在

李少白的"野味长城"摄影作品

照片里凸显出来似的,让我们产生触摸的欲望,下意识地抬手拂去上面的沙尘,而整部画册构成了凝聚的史诗色彩。

他拍的河北迁安县徐流口段长城,画面中有一片秋后的玉米地,倒伏的黄色的叶子上泛着蓝色的天光,如冰霜一样,和远处的长城相映成安静冷峻的表情。我曾开玩笑地问他,是不是对每一片叶子都进行了测光?同样李少白的长城片子中还有陕西的窑洞、夜行的卡车,还有大量的玉米、麦子、荞麦、油菜花等农作物植被,都同样给人一种亲切自然的感觉。长城不再是往日政治符号的象征,而是融于历史进程、融于自然环境、融于人们生活之中的真实写照,朴实无华,真真切切。

李少白长城片子不仅提供美的享受、历史的印证,还有地理信息的外露,特别是一些意想不到的发现。如,云冈石窟我曾去了两次,都没有发现

李少白的"野味长城"摄影作品

在巨佛雕塑的石窟顶上，就存有一座长城烽火台。两个伟大古迹上下相映，很有意思，想不到这个镜头被李少白"发现"了。还有潘家口水库由于枯水季节，淹没于水库之中的部分长城浮出水面；河北万全县早于明代的锥形土墩；甘肃安西县六工古城墙上的成排孔洞等等。

作为一个摄影家，不光是为我们提供一种曝光准确、构图完美、景致漂亮的风光片，还要为我们提供认识历史、认识自然，包括认识人生的入孔和显微途径。

长城不仅对中国来说是具有强大的和固有的历史文化符号和象征，也是一道具体的普通的中国院墙，它不仅长，而且所占地也大，但它也是一座残败的古建筑，早已融入不同地域的自然环境之中，有一些东西是我们肉眼所不能看见的。我以为李少白的野长城摄影能够存世的理由，正是因为他让我们看见了一些不易看见的长城。

散啤浸泡过的散淡的影像

当我看见王音把一些啤酒屋的老板请到了自己专题摄影展"啤酒屋里的青岛"的开幕仪式上来的时候，我便明白了这不是王音的别开生面、别出心裁，而是王音摄影作品本身强烈传达出表达诉求的自然征兆，甚至是一种近乎暴力与霸道的影像话语权力意志最好的验证和表现。

啤酒屋可以说是青岛的一个符号，但腌臢小馆和坐在那里的人可以说在各个城市的角落里普遍存在。在青岛，啤酒屋既是一种顺应地域的产物，又是一种被放大的与海滨城市反差的景象。

王 音

有人说，只有和喜爱的人才能在腌臢小馆里坐定。崔健唱道："你让我和他们一样"，"他们"，代表的肯定是大多数，是普通民众。但啤酒屋被高楼的阴影遮掩后，就像在白日照耀的街头你根本无法发现它的存在一样，它越来越退后，越来越隐蔽，越来越回归它初始的本质，而那么多引以为生的普通民众越来越靠前，越来越向往光明，越来越距离它遥远。留在啤酒屋里的

王音《啤酒屋里的青岛》

人最终成为了少数，甚至成为了另类。但他们在这里，不是为了落寞，不是为了无聊才来到这里，他们只是为了喝一口本来属于自己阶层的啤酒，他们没有"啤酒主义"。

王音当然是啤酒屋的常客，就像他影像中的狗子、阿坚、万晓利、马条一样，与那些落魄的百姓在这里找到了一致的归途，同流合污。为什么颓废的文化人、艺术家总是喜爱和最底层的平民结成联盟，形成共通的影像？这种普遍存在的似乎有趣的现象，其实充斥着一个宏大的叙述，那就是精神和物质的反反复复的冲撞和逆反的方向，如永恒一般的主题思想无处不在。

生疏和边缘是影像大声说话的出口。王音的这些图片阴暗、散乱、模糊，甚至让人感到他的犹豫不决，及永远不能进入的尴尬。当然，大多数片子是他喝高了以后拍的，甚至我怀疑这些图片是用散啤冲洗出来的，散发着啤酒花的味道，偶尔也有厕所下水道的味道，他到底要呈现的是什么呢？

就像物质生活永远是糟糕的也是荒唐的一样，散啤的感觉也是直接的、触觉的，就像面对冰冷沉重的散啤铝桶一样，在轻与沉之间游离和验证。王音告诉我，散啤也可以叫鲜啤或生啤，总之，它不是标准化的成品。

当所有人抱着旁观者的角度，"欣赏"着王音的啤酒屋作品时，也如王音的啤酒屋正形成一种所谓的文化时，王音的身体力行与拍摄经历就变得更像是一种孤独的"表演"了。

我曾在王音的带领下，在一个初冬的深夜，驾车驶上青岛破楼区的小道上，钻进一个又一个陈设极简陋、酒馆非酒馆似的啤酒屋喝散啤酒，看着他在这里轻车熟路充满黑话一般接头的架势，我越发地犹如进入一个像黑夜一样未知的黑社会一样，充满懵懂，还没喝呢，时空已经抽离。那次夜行最后由于撞坏了一家商铺门前的栏杆，遭到一群人围追，我坐在仓皇飞跑的车里，无法相信这是真实。太惊心动魄了，便有了戏剧的感觉，而且和我日常生活经验偏差太远。

王音在其影像中似乎努力提供更多的视觉经验的信息，表达一种无奈的关怀，对逝去的和被遮掩的生活影像和人物进行重新组织，作用于他所逃避和对抗的这个当下的社会。但在强大的主流社会和其必然快速发达的物质生活进程中，王音的影像作用令人怀疑，那种真实越发地成为一种抽象了。

其实，在每一个解读摄影作品的人面前，如果你确信和王音达成了某种"共识"的话，那就相当于你听了王音酒后的胡言乱语、醉话的真实。现实生活的想象和王音的影像一样散淡生疏，比散啤还散，比生啤还生。

在这点上，狗子就表现出了他的一贯狡猾，在他写王音的影评中只写到了他与王音喝酒的种种经历，王音的摄影作品内涵只字未提，绕开去了。

当影像成为一种进行时的行为

黑 明

前几天,我到某单位参加职工摄影比赛评选,感到凡是一些出众的作品无怪乎是:有虚实变化的花卉;难得一见的飞鸟啄食;更多的题材是西藏的雪山、云南的梯田、城市的夜景、节日的礼花、儿童的笑脸、青春的少女等,绝少有对普通人,特别是边缘人的纪实性记录,表达出那种朴素的关怀。

这些作者们还是遵从一种标准化的美学角度,附庸于技术的领先境地,因为他们认为这才是"参赛作品"。其实,现在摄影的权威性早已打破,数码相机、手机等的普及,人人都可以随意拍照,似乎是在大众的娱乐化中,否定着自己的"专业性"。

正如苏珊·桑塔格《论摄影》中指出:"如今摄影几乎已经像性和跳舞一样被视作一种娱乐。这意味着,和其他群众性艺术形式一样,摄影并未被大多数人看作一种艺术。它主要是一种社会礼仪,一种抗拒焦虑的屏障和一种力量的工具。"

旅游、聚会、饭桌,成为手机摄影的广泛内容,加上微博微信的捆绑,随意、即时的发布,最大范围内呈现它的存在意义,只是呈现那个瞬间,而无须冲洗、成像,更无须成为作品。

最为职业的摄影家黑明,也不愿把自己看成一个纯粹的摄影家,他觉得纯粹的摄影家只是小圈子的事,而他是在通过摄影的手法在表现人生状态和整个社会的变迁,给更多的人传达他对事物的理解和感受,而那种纯粹的摄影家不能完全表达他的思想。

正因为如此,在摄影圈里才有了"黑明的成功,是题材的成功而非摄影的成功"之说,但我要说,黑明的成功是文化的成功,因为黑明早已超越了摄影艺术本身的界定。

黑明是一种空缺的现在,但黑明不在乎自己的定位,没有表达高扬的创作姿态,一直身体力行地进行着他独到的,也是创新的艺术实践活动。他从1995年起,便一改自己十年的摄影方式,开始拍摄100个知青、100个右派、100个北大清华的学生、100个和尚、100个藏民、100个农民、100个边民、300个在天安门广场照过相的人,现在又开始拍摄国民党抗日老兵。

他关注的是被遮蔽和遗忘的某一群体的影像,但他本身也被遮蔽了、被忽略了,成功成为了他表面的现象,就像他的摄影画册是卖得最好的一样。其实另类的黑明是一种不在场的,他早已超越了观念摄影和行为艺术本身的界定。

黑明的大部分专题创作,不仅作品呈现了一种时间的跨度,而且他的创作过程本身也是一个长时间的完成过程,这本身就是一种行为,也是一种观念。

如他对知青、右派、老兵、老窑子村民的现状记录,本身就是一种类似

黑明摄影作品

黑明出版的摄影作品

田野文化的调查，人类学的记述。

而他对天安门广场照过相的人进行同等比例、同样角度的再次复制，这个拍摄过程及形式本身就有着行为的意义，而且更是对历史纪录的再现和时空跨越的重返与重建。

黑明的自信，让摄影成为一种极其自由的媒介，追求摄像价值标准的多元化，而不是技术的专一化，所有的作品传递的信息，都不可能是单一的，而是重叠和开放的。

毫无疑问，中国已进入一个消费社会，城乡环境变化巨大，传播媒介迅速扩张，特别是广告图像与摄像在城市生活中的强势推进，改变了人们对图像认识的视觉习惯。敏锐的艺术家可以直觉地认识到构成现实环境的影像压迫力量，无形中催生一种以自己独特的影像表现与之对话或对抗的表现冲动，单纯、夸张、重复变成了使用的手段。

黑明作为摄影行为艺术的最早实践者，也不为跨界争取所谓的声明，他一贯反对摄影的技巧，重归摄影的最原始、最初始的状态。他大多数作品所呈现的形式，似乎只是家庭标准纪念照构图，纯粹纪念照的摆拍，这都是反艺术的。特别是天安门系列，黑明重复的不仅是对每一张老照片的复制，而且是这

黑明摄影作品"天安门系列"之一"高星与母亲"

一系列作品的严重重复的拍摄，这种风险被两张新旧照片之间的时空间隔所弱化和安全转移。黑明首先要放弃自我的意识和表现欲，在严格遵从历史客观中，最大限度呈现先后对比的反差，社会与生命、集体与个体的鲜明对比，完全被影像和符号所覆盖。重建的力量远远大于记忆的流传，大于口述的表达。而且黑明十分乐于这种复制，甚至在角度、服饰、站姿、季节、天气，甚至天上的一朵云都要严格保持与旧照片的一致，这种行为在进行中的魅力只有黑明一人才能体验。

桑塔格说："即使摄影师们最为关心的是镜子般地反映现实，他们还是会被趣味及道德的无言规范所驱遣。"黑明用极简的方式构图，呈现更加强势的语言表达。"照片不可能创造道德立场，但它们可以强化某种立场，一并可以催生某种观点。"流动的时间跨度，构成了黑明摄影的历史经验，所有的解释和叙述，都沉浸在时间之中。

黑明照片后面大量的文字，体现的是一种社会学的人文意义，成为一种存在，自然而然地存在那里，甚至有它的独立性。而黑明的一个又一个系列作品，像他不间断的创造力一样，让人羡慕。

故乡的态度能够走多远

Kim Roseberry

美国年轻的女摄影家 Kim Roseberry 几乎游历了缅甸、印度、尼泊尔、中国等地所有的藏区，但她更多的时间是住在云南，最近她出版了一本图文书《我的香格里拉》。

Kim 是以什么角度进入这个相对于西方社会依然陌生神秘的地方呢？在书的开篇我读到了这样的文字：在1988年的缅因州，Kim 想在父亲的奶牛场里骑马远行，父亲对她说，你想去找香格里拉吗？从那时起，香格里拉便成了她心中的一个秘密。一个寻找故乡深处的秘密。

因此，Kim 在美国的故乡有她的香格里拉，在中国的云南，同样有着她的香格里拉，她的相机不是掠奇与占领的工具，而是她说话的语言。

Kim 说："对我来说，拍摄一张照片决不能说就抓获了这个地方。一个

Kim Roseberry《我的香格里拉》

地方总是运动着,频繁地变化着,有着鲜活的生命。每当我进入一片动人的风景时,我和它就会有一种互动关系。我站着和它交流,被它所环绕。对我来说,体验一个地方不仅仅是到实地去看,还要感受吹在脸上的风,聆听湍急的流水,呼吸清新的空气。一张照片不仅仅抓获了这种经验某一个方面的有限视野。即便是对同一个地方,不同的人也会有不同的经验和感受。"

我曾和 Kim 同行,去过一次香格里拉。在那次旅行中,我发现我们这些来自国内的摄影家还不如来自美国的 Kim 冷静客观,我们基本上就是停车、拍照、上车走人的程序,非常盲目,只想如何更多更快地拍下这些美景带走。但 Kim 经常独自一人背对我们,坐在路边,思考着什么。原来她是让心中的香格里拉与现实中的香格里拉有更多的时间进行交流。

Kim 不仅保持着西方年轻人少有的淳朴和善良,而且还相当传统。她的照片大多为黑白胶片的,她追崇的是客观冷静的美国女摄影家黛安·阿勃丝的风格,在真实中追求细节的构成组合。画面一点不另类,似乎是让照片中的人自己去感染观者的内心。

Kim Roseberry 在联合国驻泰国办事处　　　　Kim Roseberry 在香格里拉与藏族老人在一起

有一次，Kim 深入香格里拉，参加一家藏民的婚礼，但将数码照片存入移动硬盘之中时，全给丢掉了。她告诉我那是她有生以来拍得最好的照片，我说，越是看不见的东西越是美好的。照片不再回来，就像深山里的婚礼不可能重现一样。

Kim Roseberry 的英文名字有玫瑰、草莓之意，而她的中文名字叫"梅"，我告诉她，也可以叫"美"，美国的美；美丽的美；美眉的美；美妹的美。

景深的距离与时光的阻隔

不管是蹒跚的老人、蹦跳的儿童，还是流浪的小狗，甚至是路旁的石阶、石块上细小的沟壑、井盖上深深的纹路，在逆光中都是呈现出一道道深深的投影，有一种被笼罩的雾气在此中升腾，时光在这里全部阻隔成昔日的朦胧，这便是王泽杰的摄影作品《收藏青岛》留给我最明显的印象。

王泽杰不仅是对一种时光的留恋，甚至是对一些物体的物恋，那些细小的事物真正成了"饰物"，成为经典的符号。在他营造的气场中，成为了情绪化的东西。

王泽杰

王泽杰是拒绝青岛的"新"的人，这样一个人在当下的青岛生活，必然变得敏感、脆弱，甚至有些神经质。

在他的照片中，人物几乎是逆光中的背影，而且只是老人或是儿童。购物而归的老人迈着悠闲的步履，儿童在胡同中轻快而忘我地游戏，自行车、信箱、邮递员、井盖、残雪、黄昏中晾晒的衣服……所有的一切都呈现出一种时光的阻隔距离，都暗示出一种逝去的停滞。

克里斯蒂良·麦茨在《摄影与物恋》一文中指出："照片的拍摄是当下和

确定的，就像死亡和在无意识中物恋的构成一样，是对孩童时光匆匆的一瞥的固定，此后将不再改变且永远生动。摄影是在指涉物内部的一次切割，它从中切割下一个部分、一个片断，而且在漫长的静止旅行中不再反复。对于每一幅照片，那微小的时间片断会残酷地和永远地逃避它一般的命运，由此来抵御缺失。"物恋也意味着抵御缺失，而王泽杰把身边的"现在"拍摄成强烈的"过去"，说明他的超前时空概念，已构成了对未来的一种恐惧。

王泽杰《收藏青岛》

王泽杰心里的青岛地图是德占时期的青岛地图。在那张地图中，在当时来说，遍布的欧式建筑与贫瘠的胶东背景形成了近乎于荒诞的反差。对于现在来说，那些老城区与现在新兴的香港中路玻璃大厦的林立又形成了不可理解的对比。

我们的改革开放就是要西化、欧化，包括德化，那怎么一下子这些德式建筑也成老古董了呢？由于有了互联网、一体化、普世价值的急剧降临，中国一下子被动地不得已地迈进了后现代进程之中，使我们的失落也呈现了一种时光的错位危机。还有什么能让我们感到当下的存在？

如果说电影更多地作用于恋物癖，而摄影更多的是让自身变成物恋的对象。王泽杰就是通过视觉形象的刻印，把一种情绪化的东西呈现在纸面上，并在每一个人的内心深处曝光形象。

王泽杰对那些井盖、石块、纹路的由衷表现，似乎他要把那些时光印痕拓印在照片上，形成立体的肌理效果，刻在人们的身上，感到一个触动的疼痛烙印。

摄影和其他视觉影像不同之处在于，照片不是对主题的一种描写、模仿

王泽杰《收藏青岛》中的摄影作品

或诠释,而是它所留下的痕迹。任何一种油画或素描,不管它如何地写实,都无法像照片那样属于它的主题。

苏珊·桑塔格也说:"一张照片不仅是一种影像,还是对真实生活的一种注释。它同时也是一种痕迹,就像将现实影像型版印刷出来,像脚印或是人死后所翻制的面型。"

所有被遗忘的事物都已被我们抛弃,时代成为一种虚无,记忆中的价值判断只有一点点那时光的刻痕,王泽杰的照片呈现的黑白影像可能就是一种细微的刻痕吧。

图书在版编目（CIP）数据

夸夸其谈 ——我与那些人、那些书 / 高星著
—北京：文化艺术出版社，2014.6
ISBN 978-7-5039-5779-6

Ⅰ.①夸…　Ⅱ.①高…　Ⅲ.①杂文集—中国—当代
Ⅳ.①I267.1

中国版本图书馆CIP数据核字（2014）第102280号

夸夸其谈
——我与那些人、那些书

著　　者	高　星
责任编辑	帅　克
封面设计	李　鹏
出版发行	文化藝術出版社
地　　址	北京市东城区东四八条52号（100700）
网　　址	www.whyscbs.com
电子邮箱	whysbooks@263.net
电　　话	（010）84057666（总编室）　84057667（办公室） 　　　　84057691—84057699（发行部）
传　　真	（010）84057660（总编室）　84057670（办公室） 　　　　84057690（发行部）
经　　销	新华书店
印　　刷	国英印务有限公司
版　　次	2014年6月第1版
印　　次	2014年6月第1次印刷
开　　本	700毫米×1000毫米　1/16
印　　张	18.75
字　　数	180千字
书　　号	ISBN 978-7-5039-5779-6
定　　价	36.00 元

版权所有，侵权必究。如有印装错误，随时调换。